目次

なぜ秀吉は

1　すべては大坂より

有馬か、草津か。

それとも別府あたりへ、

――温泉《ゆあみ》に、行こう。

というのとおなじ口調で、羽柴秀吉《はしばひでよし》が、

「中国《から》へ、討ち入ろう」

つぶやいた。

弟の秀長《ひでなが》は、

「はあ」

どう返事していいかわからぬ。中国というのは、国号は明《みん》だが、そうそう気軽に攻め込める場所にはないのではないか。

あるいは、

(冗談か)

とも思い、

「明の国都は、北京《ペキン》でしたな。なかなか寒いのでしょうかな」

などと話を合わせたが、秀吉はなお、

「討ち入るなら、入口は朝鮮じゃ」

とか、

「対馬《つしま》の宗《そう》氏に、先導《さきがけ》させる」

口調はやっぱり鷹揚《おうよう》だが、みょうに話が具体的なようでもある。のちの世に、

――朝鮮出兵。

だの、

――文禄《ぶんろく》・慶長《けいちょう》の役《えき》。

だのと呼ばれることになる、そうして朝鮮側では、

――壬辰《じんしん》倭乱《わらん》。

と呼ばれて代々憤怨《ふんえん》されることになる歴史的大挙について秀吉がみずから言及した最初の瞬間にほかならなかった。

天正十三年（一五八五）九月五日。

ふたりは、それぞれ馬上にある。

大和郡山城を出たのは一昨日だった。大和郡山は秀長の居城である。目的地は大坂城だった。奈良街道を西へ西へ、十里（約四十キロ）にみたぬ道のりだけれども、歩みは遅く、まだ着かぬ。

いくら何でも今日中には着くだろうが、このぶんだと、夕暮れちかくになるだろう。秀長はなおいぶかしんで、

（なんで）

秀吉の横顔をちらりと見た。このとき秀吉は四十九、秀長はその三つ下である。

（なんで兄《あに》ぃは、そのような大それたことを）

何しろ秀吉はこの時点で、明どころか、朝鮮どころか、そもそも日本国内の統一もなしとげていないのである。四国ならばつい先月、長宗我部元親《ちょうそかべもとちか》を降伏させて全土を手に入れたけれども、九州には島津義久がいる、小田原には北条氏政《うじまさ》・氏直《うじなお》親子がいる。

奥羽《おうう》には伊達政宗がいる。単純に面積で測るなら全国の二分の一はまだまだ秀吉の膝下にはないのである。もちろん勝算はあるにしても、

（なんで）

秀吉は、弟の視線に気づかない。

前を向いたまま、高吟しはじめた。何かの謡《うたい》のふしだろう。秀長もふたたび前を向き、しばらくのあいだ藁《わら》をすりつぶすような秀吉のがなり声を聞きつつ馬を行かせた。

前後には、数万の兵士がつらなっている。

大行軍である。峠を越えて少ししたとき、秀吉がとつぜん、

「とまれ」

馬のまわりには、近習《きんじゅ》がいる。

近習から近習へ、さらに行列の前へうしろへ、命令はまたたくまに伝わった。全隊停止。

秀吉は馬を下り、むぞうさに、

「のどが渇いた」

秀長も下りた。二頭の馬はいったん引き離され、そのかわり、道のまんなかに床几《しょうぎ》が置かれる。

くりかえすが奈良街道である。奈良と大坂をむすぶ東西方向の主要道だが、途中、それを南北にさえぎる生駒《いこま》山地があり、その生駒越えの峠を、古来、

——暗峠《くらがり》。

という。ふたりはその峠にいる。くらがりといっても松の木がトンネル状につづくといったような景観ではなく、むしろ逆に、ひろびろと明るい。沿道の木はすっかり伐《き》られているのだ。

誰かが峠そのものを馬の背に置く鞍《くら》に見立てて、

——鞍上がり。

などと言ったのが、ひょっとしたら、

(語源《はじまり》かな)

と、秀長は、床几にちょこんと腰かけつつ即興の国語学をもてあそんだ。正しいかどうかには興味がない。もてあそぶこと自体が目的だった。好学的というよりは、戦国の世でつねに生きる死ぬの場に身をさらさねばならぬ心の鬱をちょっとばかり打ち払う一種の心の技術なのだろう。

右どなりでは、秀吉が鉄扇をとりだした。

前方へさしのばし、

「どけ」

と言うと、無数の武士が左右へ割れ、眼下に風景があらわれる。秀吉は、

「秀長。見よ」

鉄扇の先は。

こんにちでいう、大阪平野。

摂河泉《せつかせん》三か国の田のひろがり。甍《いらか》のあつまり。川のだらだら。いちばん奥には茅渟海《ちぬのうみ》(大阪湾)もかすんで見えるが、何と言っても目立つのは平野のまんなか、台地の上に立

つ大坂城だろう。

まわりの屋敷を圧し伏せるがごとき漆黒五層の天守はもちろんのこと、それをささえる石垣の、石のひとつひとつの形まではっきり見える。それほど、巨石ぞろいというわけだ。

秀吉が……この右どなりにいる色黒の、ひげもほとんど生えていない、鼠《ねずみ》のような小男がただただ人に命令するだけで築きあげた天下一の城。秀長が、

「みごとですな」

と感想を述べ、われながら、

(頓知に欠ける)

反省して、

「大坂の街は、すでに京をも凌駕《りようが》しました。首都《みやこ》なり首都なり」

「ばかを申すな」

「え？」

「おぬしがそのように申すとき、その奥には、一国に首都はただひとつという先入主《おもいこみ》がある。ふるい考えじゃ」

「ふるい考え？」

「そうじゃ。王朝のむかし、源平足利のむかしならともかく、こんにちでは二つ三つあったところで誰もこまらぬ。ただ便利なだけであろう。要は、わしじゃ。わしがおるところ、

そこが一国の首都にほかならぬ。京も、伏見も、大坂も」

「はあ」

秀長は、うまい返事ができなかった。常識を追い、常識を愛し、常識こそ、

——功名の、礎《いしずえ》。

と信じて疑わぬのが秀長という人間の本質である。その常識にしたがえば、首都が二つ三つあるというのは、つまりは人間に頭が二つ三つあるのと変わりない。正しいかどうか以前に、

(あり得ぬ)

秀吉は、

——語るに、足りぬ。

と思ったのか。

表情をなくして、

「のどが渇いた。湯はまだか」

「はっ」

ちょうど沸いたところらしい。近習がふたり来た。それぞれ茶碗をささげ持ち、ひとりは秀吉へ、ひとりは秀長へさしだした。秀長はちらりと秀吉のほうを見た。この時代の人間の通例として、茶碗が気になったのである。

何ぶん、旅の品である。

色もかたちも無個性だった。なかには濃茶《こい》ではなく低温の白湯《さゆ》が入れてあり、ほのかに湯気が立っている。みょうにうまそうな感じもする。秀吉は、茶碗を顔へ近づけた。口をつけようとしたその瞬間、茶碗が消えた。と同時に、

がちゃん

という音が山々に響いた。秀長は下を見た。いまのいままで茶碗であったものの破片が秀吉の腿《もも》や、ひざや、足もとの地面へばらばらと散っている。

地面には、にぎりこぶし大の石くれ一個も。

秀吉は、目を見ひらいている。その両手はまだ茶碗を持つかたちのままだった。秀長は立ちあがり、

「侍ども、立たっしゃれい。どこからか関白殿（秀吉）めがけて石くれを投げつけた狼藉《ろうぜき》者がおるぞ。山じゃ山じゃ、山をさがせ。むんずと捕らえて連れてこい」

秀長は。

くりかえすが、常識の人である。

現在は大和、紀伊、和泉三か国、計百万石の支配者になりおおせたが、それはかならずしも秀吉との血縁の近さに拠《よ》ることはない。むしろ秀長自身の常識というか、能力というか、大人の判断によるところが大きかった。

その集大成というべき事件は、話がやや前後するが、二年後のいわゆる、

——九州征伐。

において見られるだろう。秀吉が薩摩の島津義久を討ち、九州全土を服属せしめた事件である。

そのとき秀吉、秀長の兄弟は、みずから大軍をひきいて小倉《こくら》に入り、二手にわかれた。秀吉のほうは本道というべき肥後路をたどった。九州の西側縦断路。秋月—熊本—八代《やつしろ》—出水《いずみ》という道すじである。

いっぽう秀長は、豊後《ぶんご》路だった。九州の東側縦断路であり、本道に対する側道といえる。臼杵《うすき》—美々津と進軍して、高城《たかき》をかこみ、根白坂（現在の宮崎県児湯《こゆ》郡木城町）で敵の主将・島津義久の軍をむかえ撃った。

根白坂の戦いは、この遠征における最大の激戦となったが、秀長は勝利し、しかし深追いすることをしなかった。

いってみれば、泳がせた。義久は戦意を喪失し、あっさりと秀吉に対して、

——降伏。

——講和。

という運びになる。すなわち秀長はいちばん汗をかきながらも誇り顔をせず、名誉を秀吉へゆずり、しかも秀吉は、

──ろくろく戦うことなく圧勝した。

という印象を世間にあたえることに成功した。戦後の論功行賞でも何ももとめず、何ももらわず、切り取った九州がことごとく小早川隆景《こばやかわたかかげ》、毛利秀包《ひでかね》、黒田孝高《よしたか》、森吉成といったような麾下《きか》の大名のものとなっても、

「さすがは関白殿の差配。おみごと」

こうした出処進退は、のちに徳川期の兵法家の絶讃するところとなり、

──仁将。

などと尊称を呈されたりもしたが、秀長自身はもとより「仁」などという儒教的な通俗道徳の型枠《かたわく》におのれを嵌《は》めこむ気などさらさらなかった。自分ひとりが裏方に徹するほうが、組織全体が、

──うまく、まわる。

と冷静に、大局的に判断しただけ。麾下の大名もいよいよ秀吉への忠節にいそしむだろうし、結局のところ、それがいちばん秀長自身の存在の安定につながるのである。

そういう秀長が、このときは、

「山をさがせ」

と下知したのである。

やはり常識的な判断だった。この暗峠というところは左右に山がせまっているが、前述

のごとく道のまわりは木が伐られ、文字どおりの赤はだか。曲者《くせもの》のまぎれこむ余地はない。まぎれこむとしたら中腹より上、いまだ伐られぬ木々のひしめきのなか。

「さがせ。さがせ。こぞって分け入れ。奈良方はいらぬ。大坂方だけでよい」

とつづけたのも、曲者は秀吉の前方、すなわち大坂側に、

（いるはず）

と判断したからである。背後からでは口もとの茶碗へは石をぶつけられはしない。兵士たちは、

わっ

と左右の山へ駆けあがった。

濛々《もうもう》と土ぼこりを立て、甲冑《かっちゅう》をかちゃかちゃ玩具のように鳴らした。左右それぞれ二、三千人はいるだろう。鰯一匹つかまえるのに千畳敷の投網《とあみ》を打つようなものだった。

ほどなく、鰯はつかまった。

床几の前にひきすえられた。秀長の迅速な命令が功を奏したのだ。左右の肩を兵士におさえられ、地べたに正座させられているが、顔はおびえず秀吉を見ている。そのまなざしは、薪《まき》をくべたように力があった。

秀吉は、

「子供か」

おどろいたような顔をした。

子供というには年かさだが、せいぜい十四、五だろう。手足が細く、胴がながく、頭だけが砲弾のようにぐらぐらと大きい。

「男か、女か」

と秀長が問うと、曲者は秀長を見て、

「男だ」

このみじかい返事ひとつで、まわりの兵士がざわついた。聞くからに片言《かたこと》である。この国の者ではない。

「おぬしが、石を投げたか」

「投げた」

「ひとりでか」

「どういう意味だ」

「共犯者《みちづれ》はおらぬか」

「おらぬ」

「どこから来た」

と問うたのは、大和国か、摂津国か、くらいの答を期したものだが、

「こま」

「朝鮮か」

「そう」

「職業《なりわい》は」

「やきもの」

「ほ？」

「焼物。陶器《すえもの》づくりだ。この国の陶器はよほど遅い」

遅いというのは、この場合、

——未開だ。

ということだろうか。

（なるほど）

秀長は、思考をめぐらした。こと陶器に関しては明および朝鮮のほうが先進国である。日本は圧倒的に後進国であり、美濃、備前《びぜん》、信楽《しがらき》あたりの一部の出来物《できもの》をのぞけばまあ縄文式弥生式に毛の生えたようなもの。

秀長も、秀吉も、ほかの大名も、茶会において舶来ものの珍重をならわしとしたのはこのためだが、それを当の朝鮮人に言われるのは、それはそれとして業腹である。秀長は舌打ちして、

「関白殿。打ちましょう」

「ん？」

「首を、この場で」

秀長は白扇を出し、おのが首にあててみせた。

べつだん残酷な措置ではない。かりにも従一位《じゅいちい》関白・羽柴筑前守《ちくぜんのかみ》秀吉の肉体をあやうく傷つけるところだったのだし、そもそも少年ひとつの命など、この時代、それこそ鰯一匹の価値しかないのである。

秀吉は、即答しない。

身を起こし、雲を見つつ、

「ふむ」

考えだした。これはめずらしいことだった。ふだんなら表情も変えず「打て」と命じて終わりにちがいない。

と、秀吉はふたたび少年を見おろし、

「名は」

「え？」

「おぬし、名は何と申す」

その口調のやわらかさ、少年にはむしろ意外だったか。つられるように、

「カラク」

秀吉を正視して、まるで喧嘩を売るような口調で、

「カラク。俺の名前。みな俺をそう呼ぶ」

「カラク……その語の意味は？」

と聞き返されて、少年は口をひらき、何か言おうとしたが、にわかに日本語をわすれたのだろう、

「これ」

右手を突き出し、手のひらを上にした。にぎったり、ひらいたりを繰り返したと思うと、ものを数えるような手のうごきをする。

秀吉が、

「指か」

とつぶやくと、少年は、

「そう、ゆび。俺の名前」

「それは仲間うちの異称であろう。ほんとうの名は？」

と秀長は口をはさもうとして、よした。どのみち首を打たれる者の名を聞いたところで何の役にも立たぬだろう。

この少年、本名は鄭憲《チヨンホン》。

日本語読みでは「ていけん」となる。こんにち佐賀県西部から長崎県にかけての地域で

焼かれる、いわゆる、

――唐津《からつ》焼。

の陶工である。ただし唐津焼はこの時点ではまだ陶技の洗練を見ず、やっぱり古代的水準にとどまっていて、少年は、少年ながら技術指導者のごとき地位にあった。

実際の年は、十七。

このときは或《あ》る用事により――後述するが――大坂の南に隣接する貿易都市・堺に来ていたのである。

秀吉は身をかがめ、顔を近づけて、

「カラク。朝鮮の子」

「何だ」

「おぬしを、ゆるす」

「え？」

「ゆるすと申した。どこへなりとも参るがよい」

無罪放免。異例の判決というほかなかった。秀長が異議をとなえる前に、秀吉は、

「そのかわり、カラク、ひとつわしの仕事をせよ」

「仕事を？　何の？」

「おぬしにも友がいよう。日本人だろうが、朝鮮人だろうが、会うかぎりの者へこう伝え

るのじゃ。関白様はもうじき討ち入ると。朝鮮へ。そうして明へ」

秀長は、

(兄ぃは、これを言うために)

納得しかけたが、そもそも根本のところの例の不審がなお消えぬ。

(なんで兄ぃは、そのような、討ち入りなどと大それたことを)

カラクもまた目をしばたたいて、

「なぜ、俺の国へ」

この疑問は。

秀長と鄭憲、まだ二人だけのものである。がしかし、ほどなく秀吉の行動が具体的になるにつれて、それは大名たち、近習たち、全国の兵士、農民、商人、職人、僧侶、医者、神父たち……この国家的侵略行為のために動員または利用された人々すべての疑問になった。むろん、侵された朝鮮のほうの人々もである。

さらには秀吉の死により出兵そのものが夢に帰してもなお後世の史家たちの疑問となり、こんにちにいたるまで日本史というより世界史の謎でありつづけている。この出兵は、つまるところ「なぜ」のわからぬ出兵なのである。

この物語は、その「なぜ」を、

——見たい。

という企図のもとに書かれる。ほどなくカラクは解き放たれ、秀吉と秀長は大坂城に入った。

†

一年半後、天正十五年（一五八七）正月三日。

その秀吉により、ほかならぬその大坂城へ招かれた商人がいる。

名を、神屋善四郎《かみやぜんしろう》という。

こんにちではむしろ、

――宗湛《そうたん》。

という号のほうが有名だし、また当人もそちらの名乗りのほうを好んだ。神屋宗湛、三十七歳。

あらかじめ、

――初対面ではあるが、当日は、天下一のもてなしをしたい。

という秀吉自身の内意を伝えられている。秀吉はすでにして太政大臣に任官され、豊臣の姓をたまわっている。

豊臣はとにかく、太政大臣は朝臣最高の官職である。これだけで余人ならば感激するか

恐怖するかのどちらかだけれども、宗湛は、

「天下一か。どんなものかな」

冷静をとおりこして、一種、試験官のような表情を浮かべた。

この反応の背景には、おそらく出自があるだろう。何しろただの商人ではない。神屋家はもともと五十年ほど前、いまだ京のみやこで足利将軍が全盛だったころより筑前博多を代表する豪商のひとつで、いまの宗湛は六代目だが、二代目・主計《かずえ》は遣明船の総船頭をつとめたし、三代目・寿禎《じゅてい》は石見《いわみ》銀山の経営に成功した。

石見銀山は、日本というより世界有数の規模である。寿禎みずからが大陸より輸入した最先端の製錬技術をもって当時はもちろん宗湛の時代もなおさかんに銀を産み出している。

富はもちろん、文化の蓄積が他家とは、

（ちがう）

その自負がある。

宗湛自身、かつては秀吉の軍事的、政治的恩師というべき織田信長とも茶会をともにしたことがあるほどで、秀吉などは単なる一代こっきりの成り上がりにしか見えず、天下一などと言われたところで、せいぜい名器名碗をならべるくらいが、

（関の山じゃろう）

当日。

まだ夜もあけぬ寅の刻（午前四時）、宗湛は、城外でまず秀吉の茶頭《さどう》である津田宗及《そうぎゅう》と会う。

津田の紹介で千利休《せんのりきゅう》と会う。さらに今井宗久《そうきゅう》、住吉屋宗無、他一名と顔を合わせ、ぜんぶで六人で登城した。

全員、名だたる茶匠であるが、宗湛以外は、

——堺衆。

と呼ばれる、堺の街をよりどころとする豪商である。博多者の宗湛はちょっぴり、何というか、蜜蜂の群れにまぎれこんだ足長蜂みたいな気になった。

登城者は、それだけではない。新年の賀詞を述べるためだろう、数えきれぬほどの大名や小名（領主）があるいは乗物に乗り、あるいは徒行《かち》で、ぞろぞろと大手の鉄門《くろがねもん》に吸いこまれて行く。

これは博多にはない光景だった。宗湛たちも門をくぐり、御殿に入り、広間につめたのが二時間後、卯の刻（午前六時）。

大名どもは、べつの部屋へ通されたのだろう。広間には宗湛たちのほか誰もいない。奥の襖《ふすま》一枚をへだてた向こうに、

（秀吉が）

と。

さらり

と襖が横へすべり、奥から出て来たのは、二十代の青年だった。

あきらかに、秀吉ではない。攻撃的とも受け取れるような甲高《かんだか》い早口で、

「それがし、治部少輔《じぶのしょう》」

自己紹介した。この治部少輔という官名だけでもう、宗湛はもちろん、たいていの気のきいた人間は、

——石田三成《みつなり》。

その人とわかる。

秀吉の側近中の側近。政権のいわば取締役にしてスポークスマン。それこそたいていの気のきいた人間は、三成の発言を、そっくりそのまま秀吉の意思ととらえるだろう。三成は立ったまま、まるで犬猫《いぬねこ》でも見るような目で宗湛たちを見おろして、

「宗湛のみ、奥へ」

宗湛は、

(お偉いことで)

言われたとおり奥へ入ると、

「む」

誰もいない。

宗湛はその場にすわり、座敷飾りをながめた。床《とこ》（床の間）には絵がかけられているし、付《つけ》書院には硯《すずり》、文鎮、水滴などの文房具が置かれている。違い棚には茶碗や茶入、食籠《じきろう》など。

どれもこれも唐物《からもの》つまり中国産である。名器名碗ぞろい。合算すればこの一部屋だけで数万石にも値するのではないか。ただし全体として、それらの文化的水準は、考え得るかぎり最高ではあるけれども宗湛にはめずらしくない。

（やはり）

三成とともに、座敷を出た。

広間へもどり、しばらくすると、また三成が襖をあけて来て、

「宗湛のみ、奥へ」

座敷飾りは、変わらない。

こんどは秀吉がいた。宗湛は型どおりに平伏し、平伏したまま挨拶を述べ、進物を献上した。そこで秀吉はようやく堺衆五人にも入室をゆるし、

「座敷飾り、拝見つかまつれ」

座敷のなかは、博物館の展示室のごとき状態になった。秀吉はあるいは床の前に立ち、あるいは違い棚の前に立って、置物のひとつひとつについて学芸員よろしく自慢そうに解説する。

客たちも率直に論評する。秀吉はふと思いついたというように、大声で、

「筑紫《つくし》の坊主、どれぞ」

その口調、がらりと気軽。

津田宗及がすすみ出て、

「こちらが」

と宗湛を手で示したところ、秀吉はにっこりして、

「のこりの者どもは退《ひ》け。筑紫の坊主ひとりに見せよ」

「もう見ました」

と言い返すわけにもいかず、宗湛は不覚にも、

「え、あ」

狼狽《ろうばい》をあらわしてしまった。堺衆五人は素直である。ぞろぞろと縁側へ出てしまう。

秀吉も。三成も。

ぽつんと取り残されて、宗湛は、

(これは)

座敷飾りどころではない。頭のなかはもう、

(これは相国《しようこく》殿。……人ころがしな)

相国とは太政大臣の唐名であり、秀吉をさす。人ころがしというのは、宗湛自身もわか

らぬが、或る種の魅力の謂《いい》だろうか。

名器名碗ごときでは、この宗湛の、

——心は、蕩《とろ》けぬ。

と最初から察して、その上で、この優遇をこころみたのだ。むろん三成も、ほかの客たちも、あらかじめ言いふくめられていたのにちがいない。

共犯というか、共演というか。

もっとも秀吉は、ただ宗湛をあまやかしただけではない。一度は平伏して挨拶を述べたにもかかわらず「筑紫の坊主、どれぞ」とわざわざ大声でたずねたのは、親しみの表現であると同時に、

——一度くらいでは、貴様の顔はおぼえられぬ。

という上下関係の冷徹な宣告でもあるだろう。硬軟両様、緩急自在。究極のもてなしとは器にはなく室《へや》にはなく、

——人。

そのあしらいにあるのだと、むしろ宗湛のほうが教えられた恰好だった。

（なるほど、天下一）

宗湛はようやく縁側に出て、秀吉に、

「とくと感激つかまつりました。かたじけのう」

ふかぶかと体を折りつつ、宗湛は、

（だが）

清澄な思考もわすれない。この歓待の裏には、秀吉の、もうひとつの算段もあるのではないか。

算段あるいは、将来への布石。すなわち、

（唐入《からい》りか）

唐入りとは明、朝鮮への討ち入りのことである。どうやら一年半ほど前より秀吉がその構想をあたためていることなら宗湛はあの朝鮮人陶工・鄭憲、通称カラクより直接聞いていたけれど、そうでなくても日本中のかなりの大名や商人等《ら》のあいだではもう公然の秘密になっていた。この国は今後どうなるのか、その一事に関心のない社会指導層というものはない。

秀吉は、

「うん。そうか。感激したか」

顔じゅうを笑み皺《えじわ》にして、縁側から座敷へ入り、三成へ、

「筑紫の坊主に、めしを食わせよ」

これもまた、ただの食事ではなかった。宗湛はべつの広間へ通され、何とまあ、大名たちとともに膳に向かうことになったのである。

席の位置は、広間のまんなか。

文字どおりの衆人環視。たかだか一介のあきんどが——得度しているから僧ともいえるが——国家最高の身分とされる武士、その武士の頂点に立つ連中のさらに上にあつかわれたのである。

当然、給仕《かよい》の数も多かった。彼らは酒をついだり、あたたかい料理の皿をはこんだりといった饗応《きようおう》のため複数の客をわたり歩いたが、宗湛だけは、最初から最後まで石田三成ひとりが対応した。

その後おこなわれた茶会では、秀吉はまたしても、

「筑紫の坊主には、四十石の茶を一服とっくりと飲ませよや」

四十石とは、最高額の茶ということか。点前《てまえ》をしたのは千利休。茶碗は朝鮮わたりの井戸茶碗だった。

もっとも、茶そのものは、

（ぬるいな）

宗湛は、やや失望した。博多では茶はもう少し熱くして飲むものなのである。

半年後。

宗湛は、海の上にいる。

大して沖のほうではない。博多の港からせいぜい四半里（約一キロ）といったところか。

乗っているのは四、五人用の小さな艀《はしけ》だけれど、舳先《へさき》に立っても足がぐらつくことはない。海がおだやかなのである。

天気もいいし、それ以上に、もともと博多湾というのは海《うみ》ノ中道《なかみち》（半島）、志賀島《しかのしま》、能古島《このしま》などによって外海となかば区切られ、天然の生け簀《す》さながらなのだ。

宗湛の目は、陸《おか》を見ている。

博多の街の中心部が、ほぼ視野におさまる。きのうも同様にながめたけれど、きのうとはもう、

「光景《ありさま》が、ちがうのう」

宗湛はうしろの船頭へ言い、たかだかと笑った。

船頭は、ばしゃりと櫂《かい》を一かきして返事に変えた。同意したのだろう。宗湛はふたたび陸を見て、

「何しろ、ほーら、こんなに板屋根の数がふえているぞう。一日でどれほど葺《ふ》かれたのか。大鋸《おが》が木を切る音もここまで聞こえてきて……まるで夏の蟬《せみ》のように、うるさい、うるさい。一月《ひと》前はしんとして、あばら屋ばかりだったものじゃが」

と宗湛が付け足したのは、これはまんざら大げさでもない。ついこのあいだまで博多の街はほんとうに、港のほかには、

——何も、なし。

という感じだったのである。さらに前の時代には、
――毎日が、儲け日和。
というような人口過密ぶり、千客万来ぶりだったのだが。何しろ明との貿易をおこなうため明政府公認のもと日本を出発する、いわゆる勘合船は、出発前、つねにまずこの博多の港へ集合したのだ。
それが一転、暗黒時代に突入したのは、京のみやこで勃発した、
――応仁の乱。
あたりがきっかけだろうか。
あれで京の街の過半が焼け、足利将軍の権威がなくなり、天皇の権威はさらに低下して、全国の大名や領主がみずから土地を取り合う戦国の世となった。博多の街もまた、
少弐《しように》
大友
大内
龍造寺
毛利
島津
など大名どもの出入りが激しく、出入りのつど戦火にまみれた。貿易どころの話ではな

い。応仁の乱を何度も経験させられたようなものである。家々は建っては焼かれ、建っては壊されするうちに、誰ももう新築することをしなくなった。

宗湛自身、戦火をのがれて、西方十二里（約五十キロ）の位置にある肥前国上松浦郡《かみまつら》、――唐津村。

に住むことを余儀なくされたのである。

それでもなお神屋家が博多の豪商でありつづけられたのは、そのときどきの支配者の御用をつとめたことにもよるが、それよりさらに大きいのは、皮肉なことに、博多の外での稼ぎだった。

石見銀山の経営や、酒屋、土倉《どそう》といったような金貸し業のあがりである。それが最近ふたたび一転し、復興のきざしが……いやいや、きざしどころか博多の街は滔天《とうてん》のいきおい。いっきに往年のかがやきを、応仁の乱以前のにぎわいを、

――とりもどす。

とでも言わんばかりの状態なのは誰のおかげか。

一日ごとに板屋根がふえ、大鋸が木を切る音もみずみずしいのは、

「いったい、誰のおかげかな」

宗湛がつぶやくと、船頭が
「相国様」

「おお、船頭。そなたにもわかるか」

「わかるわい」

船頭は、へっと苦笑いして、

「毎日、あんたに聞かされてる」

「そうか」

宗湛はばつが悪くなり、頭のうしろへ手をやった瞬間、

「あっ」

ひっくり返った。

背中が船底《ふなぞこ》へ貼りつき、両足がたかだかと空を向いた。とつぜん船が、

（ゆれた）

ということはわかった。船頭の、

「こらあ、貴様《きさん》、何ばぁしよるかあっ」

どなり声が耳を聾《ろう》した。宗湛はようやく左右の手をつき、身を起こした。海が見えた。

右のほうの船腹を、もう一艘《そう》のおなじような艀がごつごつ舳先でつついている。

上から見れば「ト」の字なりの位置関係。こいつが突っ込んで来たのだ。不幸な事故ではない。このおだやかな湾内では、相手の故意でないかぎり、船は衝突しないのである。

憤激のあまり、

「き、きさん」

宗湛もまた相手の船をののしろうとしたが、相手の船には船頭がひとりだけ。すわったまま櫂を持ち、無表情でこちらを見あげている。

「カラク！」

宗湛が目をむくと、カラクは立ちあがり、すっかり流暢《りゅうちょう》になった日本語で、

「ひさしぶりですなあ、宗湛様。いや、豊臣の狗《いぬ》と申すほうがよろしいか」

「狗？」

「ころりと手なずけられました。大坂で」

「おぬしには、まあ、そう見えるであろうな」

宗湛はあぐらをかき、苦笑いして、

「だがな、カラク。あの方はわれわれが四十年ものあいだ成し遂げられなかった博多の復興をやろうとしてくださる。博多はこんどこそ蘇《よみがえ》る。これはたいへんな壮挙なのじゃ。むろん」

と、宗湛は話をつづけた。むろん四十年ものあいだ、われわれ博多商人は、ただ右往左往していたわけではない。

ただつぎつぎと入れかわる支配者の意をむかえていたわけではない。特に神屋家ともうひとつ、やはり酒屋、土倉というような金融業の大店《おおだな》をかかえる、

——島井家。

とは、手をたずさえるようにして、土地造成や、掘割《ほりわり》や、石曳《いしひ》きなどの復興事業に金をつぎこんできた。

大工も誘致しようとした。がしかし、こういう場合、銭《ぜに》というのは、

——役にも、立たぬ。

そのことを宗湛は知らされたのである。

商人には、身を切られるような事実だった。銭が機能するためには大前提として、支配者による安堵が必要なのである。

安堵というのは一般に、領有の承認および保証などと定義される。

しかしながらそれは支配者の目からの定義にすぎず、支配を受ける住民からすれば、それよりもはるかに大切なのは、

——戦争がない状態。

あるいは、もっと具体的に、

——住民どうしで悶着《もんちゃく》が起きたさい、うったえる相手が単一の人間または組織であるような共同体の状態。

この定義のほうなのだ。

或る住民は大友殿にうったえ、べつの住民は大内殿にうったえるなどという状態では人

はろくろく商売もできず、そこへの定住など考えられぬ。街はただちに荒廃への道を走るだろう、現に、博多がそうだったように。

言いかえれば。

支配者がころころ変わることの悪にくらべたら、支配者自身の善悪など、何ほどでもないのである。

「その安堵を、相国様はしてくれた」

と、宗湛はカラクに言うのである。

「先月、島津義久を討ち果たし、九州平定をなしとげるや、ただちに腹心であり民政《まつりごと》に定評のある黒田孝高（通称官兵衛）様をこの街へさしつかわしてくださったばかりか、この宗湛へも、じきじきにお命じくだされた。黒田様と、さらには治部少輔（石田三成）殿とともに街の復興にあたれとな」

「ふん」

「実際の仕事は、むろんわしが取りしきる。銭もつぎこみ甲斐があるわけじゃ。これを恩に着ずして何に着ようぞ。わしがこうして日々《ひび》海に出て、街の様子をながめているのも……」

「復興のすすみを確かめるため？」

「ああ」

「秀吉は」

と、カラクは、つばを吐くようにして人の名前をはだか呼びして、

「きまってる。宗湛様をただ利用したいだけです。おのが邪悪な野望のため」

「邪悪な野望？」

「朝鮮への、明への討ちこみ。博多はその陣営に」

「ふふ」

と宗湛はふくみ笑いして、

「そうか、カラク。朝鮮はおぬしの故国だったな」

「宗湛様は、賛成ですか」

宗湛は、肯定も否定もしない。ただ陸《おか》のほうを見て、

「博多の未来《ゆくすえ》が、いちばんじゃ」

「ご自身の利のために？」

「わしは、あきゅうどじゃ」

「やはり殺しておくべきだった」

「わしを？」

と、宗湛はちょっと目を見ひらいたが、カラクは仏頂面《づら》のまま、

「秀吉めを。あのとき」

「ああ」

宗湛は苦笑いして、

「おぬしの言うのは、暗峠か」

「うん」

「もう二年になるかのう、カラク。そういえば、わしはまだその顚末《てんまつ》をくわしく聞いておらなかった。おぬしと顔を合わせる機会は、あるようでなかなかないからのう。教えてくれぬか。おぬしはなぜ打首覚悟で、あのような……相国様に石を投げ、茶碗を割るなどという」

カラクはもともと、宗湛への敵意はない。

むしろ一種、

——親がわり。

と思っているふしすらある。栗鼠《りす》がとなりの木へ飛び移るように、ひょいと宗湛の船へ来て、

「それは……あ」

声をあげたのと、宗湛の船がぐらりと再度ゆれたのが同時だった。

カラクのせいではないことは、ゆれかたでわかる。宗湛も両腕ひろげて、

「あ、お」

もっとも、今度はさほどでもなかった。左のほうの船腹へ、三艘目の小船がちょっと船腹をぶつけただけ。上から見ると「ル」の字のようになったわけだ。

その三艘目には、四人の若い男が乗っていた。わらわらと飛び移ってきて、

「カラク」

「カラク」

「どうした、お前ら」

カラクの顔が、にわかに責任者の顔になった。若者のひとりが、

「すぐに陸《おか》へ上がってくれ。仲間われだ」

「仲間われ?」

「ののしりあい、石を投げあい、おぬしでなければ収まりがつかぬ」

宗湛は、

「何だ、何だ」

なかば無意味に囃《はや》しながら、内心、

(陶工たちか)

カラクの住まいは、唐津にある。唐津はもともと土がよく、

——陶器《すえもの》に、最適。

と言われていながら技術が未熟で、もっぱら安価な日用品を供給するにとどまることは

日本のたいていの生産地とおなじだった。

カラクは後述する事情からここへ来て、ことに唐津湾から南へ二里半（十キロ）ほど入ったところの岸岳《きしだけ》という山へ入ったら、

「これは、いい」

土をちょっと舌先でなめて、笑ったという。

素人感覚ではなかった。なぜならカラクは朝鮮にいたころ、陶器づくりの技をひととおり身につけている。決して高度なものではなかったけれど、それでも日本へ来れば最先端技術にちかい。この土を得て、カラクは、

――ゆくゆく美濃も、瀬戸も、信楽もしのぐ逸物を生む。

その確信が得られたし、ことに茶碗については、

――茶の宗匠に、使ってもらう。

それを生涯の目標とした。べつに茶匠を尊敬しているわけではない。名声への最短距離だからである。カラクとは、少年のころから向上心の一枚岩のような人間だった。

村へ帰り、

「万福長者になりたい者、わがもとへ集まれ。陶技のすべてを伝授する。一碗《ひとわん》こしらえて金銀宝玉おもいのまま」

ふれてまわり、三十人ほどの男女を得た。

当然に、というべきだろう。彼らのほとんどはあぶれ者というか、共同体から除外された面々だった。農村や漁村のみなしごとか、寺の五男坊とか。ろくな教養もないやつが多く、なかには十一以上の数もかぞえられない男がいて、

「なぜだ」

とカラクが問うたら、

「指が、足りん」

とにかくカラクは岸岳のふもと、徳須恵《とくすえ》川のほとりに粗末な家を建て、その上で寝るための筵《むしろ》をもちこんで、共同生活をはじめたのである。

陶芸学校の校長兼寄宿舎舎監といったところか。しかしながらこの学校には、滑稽《こっけい》なことに窯《かま》がなかった。

「あ」

建ててから気づいた。このへんはカラクもまだ経験がない。窯のない製陶地など、船のない漁村とおなじではないか。

――どうする。

金がない。

そんなとき、おなじ唐津村の海ちかくに金持ちの博多商人が戦火をのがれて住んでいるといううわさを聞いて、山を下り、援助を乞うた。

その博多商人が、つまり宗湛だったわけだ。宗湛はただちに窯を建て、轆轤《ろくろ》をこしらえ、ついでに家の屋根も葺きなおしてやった。カラクはさだめし恩に着るかと思いきや、

「ふん」

当然だと言わんばかりに鼻を鳴らしただけ。宗湛は苦笑し、見なかったことにした。もともと宗湛としても唐津陶器の未来《ゆくすえ》などには興味がなく、ただただ失業者をまとめて隔離することが村の治安を少しでも、

——よくするか。

くらいの思案にすぎなかったのだ。

こういうわけだから宗湛とカラクは、おなじ唐津に住みながら、その後も案外、会うことがなかった。

まがりなりにも保護者と被保護者の間柄である。カラクがいちおう親がわりと思っているらしいことは前述したけれども、それならそれで、ずいぶん淡々とした親子だった。とにかくその三十人からの生徒または失業者が、いま、仲間われを起こしている。

石合戦をやっているという。

(しょせん、あぶれ者だな)

宗湛は眉ひとつ動かさなかったが、カラクはめずらしく血相を変えて、

「行こう。すぐ」

からっぽの船へ飛び移った。

一瞬、船腹がぐらりと沈む。四人の若者もつぎつぎと飛び移り、こちらを見るのへ、

「わしは行かんぞ」

宗湛はことさら顔をしかめてみせて、

「箱崎へ行かねば」

「箱崎」

カラクは、にわかに軽蔑の目になった。

箱崎とは、博多東方の地名である。秀吉の陣がある。

もともとは九州征伐のため構えたものだが、征伐が成功に終わった現在もなお戦後処理のため滞在しつづけている。宗湛はそこで、数日後、秀吉に一服さしあげることになっているのだ。

つまりは、茶会である。そのためだけに茶室もこしらえる。その茶室の普請のようすを宗湛はこれから、

——見に行く。

と、言ったわけだ。

カラクはこのとき、茶会のことまでは存ぜぬ。存ぜぬが、箱崎という地名が出ただけでもう秀吉がらみの用事であることは知れる。

「また相国様ですか」

などと、

(言われるな)

宗湛は、そう予想した。あるいは、

「やっぱり狗だ」

とか。しかしカラクはそれどころではないようで、若者のひとりへ、

「漕げ」

さっさと陸《おか》へ行ってしまった。その背中を見て、宗湛も船頭へ、

「よほどの大事かな」

笑みを消した。

†

カラク、本名鄭憲《チヨンホン》。

永禄十二年(一五六九)秋、朝鮮半島南端の富山浦《フザンポ》に生まれた。

そのころの朝鮮(李氏朝鮮)はもちろん和暦をもちいておらず、宗主国・明の暦をもちいているので、正しくは、

——隆慶三年秋。

と、いうことになる。

富山浦は、いまの釜山《プサン》である。

日本にもっとも近い港町。晴れた日には対馬も見える。そこは一種の国際都市だったなどと言うと何やら風通しのいい感じだけれども、ほんとうは、

——無国籍。

と呼ぶほうが実態をあらわしているかもしれぬ。

なぜなら街には朝鮮人がいる、日本人がいる。

中国人もいるし、安南《ベトナム》人や暹羅《シャム》人や緬甸《ビルマ》人もいる。呂宋《ルソン》人もいる。スペイン人もポルトガル人もいる上、ややこしいことに、彼らの外見はしばしば別の彼らだった。

さすがに自分の国だから朝鮮人はおおむね朝鮮人の恰好をしていたけれども、日本人がポルトガルふうの襟飾りのついた服を着たり、安南人が緬甸ふうの帽子をかぶったり……ことに多いのは、中国人が月代《さかやき》をそりあげて、

——日本人だ。

という顔でのしのし歩いている例だった。

こういう文化的に豊穣な、または渾沌《こんとん》とした風景をカラクは当然のものとして五歳になり、十歳になったが、街はずれなどに住む朝鮮人のじいさんばあさんが、しばしばこうし

た外国人をひっくるめて、

「倭寇《わこう》」

と罵倒したことは印象にのこった。倭寇というのは、

――日本の賊。

くらいの意味であり、もっと言うと海賊である。じいさんばあさんのなかには、

「倭寇の連中は、あんまり残酷にすぎる。妊婦の腹を裂いて男児が出るか、女児が出るかで賭けをしている」

などと真偽さだかならぬ話をくりかえし語る者もあって、カラクは、

(ほんとかな)

子供ごころに、過度の偏見を感じ取ったのだ。

日本人というのがそれほどの――無法外国人の右代表になるほどの――邪悪な生きものなのかという疑問ももちろんだけれど、それ以上にカラクは、

(海賊じゃない)

そのことを、理解していた。

海賊とは、一種の暴力集団である。他の船へ襲いかかり、財貨および人間をうばう。なるほど、じいさんばあさんの若かったころはそういうやつらも文字どおり横行したのだろうし、そういう日本人も多かったのだろうが、いまこの富山浦にいる外国人たちは、日本

人もふくめ、そんなことはしていない。

略奪よりもはるかに効率のいい、はるかに稼ぎ高のある、はるかに先進文明的な、

——密貿易。

を、やっているのだ。

商品交換の場は、海上。

東シナ海のこともあるし、南シナ海のこともある。

たとえば日本人と中国人ならば、日本人は銀を持参する。

中国人は生糸や、鋳貨《ちゅうか》や、薬品や、水墨画や、ときには彼らが生涯かけても読めないような古い書物を持参する。

相応の割合で交換する。国家のみとめるところではないので、ときに見つかり、捕縛される。捕縛されたとき、

——俺は中国人じゃない。日本人だ。

などと言いのがれして被害を最小限にするためにこそ、たとえば中国人は月代をそりあげ、日本人を装うのだし、日本人も同様のことをするのだろう。

富山浦はつまり、そういう外国人のあがりで成立している。

（そういう街さ）

それにしても、カラクの理解はどうしてここまで深かったのか。

単純な話だ。その密貿易に、ほかならぬカラクの父も従事していたのである。

カラクの父は、西正三《ソチヨンサム》という。

——お前も、倭寇だ。

と言われれば当人も否定しなかっただろうが、実際は朝鮮人である。外国人の扮装《ふんそう》も必要がなかった。ただ誰から学んだのだろう、中国語も日本語も或る程度しゃべれたのは、これはやはり海上取引の実務においてはそのほうが有利だったからにちがいない。

もっともカラクは、例の、

——海賊。

ということばのほうが気がかりだった。

じいさんばあさんの悪口を真に受けた、ということになるかもしれぬ。父はひとたび船に乗ると一か月も二か月も帰ることがなかったが、或る日、たまたま家でめしを食っているところへ、

「父《アボジ》は、人は殺しますか」

父はめしを食う手をとめず、

「しないよ。ほとんど」

平和的な密貿易とはいえ、やはり巨額の売り買いには相応のいざこざもあったようで、結果的には、それが父の命とりになったらしい。

らしい、というのはカラクも現場を見ていないからで、父はたぶん東シナ海、台湾の北あたりの海域で、取引相手の船長と銀の支払いをめぐって紛争が生じた。刺し殺され、海へぽいと捨てられた。

取引の品はもちろんのこと、生きのこった乗組員も、船そのものも相手にうばわれた。陸上のカラク一家はたちまち経済をうしなった。

カラク、十一歳の夏だった。

カラクには妹ふたりがいた。たしか四歳、三歳だったと思うが、こういうとき幼児というのは、小さいほうから貰《もら》い手がつくと決まっている。つぎつぎと、べつの大人に連れ去られた。

母親は、それ以前にひとり姿を消してしまった。愛する人の死に、

（心が、乱れた）

それがカラクの解釈だった。

カラクは、ひとりっきりになった。

家にいつづけた。半年ほども経《た》ったろうか、或る雪の日、つるりとした卵顔《たまごがお》の男が来て、

「おう、おう、ずいぶん大きくなったなあ。ずいぶん痩《や》せた」

流暢な朝鮮語である。年のころは父より少し若いくらいで、背中には、長い柄《え》のついた刀をかついでいる。

刃の部分は、皮の鞘《さや》におさまっているが半円形である。中国人がよく使う、

——偃月刀《えんげつとう》。

というやつであることは、カラクもわかった。

「誰?」

「お前の父親に、むかし世話になった者さ。この家にも来たことがある。死んだと聞いてな。お前、どうだ、知ってるか」

「何を?」

「お前の母親が、いまどこで何してるか」

「……」

カラクは口をつぐみ、男をにらんだ。警戒したわけではない。

——知らない。

と正直にこたえることを避けるための、一種の自己防衛にすぎなかった。男は表情を変えず、

「めかけをしてる。夫を殺した当の船長のめかけをさ」

——めかけ。

という語は、当時のカラクの辞書にはない。ただ何となく、世間尋常の、

(職業《しごと》とは、ちがうな)

ひょっとしたら母は……母もまた戦利品の一種だったのか。それとも、

(自分から)

いや、それよりもカラクの関心は、

「どこに」

「ん？」

「母《オモニ》は、母はどこに。乃而浦《ナイジホ》？」

「はっはっは」

男は大笑いし、愛《いと》しくてたまらぬというふうにカラクの頭をぐしゃぐしゃとなでた。乃而浦とは、ここ富山浦の、

――となり町。

と呼んでいいくらいの港町である。男は頭をなでながら、

「もっと遠く。うんと遠くだ」

カラクは、

(馬鹿にされた)

恥ずかしさで胸がみちた。怒ったように、

「何しに来た」

「科挙《クワゴ》だ」

「お前の人間をためすのさ。質問はふたつだ。ひとつめ、父を殺した船長をうらんでいるか？」

「クヮゴ？」

「いんや」

首をふった。うらむだけの情報はあたえられていない。

「ふたつめ、その船長がどこの国の者か気になるか？」

「いんや」

これもまた素朴な気持ちである。気になるだけの情報がない。「銀の」支払いをめぐって紛争うんぬんというあたりは日本人かとも思われるが、伝聞と推測のごった煮にすぎぬ。

男は、

「合格だ」

うれしそうに自分の両ひざを手でたたくと、

「人をうらまず、国をうらまず、そういう素直な人間にこそ将来はある。一問でもまちがったら首を刎《は》ねようと思っていたが」

背中へ手をまわし、偃月刀の柄をたたいた。カラクもこの瞬間だけは、

「質問のしかたがおかしいんだ」

などと憎まれ口を返すことはできず、股間に微量の熱の漏洩《ろうえい》を感取せざるを得なかった

のである。

男はカラクの手をとり、

「いっしょに行こう」

「どこへ」

「乃而浦」

「え？」

「その山奥。お前を養育する」

「え、え」

戸惑いつつも、抵抗しなかった。

やはり空腹が限界だったのだろう。男とともに家の外へ出ると、意外にりっぱな馬が一頭いて、ふたりとも背に乗った。

カラクが前、男がうしろ。

男は手綱をあやつりながら、

「陶工をやれ」

「陶工？」

「ああ」

「なぜ」

「お前の父《アボジ》は、ときどきだが、日本人に茶碗を売りつけていた。朝鮮のものは高く売れるんだ。安物でも」

「それで、父は殺されたか」

と聞いたけれど、男はただ、

「誰でもやることとさ。食え」

ふところから、米のめしを砲丸状にかためたものを出し、カラクの口へおしこんだ。馬はさばさばと山の奥へ入って行く。

斜面をのぼり、斜面をくだる。

何度目かにくだると、それこそ茶碗の底のような野原へ出た。

野原のまんなかには沢がながれ、その沢に、数軒のあばら家がしがみついている。

こんにち韓国の慶尚北道清道郡《キヨンサンブクドチヨンド》にも比定され得る、陶器《すえもの》の生産集落にほかならなかった。なかに一軒、わりあい屋根も壁もしっかりとした大きな建屋《たてや》があるのは、あるいはそのなかに、

(窯かな)

余談だが、こういう山中《やまなか》の工業生産施設としては、同時代の日本にも、

——たたら。

と呼ばれる製鉄業のそれがある。

備前国、出雲《いづも》国などを中心に、純度の高い鉄または鋼《はがね》を生産する。それは日本刀や包丁などの原料となるだろう。陶器生産との共通点は、無限にとしか呼べぬほどの熱量の火が必要であることであり、その燃料——薪や木炭——の供給のためにこそ、山奥というのが最適な立地になるわけなのである。

とにかく、あばら家が数軒。

そのうちの一軒から、髪の毛のながい、胸まで達するほどの老人が出て来ると、男は、

「じゃあな」

カラクをうしろから抱えこみ、横落としに落とし、馬首をめぐらせた。カラクは落ち葉まみれになりながら、

「ちょ、ちょっと」

自尊心が消え失《う》せた。あんたが養育してくれるんじゃなかったのかと口に出すところだった。男のほうが先に、

「安心しろ、お前の家はきれいに売ってやる。一生ここで陶工をやれ。たんと食えるぞ」

馬に鞭《むち》をくれた。馬はいななきをあげ、落ち葉を蹴立てて木《こ》の間《ま》に消えた。

よほど脚のつよい馬なのだろう。カラクはようやく、自分もまた、

(売られた)

と気づいたが、それにしては売買というやつにともなう金銭の授受はないようである。

この世界は、要するに大人の世界なのだった。

カラクは立ちあがり、老人を見た。

老人は、女だった。いきなり、

「水を汲《く》め」

「え？」

「沢の水だ。道具はあそこの家で借りろ。あの建屋のなかに甕《かめ》がならんでるから、ぜんぶ満たせ」

まわりのあちこちを指さす。カラクは、

「え、え」

「早くしろ」

以後、カラクは、この老婆にやしなわれることになると言いたいところだが、はたしてこれは、厳密に、やしなうと呼べるものだったか。カラクはいまでも、そこでの約二年間については、

——寒い。

以外の記憶がほとんどない。老婆はまるでカラクが下僕でもあるかのように、実際そうとしか見ていなかったのだろうが、

「体を拭け」

「戸を直せ」

「湯をわかせ」

みじかい命令形でしか、ものを言うことをしなかった。

ほかの家にも人はいた。どういうわけか男しかおらず、全員――老婆もふくめて――姓が「鄭《チョン》」だった。

血のつながりがあるのかどうか。カラクも自然、おなじ姓を名乗るようになったけれど、全員同姓ということは、全員無姓というにひとしい。

一種、のっぺらぼうの社会である。カラクはここで、はじめて、

――カラク。

と愛称されるようになった。

手の指の意である。なるほどその紙のような白さ、しなやかさは彼と余人とをわかつ最も明確な要素だったろう。一部を以《もっ》て総称に充《あ》てるという人類がそれこそ土地、動植物、器物……あらゆる何かに対しておこなってきた素朴でしかも効果抜群の命名法が、ここでも適用されたのである。

家々の男も、それぞれ愛称があった。彼らは分担制を敷いていた。陶器づくりに使う粘土を採るやつ、薪を焚《た》くやつ、料理をするやつ、髪を梳《くしけず》るやつ……老婆の仕事や生活を、それぞれの分野でささえていた。

老婆ひとりが主人であり、あとはみな下僕ともいえる。陶器をつくれるのは彼女ひとり、ということは、彼女のこしらえるものだけが集落全体の収入源なのだ。
具体的には、ときおり都会ふうの服装の男が――いつもおなじ男だった――老婆の家に来て、
米
粟《あわ》
魚の塩干し
麻布《あさぬの》
などを置く。釉《うわぐすり》にもちいる種々の粉を置いたりもするし、まれに毛皮を置いたりもする。
そのかわりに焼きたての茶碗やら皿やら小壺やらを持って行くわけだ。交換はおおむね平和裡におこなわれたが、ときには意見の相違の生じることもあった。
そのなかの何点かは、ゆくゆくどこかの洋上で、日本人あたりに、
(買われる、かな)
そう考えると、老婆の作品は一種の通貨のようでもあり、さらにはこの小さな集落が世界経済に参加するための唯一の方途のようでもある。カラクの役目は、身のまわりの世話だった。

老婆に酷使されること、それ自体はさほどつらくなかった。空腹でときどき気が遠くなるのも――どこが「たんと食える」だろう――あらかじめ覚悟したことである。しかしながら一日中、太陽のまったき姿がおがめないのは、これぱかりは、

（だめだ）

心がちぢみ、氷になった。

茶碗の底のような地形と、まわりの木々の高さのせいだった。人間というのは親がなくても生きていけるが、太陽がなくては、

（生きられぬ）

その思いは、冬になるといっそう募った。まがりなりにも建屋のなかには窯があるが、老婆は冬には仕事しなかった。

豪雪のため土が採れないからである。家のすみで毛皮をかぶり、ひざを抱いてうずくまり、四六時中うつらうつらする毎日。都会の男は来なくなり、食料はさらに不足した。

が、二年目の冬。

はじめて雪のふった日にカラクが集落を逃げ出したのは、空腹の苦しさのせいではなかった。

屋根の雪おろしを毎朝毎夕させられたからでもなく、沢が凍って、のどが渇いて仕方なかったためでもなかった。

（熊）

その姿を、思い出したのだ。

一年目の冬のさかり。たまたま雪が小やみになったとき、カラクは焚きつけ用の小枝ひろいに森へ出て、その動物と遭遇した。

動物というのは、その名前や特徴をあらかじめ知っているから動物なのである。知らなければ、

（怪物）

カラクは、ばらばらと小枝を落とした。

小枝が雪に埋まった、その音で相手が気づいた。

（四つ足だ）

という以外に、あらゆるところが他の動物と似ていなかった。犬にしては尾がみじかく、猫にしては脚がふとく、鹿にしては爪がながく、山羊《やぎ》にしては顔がまがまがしい。

何よりも、汗を腐らせたような臭気。

カラクは、足がすくんだ。

向こうも、よほど腹がへっていたのか、あるいは単なる興味本位なのか。

ふん
ふん

と鼻息を立ててこちらへ来た。

思いのほか敏捷《びんしょう》で、ほとんど跳ねるようだった。カラクは逃げた。集落へ帰り、老婆の家にとびこんで戸を閉《た》てたが、もしもそいつが本気を出したら、こんな家など、

(粘土《つち》の家だ)

そのことは、まちがいなかった。

結局、そいつは追ってこなかったけれども、この後しばらくは老婆にどれほど言われても、家々の男にどれほど殴られても、カラクは森へと足をふみだすことをしなかった。

雪がとけ、春となり、夏のさかりにも、

(怖い)

心の埋《うず》み火は消えなかった。

ふたたび冬が来るや否や、埋み火はふくれあがって炎となり、カラクを困惑におとしいれた。

困惑というより、乱心だった。乱心のまま、はじめて雪のふった日に逃げ出したのである。われながら、どうしようもないことだった。

出がけに茶碗をひとつ攫《さら》った。とにかく太陽ののぼりつめるほうへ、のぼりつめるほうへと走ったのは何か見こみがあったわけではなく、なかば本能の行為だったが、結果的にこれは正解だった。

三日三晩、ほとんど寝ずに走ったところ、

——塩浦《エンポ》。

という、現在の蔚山《ウルサン》にあたる港町へころがりこんだのだ。

塩浦は、富山浦、乃而浦と合わせて、

——三浦《サンポ》。

と称される。朝鮮の支配政権である李王朝が公式にみとめた、日本に対する三つの開港場のうちのひとつ。

このときのカラクは、じつは街の名すらも知らなかったのだが、しかし沖に大船《おおぶね》を見つけて、船員をつかまえて、

「乗せてくれ」

とたのんだのは、外国へ出たいというよりは、この国にいたくなかったのである。ぐずぐずしていたらあの集落からいつ男どもが来て、連れ戻されるかもしれぬ。

そうなったら、逃走の罪および窃盗の罪で、

(なぶり殺される)

あるいはあの四つ足に、

(食い殺される)

実際、のちのち得た知識によれば、熊というのは冬眠するのだそうだ。ふつうは雪のな

か森へ出たりはしないという。となるとカラクのあの体験はよほど例外的なものであり、二度目に遭う確率はきわめてひくい。がしかし、人間というのは、どうやら証明できる論理よりもむしろ根拠なき不安によって一生の大事をきめてしまう生きものらしい。船員はあっさり、

「いいよ」

日本語で言うと、船底へ押しこんでくれた。茶碗の賄賂がきいたのだろう。

船は、日本船だった。

港町うまれのカラクの知識は、日本なら、

（博多か。坊津《ぼうのつ》か）

と先を読んだ。坊津とは薩摩半島南西端の港町。

着いたのは唐津だった。予想は、

――当たった。

と見るべきだろう。本来ならば博多へ着くべきところ、内戦の戦火のほとばしりを避けたのだと後日わかったからである。カラクは、唐津に上陸した。

あとは、すでに述べたとおり。

唐津でその日暮らしをしているうち、何かの拍子に岸岳へ入り――熊は出なかった――土をなめて望みを持った。朝鮮のあの山奥のそれよりも、

(甘《うま》し)

と見たのである。その甘さにむらむらと名誉欲が湧き起こり、村であぶれ者をあつめ、陶技のすべてを伝授すると豪語したが、しかし実際のところ、そんなわけで、このときカラクには伝授するほどの陶技はなかったのである。

それでも彼は、あの老婆との同居共棲《きょうせい》を通じてそれなりのものは得たつもりだし、さらには一種の自信があった。

老婆の集落へ行く前に、ひとりぼっちのカラクを迎えに来た——というべきか——あの偃月刀の男に、

「お前の父は、ときどきだが、日本人に茶碗を売りつけていた。朝鮮のものは高く売れるんだ。安物でも」

と言われたことを記憶していたからである。

馬の背にゆられながら、だったろうか。

カラクは朝鮮の人間だし、父の子である。どうして日本などという後進国で人をみちびき教えることが、

(できぬ理が、あるか)

その意気だった。ただしカラクの陶芸学校には窯がなかったから、おなじ唐津に住んでいた豪商・神屋宗湛にたのんで設置してもらったことは、これもまた前述したところであ

る。

その生徒たち三十人ほどが、いま仲間われしているという。

子供のような石合戦。もっとも、この当時のそれは単なる礫《つぶて》の投げ合いではなく、竹を割って挟んだり、縄ひもを編んでふりまわしたりと投石器《スリング》をつかう。

礫というより、弾丸である。

遠投力も破壊力も強力そのもの。場合によっては死者も、

「出かねん」

カラクは船を蹴って陸《おか》へ上がり、合戦場になっているという石堂川《いしどう》（御笠川《みかさ》）の河原へと向かった。

石堂川は、那珂《なか》川とならぶ博多の大河川である。

目抜きの場所をつらぬくから、一般市民も見物に来るだろう、来れば被害がおよぶだろう。しかしこのとき、それ以上にカラクの頭を占めていたのは、やはりと言うか、

（それもこれも）

そのことだった。

（それもこれも、豊臣めのせいじゃ）

†

石堂川の川すじは、こんにちは、宝満山《ほうまん》の水源より北西方向へほぼ一直線に行ったあげく博多湾へと突っ込んでいる。

左右の岸も、ぎっちり堤防でしめつけられている。

当時はもう少しうねうねとした流れだった。河原はひろく、地肌は土だが丸石も無数にあり、ふだんは子供の遊び場でもある。

博多庶民の総合運動公園。カラクはその河原へじゃりじゃりと盛大な音を立てつつ下りたけれども、

「あれ？」

誰も、いない。

カラクを先導した四人の若者も、くちぐちに、

「どうした」

「たしかに、ここで」

カラクは、大きく左右を見た。丸石のうちのいくつかは、黒い紙のようなものが貼りついている。

血の乾いたやつである。石合戦の戦跡であることはまちがいないが、それにしてもあの感情の過熱の異様に速い連中が、まだ日も高いのに、

「お祭りを、やめるかな」

つぶやいたら、

「やめたのです」

背後から、声がした。

ふりかえると、女がひとり。

小花を散らした小袖に衣をはおり、腰には山吹色の裳袴《もばかま》をつけている。武家の女としては特段めずらしい服装ではないけれど、この河原では、そもそも武家の女が単身そこにいることと自体が珍奇だった。カラクは、

「草千代《くさちよ》さん」

と、つい目を落としてしまう。草千代と呼ばれた女は、

「あなたたちが」

と、四人の若者のほうへ目をやり、くすりとして、

「あなたたちがカラクを呼びに行ったものだから、叱られると思ったのでしょう、みんなさっさと和睦《わぼく》をむすんで街中《まちなか》へくりだしてしまいました」

「酒を飲みに？」

「ええ」

「まだ日も高いのに」

と、若者のひとりが道徳的な顔つきをすると、草千代は、観音様のごとき微笑《みしょう》を見せて、

「唐津の山ふところでは、お酒など、つゆばかりも頂けませぬからのう」

カラクは、

「あいつら」

と、その現金さというか、悪賢さというかに腹を立てつつも、

(まあ、よかった)

胸につめこんだ空気をぜんぶ吐き出して、

「原因は、やはり……」

「ええ、ご想像のとおり。堺派と博多派にわかれて」

草千代は、ひどく知性的な言いかたをした。

ふつうなら堺党、博多党と言うところだろう。年のころは、まだ三十路《みそじ》には、

——少し、ある。

というくらいで、カラクは十ほどしか離れていないのだが、十年どころか百年経っても身につけられぬような金色《こんじき》の光をふんわりと背負っている感じがもう正視できない。カラクは、目を落としたままだった。

女の素性は、よく知らぬ。

いっとき四国全土を支配していた土佐の梟雄《きょうゆう》・長宗我部家に山本なにがしという家来が

あり、その山本の妻だったものが、夫の戦死のため、浪々の身になったと聞いたことがある。

もとより戦国の世のうわさである。あてにならぬ。しかしながら人をたよるうち九州へながれ、唐津へおちつき、いまは浄土宗・清涼山浄泰寺《じょうたいじ》に厄介になっているのはたしかなので、容貌《みため》はきゃしゃだが、存外、足は達者なのだろう。唐津では何をして生計を立てているのか不明だが、草千代はどういうわけかカラクたちの住む山間《やまあい》の陶里が気に入ったようで、ときどき落ち葉ふみわけて母鹿のようにあらわれては、野菜をくれたり、塩の石をくれたりする。

酒はくれない。カラクは一度、宗湛に、

「あれは、どういう女人です」

と尋ねたことがあるけれども、宗湛は、

「草千代？　ああ、何だな、他所外《よそほか》からの後家らしいが」

ほんとうに知らないようだった。ともあれ貴重な支援者ではある。このたびもわざわざ博多まで同行してくれたのだ。カラクはようやく少し視線を上げて、

「堺派と、博多派」

草千代の言いまわしを繰り返すと、

（どちらか決めねば。じき、俺が）

胸でつぶやき、それから草千代を正視して、

「それじゃあ、私も街へ行きます」

「お酒を飲みに？」

「というより、あいつらの番をしに。またぞろ酔うて諍《いさか》いを始め、こんどは杯の投げ合いなどしたら天下の笑いものになる。御免」

きびすを返し、駆けだそうとした。背後から、

「われわれは？」

若者のうちの誰かの声。

カラクは足をとめ、首をうしろへ向けた。

四人全員、よだれを垂らさんばかりの顔をしている。飲みたいのだろう。カラクはちょっと迷ったが、

「みんな、来い」

草千代を放置することにした。

この時代、女のひとり歩きはめずらしくない。ポルトガル人ルイス・フロイスのごとき、日本で布教活動をおこなう宣教師たちはしばしば、

――この国では、女がひとりで好きなところへ行ける。

と母国との差におどろいているが、それだけ治安がよかったというより、そもそも日本

では、社会全体において治安という観念そのものが希薄だったのだろう。

こんな川風《かわかぜ》吹きつのる場所だけれども、草千代は、放っておいても、

(まあ、無事か)

カラクは、

「じゃあ」

と草千代へ言い、ふたたび駆けだした。

四人ぶんの足音が、じゃりじゃりと背後でさかんである。カラクはしきりと、

(あの女《ひと》なら、だいじょうぶだ)

みずからへ言い聞かせたけれど、その認識のさらに奥に、背後の四人もまた、

――雄々《おお》しき男なり。

という不安または警戒心があったことは気づかなかった。

もしくは、気づかぬふりをしたのかもしれぬ。自分以外の雄《おす》が草千代の横に立つなどは、どうしたことか想像もしたくない。

「駆けろ。駆けろ」

しちくどく叱咤しつつ、カラクは、おのが頬がもう酒に酔ったように上気しているのを感じた。

2　堺か博多か

十日後、朝。

神屋宗湛は、箱崎に出向いた。

秀吉の陣屋へこちらから乗りこんだ恰好だけれども、この日の茶会は、宗湛のほうが主人である。

秀吉という客の来るのを、

——待ち設ける。

という役どころだから、むろんのこと、自邸を持たなければならぬ。

その自邸を、この日のためだけに少し前から準備していたことは前述したとおりである。

場所は、磯ちかくの小さな丘の上。

青萱《あおかや》のむらがり生えていたのをすべて刈り取り、建物をこしらえ、刈り取ったばかりの青萱をその建物へふんだんに用いた。

屋根を葺き、壁を覆い、茶室へ入る躙口《にじりぐち》の戸までも覆ったわけだから、或る意味、青萱のばけもの。田舎ふうというよりは、田舎以上のつくりである。

なかには、茶室。

二畳半。

その奥で宗湛がひとり端座していると、躙口の戸をあけて、

ぬっ

と、秀吉の頭が入って来た。

それから両肩が来た、ひざが来た。

正座したまま、文字どおり躙り入《い》って来たのである。天下人は小さな体がすっかり茶室に入ってしまうと、みずから戸を閉め、ざっくばらんに、

「おはよう」

宗湛はほほえみ、

「どうぞ。こちらへ」

体をずらし、床《とこ》のほうを手で示した。

床とはいわゆる床の間で、いまは何も置いておらず、ただ錦の褥《しとね》が敷いてあるだけ。秀

吉はその上にすわり、宗湛の出した膳を食った。

宗湛も食った。食事がすむと床を下り、そのまま床を背にして正座する。

隣室から給仕の者が出て来て、褥を取り去り、かわりに風炉《ふろ》を置いた。

風炉のなかに炭をしこみ、香木を置き、釜をかける。

香木のかおりが部屋にみち、釜の湯が沸くころには茶の支度は終わっている。宗湛は茶を点《た》て、秀吉に出した。

茶碗は、新物《あらもの》の伊勢天目《てんもく》。

秀吉はそれを型どおりに飲み、茶碗を置き、
懐紙で口のはしを拭った。宗湛は点頭して、

「結構な」

「かたじけのう」

「が、茶碗が」

「ああ、お目が高い。さすがは相国様。これは伊勢天目とは名ばかりで、じつは美濃の
……」

「おぬし所蔵の博多文琳《ぶんりん》。あれで飲んだら、なおなお結構じゃろうのう」

にこにこと言った。

宗湛はちょっと首をかしげてみせて、

「これはこれは異なことを。あれは茶碗ではござりませぬ。茶入にござりまするが……」

「わかっておる」

と言うと、秀吉は、じっと宗湛の目を見た。

あたたかなまなざし。子供が蟻《あり》を、

(見るような)

宗湛はそう思い、背すじが凍った。

いつでも指でつぶせるが故《ゆえ》のあたたかさ。秀吉はとどのつまり、その茶入を見せろと言っているのではない。

——俺に、よこせ。

と命じている。

博多文琳の茶入は、神屋家の家宝にほかならぬ。当代（明代）中国の作物《さくぶつ》。文琳とは一種の雅称で「りんご」の意だが、実際のかたちは柿にちかい。

手のひらに乗るくらい小さな陶器の表面が、黒、黒っぽい茶色、赤みを帯びた茶色、黄色がかった茶色でこまごまといろどられ、その上に釉がかけられている。

釉はすきとおり、わずかに暈《ぼ》けている。そのうつくしさは諸士諸大夫のあまねく聞知《ぶんち》するところで、

——天下垂涎《すいぜん》の的。

とうわさされている。

まさしく日本一の宝物である。実際、宗湛は、これまで多くの大名からゆずれと言われたし、この秀吉の執心もあらかじめ想定するところだった。

「はあ」

宗湛は何度もまばたきしてみせると、横を向き、

「床框《とこがまち》は、いかがでしょう。こたびは太竹《ふとたけ》をもちいたのですが」

話をそらし、かつ幾分か挑発したのである。秀吉は、

「こいつ」

きらりと目を細めると、

「もう少し、わしに従順じゃと思うたがのう、筑紫の坊主」

「市中では『狗』と」

「いぬ？」

「相国様の」

宗湛はつるりと頭をなでてみせた。

釜の湯が、しゅんしゅんと白いけむりを立てている。香木のかおりが強くなり、鼻孔をひねる感じになった。宗湛は内心、

（ここだ）

おのれを鼓舞している。

（二畳半で余人はなし、会話《はなし》はまず隣室に聞こえぬ。ここしか言う機《とき》はない。能ある狗はただ一度……ただ一度のみ、従順と見せて牙を剝《む》こうぞ。むろん）

宗湛は、秀吉の腰のあたりを見た。

腰には黒うるし塗りの小刀《しょうとう》がさしこまれている。いったん気に入らぬとなれば、秀吉はそれを抜くことも、あるいは近くにいるだろう石田三成に命じて宗湛の首を刎ねさせることも、

（むろん、容易）

秀吉が、

「筑紫の坊主」

「はっ」

「博多ぶんり……」

「そんなものより」

と、宗湛は声をおしかぶせて、

「相国様は、もっと貴きものを手に入れるべし」

「貴きもの？」

「はい」

「唐物の、茶入よりもか。それは何ぞ」

「唐」

宗湛は、きっぱりと言った。

身をかがめ、上目づかいに秀吉を見て、

「討ち入りの儀、いつなさいます」

「明日《あす》やると申したら？」

と即座に返したあたり、秀吉も、そのことがつねに脳裡にあるのにちがいない。宗湛も即座に、

「その本陣、ぜひともこの地に」

すなわち、

――出兵拠点は、博多に置け。

宗湛はそう要請した。さらに念入りに、

「堺ではなく、この博多に本陣を」

このとき宗湛の脳裡では、津田宗及、千利休、今井宗久ら、堺衆の顔がつぎつぎと浮かび来たり去っている。

大坂城の茶会では、

（ほんとうに、世話になった）

ことに津田宗及などは秀吉へのとりなし役までしてくれた上、その後もことごとに進物をくれたり、商売上有利な情報をくれたり。その彼らを出し抜くのは申し訳ない気はするけれども、

(それは、それじゃ)

宗湛は、そう思い決めていた。何しろ朝鮮出兵、中国出兵ということになれば、号令一下、全国の大名が秀吉の膝下へあつまるのだ。

彼らの抱える武士、雑兵、水主《かこ》、僕従らは、無慮百万をかぞえるだろう。

そいつらは、しかし将棋の駒ではない。みなみな屋根の下に住み、水を飲み、米を食らい、尿《いばり》をし、刀を研ぎ、帷子《かたびら》をつくろい、女を抱き、馬に秣《まぐさ》をやらなければならぬ温かな血のかよった人間どもだ。

つまりそこにあらわれるのは、ひとつの新たな首都《みやこ》である。無限の富が落ちる。となれば、その落ち先はどうあっても、

――博多で、あれ。

というのが博多商人たる宗湛の当然のこころざしだったが、ただし客観的に見ればどうだろうか。彼らはいずれ船出せねばならず、そのための港湾機能は、はっきりと、

(堺のほうが)

何しろ堺という街は、この二百年のあいだ、とぎれることなく繁栄してきた。

室町将軍が、織田信長が、そうして目の前の秀吉が、海外へ目を向けるときの窓口となりつづけてきた。

昨今ようやく復興が緒《ちょ》に就いたばかりの博多とは、それこそ大人と子供ほどの差がある。早い話が、艀をつける船つき場の数ひとつを取っても十倍以上の差があるのだ。

正直なところ宗湛自身、もしも秀吉だったとしたら、大陸出兵の拠点にはまず堺のほうを選ぶ。そのほうが万事やりやすいというよりも、それ以外の選択肢がこの国にはないのだ。

その常識を、この一席で。

この二畳半の空間で、

(くつがえす)

秀吉は。

じっと宗湛を見返して、

「利は?」

「は?」

「堺をすてて、博多を出兵拠点《でどころ》にすることの利よ。そなたが肥え太るのは勝手じゃが、わしには何の利がある」

「それは」

宗湛は、胸がさわいだ。

答はあらかじめ用意してある。つい前かがみになり、

「朝鮮に、より近うござる。ほとんど対岸。堺からでは大船団がぞろぞろ瀬戸内を通過しなければならぬ上、あの狭くて岩だらけで流れの変わりやすい馬関《ばかん》の大門《おおと》（関門海峡）から外洋《そと》へ出なければなりませぬ。おのずから船の仕立ても限界がありましょう」

秀吉は露骨に、

——失望した。

という顔になり、

「言うと思うたわ。わしは海戦はやる気はない、船はただ向こう岸へ兵を運ぶためだけのもの。極端に言うなら軍船《いくさぶね》でなくても、商船《あきないぶね》でもいい。それこそ堺衆の船でもまにあう」

「もうひとつ利があります」

「ほほう」

「こちらのほうが長い目で見れば本道ですが。勘合」

「勘合？」

「はい」

宗湛はつづけた。出兵となれば、秀吉はおそらく勝利するだろう。

朝鮮の李朝も、明の皇帝も、

――服属。

の意をあらわすだろう。

自分（宗湛）はふだん日常的に外国人と接しているから国力のちがいは肌でわかる。いまの日本は、少なくとも日本海、東シナ海、および南シナ海周辺国との交戦においては、

「まず、敵はありますまい」

客観的に見て、この宗湛の発言は、かならずしも秀吉への、

――おべっか。

とばかりは言えないだろう。このころの日本が東アジア世界で、いや、ヨーロッパをふくめても、世界一の軍事動員力を保持していたことは事実だからである。

早い話、秀吉が九州平定のために諸大名に命じ、あつめた兵力は総勢二十万であるのに対し、同時代のフランスでは、国内全土をまきこんだ史上まれにみる宗教対立であるユグノー戦争においてすら規模は数万だったという。

いや、わざわざ例を西洋にとらずとも、この約三十年後に明が北方女真《じょしん》族のヌルハチ（清の太祖）の軍と戦って大敗し、国家滅亡の主因となったサルフの戦いでも、その兵力は明軍十万、ヌルハチ軍六万にすぎなかった。

人数が戦争のすべてではないにしても、とにかくこの神屋宗湛という国際人の「肌でわかる」と言うその肌は、それなりに正確に時代を認識していたのである。

宗湛は語を継いで、

「とはいえ、明は広大です」

国土そのものも果てがないし、中央の官衙《かんが》も壮麗だという。いくら何でも日本人がこぞって常駐支配するわけにはいかないから、実際には、

――冊封《さくほう》。

と呼ばれる、一種の協定を締結することになる。

冊封とは、大まかに言えば、国家間の君臣関係である。締結以後は、いわゆる、

――朝貢貿易。

が成立する。藩国（この場合は明）はいろいろと定期的にみつぎものをする義務が生じるし、君主国（この場合は日本）も、それに応じて返しものをしてやるのだ。

二百年前。

室町期には、足利将軍がこれをむすんでいた。

むろん明のほうが君主国であり、日本のほうが藩国のかたち。当時の国力を考えればそれが自然だったわけで、足利家はその屈辱とひきかえに、貿易で利益を得、それを幕府経営の資金源にした。自己の権威づけに活用した。

秀吉のこのたびの出兵の挙は、その国家間の関係を逆転させるこころみである、とも見なし得る。

輸出入の利は、いっそう厖大《ぼうだい》になるだろう。ところでこの朝貢貿易というやつは、実際におこなうとなると、双方、正式に使者を立てなければならない。

国家間行為だから当たり前だ。しかしながら海には倭寇という名の私貿易の徒がいて、数の上では圧倒的に多く、しかも役人をあざむくくらいのことは艪《ろ》を漕《こ》ぐよりも平気でやる。

正私の区別の必要がある。その区別のため、君主国のほうが発行するのが、

「つまりは、勘合」

勘合とは、要するに紙の割《わ》り札《ふだ》である。

あらかじめ双方が分けて持ち、合わせることで身元をたしかめあう。一種のパスポートともいえる。これもまた、日本では室町期以来の方式だった。

そうしてこれは倭寇の連中のみならず、日本の他の大名が同様の貿易をやることの防止にも役立つところ大きいから、

「明の国の旨味《うまあじ》は、相国様おひとりのもの」

宗湛がそう言い、口をつぐむと、秀吉は、

「そうか」

目を閉じた。

宗湛は、手をのばした。

伊勢天目を引き寄せ、

「もう一服、いかが」

「もらおう」

「ただしそれは」

と、宗湛は、さっさっと茶筅《ちゃせん》をさばいて茶を点てながら、

「討ち入りの陣を、この博多に置かれてこその話。博多はそのまま貿易のかなめとなり、未来永劫、黄金《おうごん》の街となり……」

「おぬしが、肥える」

「肥えて、たちまち痩せまする。相国様にすべてをおゆだねします故」

茶碗を、秀吉のひざへ押し出した。すなわち、

——貿易の実務は、こちらでやります。あがりは豊臣の蔵へおさめます。

という贈賄宣言である。

秀吉には、もちろんその意がわかるだろう。

(どうだ)

秀吉は。

なお、目を閉じたまま。

宗湛はその厚ぼったいまぶたへ、

(博多と言え。博多と)

床の釜は、まだしゅんしゅんと鳴いている。

戸外では風の音はしないけれど、虫のささやきが聞こえる。虫がささやくはずがない。青萱の葉ずれの音にちがいなかった。

青萱というのは青すすきともいい、長さが一メートル以上にもなるから、わずかの風でもゆれるのだ。草のにおいが、鼻に来た。

茶が、ひえた。

ふしぎなもので、茶碗までもが命をなくしたように見える。秀吉はようやく目をひらき、にんまりとして、

「筑紫の坊主」

「はい」

「おぬしは、ひどく考えておるのう」

片手で茶碗をつかみ、ひといきに飲んで、

「わしは、そこまで考えなんだわい」

「しょ、相国様、それでは……」

「おう、おう、唐へ討ち入りじゃ。船をあつめて。景気よく行こうぞ。博多から」

目をしわにして、子供のような笑顔になったと思うと、

「あっ」

手をすべらせ、茶碗を落とした。

茶碗には、まだ茶がのこっていた。白絹《しらぎぬ》の袴の上で、たちまち緑の国が版図をひろげる。

秀吉は腰を浮かして、

「熱い。あつい」

宗湛はあわてて懐紙を出し、ぬぐってやりながら、

（本心）

確信した。

いまのことばは、うれしがらせではない。本心のそれだ。景気よく行こう。博多から。さっきの笑顔。あれが証拠だ。この秀吉という人は、まちがいない、あれが地《じ》の顔にほかならないのだ。

だいいち、そうだ、半年前のあの正月の登城のときも、この人は、これでもかと言わんばかりに自分を歓待してくれた。

その後みずから博多の復興を命じてくれた。これだけでもうこの人が自分を、博多を、

――使える。

と見ていることが明白ではないか。

（堺に、勝った）

宗湛はおおむね、茶をぬぐった。

とはいえ、緑のしみまで消えたわけではない。秀吉は袴をちょんと指でつまみ、ふうふう息を吹きかけながら、

「やはり、博多の茶は熱い」

声は、平穏そのものである。もともと茶はひえていた。密談は終わりを宣告する、一種の即興劇なのだろう。

宗湛は、

「茶だけではありません。人の心も」

胸に手をあててみせた。われながら青くさい。秀吉は、

「ん？」

「かたじけのう」

体を折った。ひたいが畳につきそうだった。秀吉は、

「おいおい。亭主がそのように低頭するな」

笑いを放ち、ほどなく躙口から戸外へ出た。

秀吉は、なぜ出兵したか。

という問いに対しては、博多商人・神屋宗湛は、だから終生、

——勘合貿易を、やるためだ。

そう信じることになる。これ以降、宗湛の席では、茶は少しぬるくなったという。

†

四か月後、秀吉は、対馬の大名・宗義智《よしとし》へ書状を発した。

——来春には秀吉みずから博多において、唐入り、高麗《こま》入りのことを命じるであろう。

という内容の文章が、その書状にはふくまれている。

宗氏は伝統的に朝鮮とのつながりが深く、出兵となれば、ことに外交面において最重要の役割を演じることになる。秀吉にとっては、この時点で、朝鮮出兵はもう始まっていたのである。

†

秀吉の勢いは、つづいた。

大陸侵攻を予告する右の書状とおなじころ、京のみやこに、

——聚楽第《じゅらくだい》。

と呼ばれる城郭ふうの邸宅、または邸宅ふうの城郭を完成させ、そこへ移り住み、翌年、

後陽成《ごようぜい》天皇の行幸をあおいだ。

正確に言うと、天正十六年（一五八八）四月のこと。

秀吉はそれを丁重にむかえ、歓待をつくし、みずから天皇へ、

「御料《ごりょう》（土地）を、寄進します」

と申し上げげたなどと言うといかにも崇敬の念が篤《あつ》いようだが、実際のところは要するに、

——金がほしくば、わが家へ来い。

と強要し、しかも来させたわけである。この瞬間、秀吉は、九州につづいて皇室をも平定した。

あとは、関東と東北だけである。

ただし東北のほうは、代表選手というべき米沢城主・伊達政宗との関係がさほど険悪でなく、ゆくゆくは戦争なしで服属させ得るかもしれぬのに対し、関東のほうは、首都・小田原をよりどころとする北条氏政・氏直親子が敵対姿勢を鮮明にしている。

北条氏（後北条氏）は室町末期の伝説的梟雄・北条早雲を始祖とする。名家である。早雲以後、この変転無常の戦国の世を延々《えんえん》五代にわたり、関東の土と、

——不即不離。

とも呼べる歴史をあゆんできた。

まさしく、一頭の獅子だろう。

が、それも、いまや全国の大名をすっかり膝下に容《い》れてしまった秀吉の前では虎群の前の獅子にすぎぬ。秀吉はいよいよ天正十八年（一五九〇）三月、

――北条氏征伐。

の旗じるしを掲げ、京を出た。

秀吉、このとき五十四歳。

九州平定より約三年後のことだった。秀吉とともに参戦したのは徳川家康、織田信雄《のぶかつ》、前田利家、細川忠興《ただおき》、長宗我部元親、石田三成など。

四月、包囲。

七月、北条家降伏。

氏政は自害、氏直はのち高野山へ追放される。相模《さがみ》、武蔵《むさし》、上野《こうずけ》、下野《しもつけ》、上総《かずさ》、下総《しもうさ》、安房《あわ》、常陸《ひたち》のいわゆる関八州はすっかり秀吉の手へころがりこんで、東北諸国も服属した。伊達政宗も結局のところは秀吉のもとめに応じ、北条へ弓を引いたのである。

実際の戦闘よりもむしろその準備のほうに時間をかけるという中年以降に顕著な秀吉のやりかたが如実にあらわれ、如実に実をむすんだ歴史的画期。

名実ともに、天下統一が完成した。

右のくさぐさを公的達成とするならば、秀吉はさらに、私的達成もなしとげた。小田原征伐の前年、側室のお茶々《ちゃちゃ》、後世のいわゆる淀君《よどぎみ》が、山城国淀城において秀吉の子を生んだのである。

子の名は、鶴松《つるまつ》。

これは画期的なことだった。秀吉はもともと正妻ねね（北政所《きたのまんどころ》）とのあいだに約三十年のあいだ子供ができず、側室を十人以上もうけたが、みな生《な》すところがなかった。鶴松はけだし、日本史上最初にあらわれた豊臣秀吉の実子なのだ。

ましてや、それが男子となれば。秀吉は連日、人目もはばからず、

「あと継ぎじゃい。あと継ぎじゃい」

乱心そのものの喜びようだった。秀吉は京にいる淀のお茶々へ、しきりに、

——大坂城へ行け。そっちのほうが海風ですずしい。

という旨の手紙を書いた。

淀から大坂はたかだか七里半（三十キロ）ほどしか離れていないし、大坂が海風ですずしいなら、淀は川風ですずしいだろう。

冷静でも何でもない、その場の思いつき。

秀吉はこのとき政治家ではなく、軍事指揮官でもなく、都市計画家でもなく、朝廷の貴

族でもなく、茶湯の亭主や客でもなく、文化財の鑑賞家でもなく、ただの生活者にすぎなかった。

それ以前に、もちろん養子はいた。秀吉が万一のことに見舞われたさい家督を継ぎ、豊臣の代表者となる予備の人材。この時点では、

小早川秀秋
豊臣秀次《ひでつぐ》
宇喜多秀家
結城秀康

の四人だった。本姓はむろん全員豊臣なのだが、ここでは後代における一般的な姓名を挙げる。

しかしながらこの予備品は、それぞれ欠陥品だった。彼らのうち小早川秀秋、宇喜多秀家、結城秀康の三人は秀吉とは血縁がなく（ただし小早川秀秋は正妻ねねの甥）、たまま政略的な必要から秀吉に引き取られた将棋の駒のような存在にすぎぬ。養子というよりは、人質にちかい性格だろう。

のこるひとりの豊臣秀次は、秀吉の実の甥。

血のつながりは、申し分ない。年のころも二十代に入ったばかりだし、健康面の問題も

なかった。ただし血すじがよくて若くて元気なやつの例にもれず、それ以外のところで評判がすこぶる悪かった。

家臣たちへも大名たちへも、

――これは自分の意志ではない。相国様のご意志である。

と言い言いして、相国様ならば決してしないであろう要求をむりやり呑ませることがたびたびだった。秀吉という有名商標のかげに、いわば堂々と隠れていたわけだ。

武具に関しても、おなじだった。秀次はたいそう武具にくわしく、鑑識眼もあり、それだけに天下に名の通ったものを揃えたがった。纏《まとい》(本営に立てる馬印)には金の御幣《ごへい》を、陣羽織には鳥毛《とりげ》のをという具合である。

頭につける兜《かぶと》は、このころ、

――日根野形《ひねのなり》。

と呼ばれる五枚張りのものが流行していた。戦国初期に美濃国で活躍した日根野弘就《ひろなり》という武将が考案したとされ、その日根野家の現当主・日根野高吉《たかよし》(弘就の子)の蔵に、

――弘就みずから手がけた逸品あり。

といううわさを聞いて、

「よこせ」

日根野高吉は、

「これだけは、家伝秘蔵の品なれば」

と固辞したが、秀次は、例によって秀吉の名をちらつかせて献上させた上、それを身につけて総大将として小牧長久手の戦いにのぞんだ。

陣羽織はもちろん鳥毛のそれ、纏はもちろん金の御幣。わかりやすい自己顕示。小牧長久手の戦いは、敵が徳川家康だった。

相手が、悪い。

それはたしかにそうだったが、それにしても秀次は完敗し、命からがら逃げ出して、

――見ぐるしい。

という評判を受けた。秀次は大いに反省した。

「それがしのしわざは、誤りだった。面目次第もござらぬ。爾後《じご》、しかと悔い改めます」

と宣言した上、右の武具をおさめた定紋入りの具足櫃《びつ》をどこへも持参し、たとえば酒宴の席へも持ちこんで、体をもたれさせて遊んでみせた。

本人としては、

――かたときも、戦時をわすれず。

という意志をあらわしたのだろうが、よそ目には玩物喪志《ものいじり》としか見えぬ上、そもそもの問題である有名商標への固執については自覚も反省もしていないことが逆にこれで露呈された。こういう若者が、いわば嫡男あつかいだったのだ。

このまま秀吉が老いて死ねば、

――豊臣家は、ぐらりだ。

と誰もが心配していたところ、あるいは期待していたところ、その心配ないし期待をそれこそぐらりと転覆させたのが鶴松の誕生にほかならなかったのである。

これにより豊臣政権は、かつての織田信長のそれのような一代かぎりの徒花《あだばな》に終わる見込みが大幅に減った。

鎌倉の源氏、室町の足利氏のような長期政権になるきざしすら見えはじめた。鶴松のもとへは全国から祝いの品が殺到した。そのいっぽう、豊臣家では、ひとりの功労者が消え去ろうとしている。

秀吉の弟・秀長である。

大和郡山城のあるじ。二年前の九州征伐のさいには最大の激戦に際会し、勝利したにもかかわらず戦後の論功行賞《うつつ》において田んぼ一枚もらうことをしなかった政権の裏方。

秀吉の奔放な発想を現実のものにする常識家。その秀長は、このたび小田原征伐には参加することをしなかった。少し前から疲れやすくなり、歩行も懶《ものう》く、床についてしまったのである。

病臥《びょうが》しつつも、

(言わねば)

その思いは、持ちつづけた。

(兄《あにい》に。言わねば)

秀吉は、腰が軽い。小田原平定後、たった三か月しか経たぬ時期に、

——見舞いに行く。

使者をよこし、つづいて本人が来た。

おそらくは大坂城で鶴松にべろべろばあをして、それから例の暗峠をとおりぬけて来たのだろう。大和郡山城の城内はにわかにあわただしくなり、陽《ひ》がさしたようになった。

秀長、さすがに寝ていられぬ。

座敷へ秀吉を上げ、袴をつけて対面した。顔には白粉《おしろい》をつけている。肌色の悪さを隠すためである。端座して真竹のように背すじをのばしたあたり、かなり無理している。

事実、秀長は、この三か月後には荼毘《だび》のけむりとなるのである。が、いったいに近代未満の人々というのは、洋の東西を問わず、

——弱みは、見せぬ。

その姿勢が、こんにちの市民よりも徹底している。兄弟姉妹が相手でもだ。なぜなら彼らは、愛だの友情だのいう人工的な概念よりも、

——縁《えん》。

という、自然の摂理とほぼ同義であるような語で人とのつきあいを意識している。だか

らその立居振舞も、おのずから、

——天災へ、そなえる。

その気配を帯びざるを得ないのだ。

いっぽう、秀吉は。

もともと秀長を脅威とは見ていない。

「元気か」

あぐらをかき、右の肘を膝に立てた。

頬杖をつくような恰好である。秀長は余裕たっぷりの表情をつくり、

「すこぶる」

「そうか」

「兄ぃが春日殿《かすがどの》（春日大社）へ五千石寄進してくれたから。僧どもが、ことさら念入りに」

「興福寺へも、奥方を詣でさせたとか」

「わし自身は、東大寺へ」

「よくない。よくない」

秀吉は大仰にしかめっ面をして、

「平癒祈禱《へいゆきとう》は猪汁《ししじる》とおなじ。少し食うなら益がある。食いすぎたら害じゃ」

と言うと、ひょいと立ちあがり、

「息災のようで安心した。茶室を貸せ。利休と茶を飲んで帰る」

もう座敷を出ようとしている。その背中へ、

「待ちやれ」

「ん？」

「いや、茶室の件は承知したが、ほかに申し上げたき儀が」

片膝立ちになった。これだけの体の動きでももう、のどが窄《すぼ》まるほど息があらい。

（どうして、こんなことに）

秀吉は立ったまま、ちょっと間を置いて、

「どうした」

「ご改心」

「ん？」

「唐への討ち入り。ご改心ありたし」

「……出兵するな、と？」

「はい」

「秀長」

秀吉はその場にしゃがみこみ、まるで子供に対するように視線の高さをおなじにして、

「話せ」

「そもそも兄ぃは、なぜ」

と、秀長はそこで深呼吸を二度してから、

「なぜ唐入りなどの挙に出るか。それは……」

「勘合貿易」

秀吉はさえぎって、歌うように、

「と、神屋宗湛あたりは思うておるかなあ」

「勘合貿易? ばかばかしい。そんなのは博多の商人《あきんど》がおのれの利にひきつけた小理屈《こ》にすぎませぬ。兄ぃの真意はちがう。わしは知っている。この日本に、もはや封土《ほうど》がないからだ」

話しつづけた。秀吉はその人生において天下の切り取りが進み、服属大名の数がふえたのはよろこばしいが、最近はその弊害のほうも大きい。

いくさに勝っても、恩賞がじゅうぶんあたえられぬのだ。

九州平定のときもそうだった。参戦した大名たちが、

――あれだけ奉公させておいて、これっぽっちか。

などと不満をもらす、その声を自分(秀長)もじかに聞いた。

何とか秀吉にとりなしてくれ、という依頼も受けたことがある。最終的には、

――まあまあ、この美濃守（秀長）ですら何も得るところがなかったのですから。

ということを遠まわしに言って宥《なだ》めたけれども、

「こたびの、関東のお仕置きにおいても」

秀長はそこで口を閉じ、息をととのえた。

秀吉、表情を変えぬ。秀長はようやく口をひらいて、

「兄ぃは、まことに苦しかった」

なお、つづけた。何しろ北条氏をたおして手に入ったのは相模国、武蔵国以下の関八州。寒いし、川だらけだし、米はとれぬし、人心は未開だし……むやみやたらと広いほかは何ひとつ取柄がない。

こんな場所をもらったところで誰もうれしいとは思わないが、それでも功労者全員へ配るには足りぬ。

秀吉は、どうしたか。ほとんど、

――曲芸的。

と呼べるほどの措置に出た。三河、遠江《とおとうみ》、駿河、甲斐、信濃の東海五か国をおさめる徳川家康へ、

――関八州へ、行け。

と命じたのである。

円の中心から円周へ行け、と命じたようなものだろう。家康は激怒し、ふたたび秀吉に弓を引く（一度目は小牧長久手の戦い）かと思いきや、案外あっさりと命にしたがい、あまっさえその関八州の「首都」を小田原から江戸へうつすという冒険に出た。

江戸というのは、寒村である。

が、地勢に利がある。波おだやかな湾の奥に位置しているから大きい船がとめやすく、川が綾《あや》なす湿地帯だから埋め立てれば平坦広闊《こうかつ》な土地になる。

要するに、東の大坂である。

ただしその埋め立てにはずいぶん時間がかかるだろうが、家康は、そのへんの利害得失もじゅうぶん考慮したのにちがいない。おかげで東海五か国は空き地になり、秀吉はそれを中村一氏《かずうじ》、山内一豊、堀尾吉晴、池田輝政らへ分割支給してやることができた。

中村以下は、やはり、

――これっぽっちか。

と思っただろうが、しかしとにかくその不満が爆発ないし表面化しなかったのは、国名に商標力があるからだった。

とりわけ三河、遠江、駿河あたりは街道すじにあたり、持つこと自体がたいへんな天下の自慢である。実質以上の価値がある。まことに曲芸的、かつ天才的な一手を秀吉は打った。

が、それだけに、

——一生に、一度。

そんな手でもある。

二度は使えぬ。今後もしもどこかの大名が、四国でも九州でも関東でも、謀反《むほん》の軍を起こしたとしたら、秀吉はそれを鎮圧するだろう、そうして味方には恩賞をあたえられないだろう。それでなくても不満がすでに世にみちていること、右に述べたとおりである。

いまの日本には大名はあまりにも多く、土地はあまりにも少ないのである。ゆくゆく第二、第三の謀反が起これば、天下はなだれを打つがごとく反豊臣へかたむくかもしれぬ。

秀吉の首は飛び、京のみやこの三条河原にさらされるかもしれぬ。

「兄ぃは、それを知っている」

と、咳をしつつ秀長はつづける。

「だからこその唐入りなのでしょう。海をわたれば果てなき封土。それを恩賞にあてるべく……」

「おいおい」

秀吉がまたさえぎり、秀長の肩に手を置いて、

「わしが唐入りのことを言いだしたのは、北条征伐以前からじゃ。おぬしがいちばん存じておるはずではないか」

「北条征伐以前から、この問題《なんぎ》はありました。兄ぃは何にしろ早《はよ》う早うに準備をおこなう性分ゆえ……」

「そこまで承知しておいて、おぬし、どうして出兵をやめよなどと言うかのう。兄ぃは悲しいぞ」

と、秀吉の口調は、どこまでも陽だまりで将棋を指す者のそれ。

秀長は、ちがう。ことばの音《おん》ひとつひとつが血の塊《かたまり》でもあるかのように、

「海外《そと》へ出るのは、不確かなことが多すぎます。かりに兵力はこちらが上にしても、敵の銃砲がわからぬ、甲冑がわからぬ、城の構造《つくり》がわからぬ、地形がわからぬ。道案内をさせる村人の言葉《こころ》もわからぬ」

「うむ、うむ。おぬしらしい考えじゃ」

と秀吉がおだやかに応じたのは、もちろん、

――常識的だ。

もっと言うなら、

(平凡だと)

秀長は、かっとなった。

それをいまさら非難するのか。自分が平凡だからこそ、豊臣家はこうして、

「天下が、取れた」

そう吼《ほ》えてやりたかった。

考えてもみろ。中国攻め、九州攻めであれほどの戦功を立てた人間が、どうして平凡であるものか。非凡にきまっているではないか。それを自分は豊臣家のため、というより秀吉ひとりのために一歩ゆずり、格別の評価をあきらめたのだ。

何しろ政権の長たる秀吉は、発想が不羈奔放《ふきほんぽう》である。

大名たちは従う、従わぬ以前にそもそも命令の意味がわからぬことも多く、どうすることもできないところへ、

――あれは、こういう意味ですよ。

と、耳打ちするようにして解説してやるのは秀長のほとんど日課のようなものだった。もちろんこの場合、耳打ちというのは、実際には書状とか、使者の派遣などというかたちを取るのだが。秀長は、一種の翻訳家だったのである。

政権内には、翻訳家があとひとりいる。

あるいは、ひとりしかいない。石田三成。だがこの最高官僚はいちいち、

――あなたには、理解できんでしょうなあ。

という語感をにおわせるので、

――傲慢《ごうまん》。

と陰口をたたかれる。

秀長よりも身内臭《くさ》い、などとも言われる。若さが出たというよりは、生来そういう器量なのだろう。とにかく秀長はこういう地味な仕事のつみかさねで秀吉を天下人へと押し上げたし、いまも支えつづけている。

言いかえるなら、

(わしの、この平凡さが)

しかしその怒りは、瞬時に二転した。

——わしは、正しく評価されておらぬ。

その感情をなかだちにして、

(たかだか、大和郡山城)

その思いが、地を割る岩漿《マグマ》のように噴出した。

なるほど大和郡山は、交通の要所である。大和、紀伊および和泉三か国の「首都」ということにもなっている。しかしながら街そのものは四方を山にかこまれた盆地であり、大河もなく、海もなく、いわば箱庭のようなもので、これ以上どんな発展もしようがない。

そのくせ、仏教勢力がめんどうくさい。

奈良の坊主はちょいちょい寄進しろと言ってくるし、紀州根來《ねごろ》寺の僧兵とはつい最近まで戦争していた。坊主がたのもしく見えるのは体調の悪いときの祈禱の最中だけであり、それにも多額の金がかかる。こんなところで、こんな冴えない三か国ごときで、秀吉はた

いせつな弟に、

――一生を、終えろ。かけがえのない、

と言うのだ。

(この、自分に)

秀長、五十一歳。

死の手前で、はじめて気づいた。

恩賞にいちばん不満なのは、ほかならぬ、

(わし)

もっと、よこせ。

土地を。

石高を。

だが秀長の口は、すでにして別の理屈を立てている。いよいよ声を大にして、

「海外《そと》へなど、出ずともいい。日本にはまだまだ封土がある」

「ほう」

「東北《みちのく》の国々はまだ開発の余地があるし、その奥には蝦夷《えぞ》地もある。封土がなくなれば金銀をやればいい。金銀がなくなれば茶碗をやればいい」

「ならば、秀長」

「何です」

「おぬしにやろうか。東北。蝦夷地」

「ぐっ」

黙ってしまった。家康よりも遠いではないか。秀吉ははじめから、秀長自身も気づかぬ本心に気づいていたのだ。心のなかで、

（いらん）

思った以上、この言い争いは負けである。

あとはもう、感情論。

秀吉の袖をとり、

「兄ぃ、兄ぃ、この弟の末期《まつご》の言とお思いくだされ。唐入りはなりませぬ。豊臣がほろびる」

「末期？　さっきは元気じゃと」

「元気なれど最期じゃ」

当代最高の常識人が、この土壇場で、もはや自分が何を言っているかわからない。秀吉は立ちあがり、袖を払い、何かを避けるかのごとく身をねじって、

「また来る」

「だから兄ぃ、『また』はないのだ。これが末期の……」

「落ちてる」

と、兄は、弟の足もとを指さした。

見ると、畳の上には、指先ほどの白い紙がひとひら。

紙ではない。

（白粉）

秀長は、ぎょっとした。肌色の悪さを隠すため、顔につけさせたもの。すっかり乾いている。さんざん弁じ立ててよほど汗をかいたと思いきや、この体は、もはやこの人工の皮膚をつなぎとめる力もないらしい。

秀吉は、

「ひのもとじゃ」

と、やさしく声をよこした。

「わしは四年前、ポルトガル人宣教師ガスパル・コエリョが大坂城へ来たときこう言うた。天下統一のあかつきには日本《ひのもと》を秀長にゆずり、わし自身は、唐の征伐に専念するとな。おぬしも聞かなかったかな」

「聞いた。じゃが、あれは……」

「あれは一場の冗談ではない。世辞でもないし夢でもない。西洋人むけの大言壮語でもない。ただの予定《ちぎり》じゃ。おぬしには大和、紀伊、和泉などと小さなことは言わぬぞ。もうじき日本をまるごとやる」

「あ、あ、兄ぃ……」

「ただの、予定じゃ」

秀長は、

（かなわぬ）

尻もちをついた。釈迦の手の上で駆けまわったという孫悟空の心持ち。何をどう言い返せばいいだろう。秀吉は、

「茶室を貸せ」

言いのこすと、出て行ってしまった。秀長は、

「あ、ああ」

兄弟の最後の会話だった。

†

半刻後、秀吉は城内の茶室で、

「利休」

「はい」

「あいつは、もういかぬ」

利休とは、千利休。

体の小さな老人である。しゃりしゃりと小気味いい音を立てて茶筅をかきまわしながら、

「あいつとは、大納言様（秀長）のことで？」

「うん。あの様子では……長《なご》うない」

「おやさしいですな」

「何？」

「殿は。血をわけた弟君に」

茶筅を茶碗から出し、茶碗を押し出した。秀吉はひといきに飲んで、

「そうかな」

「そうです」

「あいつは唐入りをやめろと申した。わしは聞く耳を持たなんだ。やさしくはない」

茶碗を置き、押し返した。

この押し返すときの手つきで、秀吉が、

――もういい。

と言っているのか、それとも、

――もう一服。

と求めているのか、利休はつねに確実にわかる。まだ秀吉の政治的師というべき織田信長が生きていた時分からだから、もう二十年あまりも秀吉へ茶を飲ませてきた。

この場合は、

(もう一杯)

茶碗をすすぎ、茶巾でぬぐい、茶を掃《は》き、湯を汲む。

しゃりしゃりと、ふたたび茶筅の音を立てる。秀吉はその穂先をじっと見ながら、

「おぬしは、どう思う」

「え?」

「唐入りの件。諒《りょう》とするか、否《ひ》とするか」

「手前が何か申したところで、どのみち出兵なさるでしょう」

「どう思う」

秀吉は、声をかぶせた。利休は即座に、

「興味なし」

「……」

「手前は、堺の商人です。堺の損得とともにある。殿はこれまで天下取りのため存分に利用しておきながら、いまや何らの価値《ねうち》も見いださず、老いさらばえた獅子のごとく見さだめて、かわりに博多を若獅子と見られた」

その口調、どこまでも春の野のようにおだやかである。茶碗を押し出し、さらにつづけて、

「船出のみなとが堺でなければ、手前には、唐入りなど夢もおなじ。もっとも、かりに堺をえらばれたとしても、手前ももう七十。街同様の老い獅子にござる。殿にはご用ずみでございましょう」

「そんなことはない」

秀吉はうつむき、茶に口をつけることなく、

「そんなことはないぞ、利休」

「やはり、殿はおやさしい」

三か月後、豊臣秀長は大和郡山城で死去。その翌月には、利休もまた秀吉に切腹を命じられた。

†

利休の死の五か月後、鶴松死去。

鶴松は、生まれながらに虚弱だった。

虚弱といえば、もともと秀吉という人がもう成長した虚弱児のおもむきがあった。体は

小さく、頭はなかば梅干しのようで、ひげがほとんど生えていない。

そもそも鶴松の誕生に関して、口さがない京雀《きょうすずめ》たちが、

——父親は、べつだ。

うわさしたのも、このことと関係があっただろう。これまで誰とのあいだにも子をなし得なかった秀吉が、どうして、

——茶々とだけ。

このうわさは、むしろ淀君のほうの淫奔《いんぽん》をあてこすったふしもあるけれども、ともあれこの三歳児の永眠は、その永眠という事実そのもので秀吉との血縁を天下に証明したような恰好になった。虚弱児の子はやっぱり虚弱児だったのである。

もとより秀吉は、

(わしの子じゃ)

そのことを、信じきっている。

鶴松の死の翌日には京の南郊・臨済宗東福寺に詣で、髻《もとどり》を切った。ふつう髻を切るというのは、

——出家する。

の意だが、これは切っただけ。いわば物理的に哀悼の意を示したわけだが、全国の大名はただちに察するところがあり、みな追随した。日本頭髪史の一奇観だった。

†

鶴松の命日は、天正十九年（一五九一）八月五日。

その十三日後、秀吉はざんばら髪のまま天下に号令した。

――唐への討ち入りは、来年三月におこなうこととする。拠点は名護屋《なごや》、勝本、清水山の三城とする。

このうち勝本は壱岐《いき》の、清水山は対馬の、それぞれ主城である。日本海に浮かぶ島ふたつ。ゆくゆく朝鮮へわたる飛び石にすることを考えると当然の選択であるが、問題は本土である。

名護屋。

まったく無名の漁村だった。

それをいきなり日本史上、いや、ひょっとしたら世界史上最大の外征基地にするというのだ。諸大名は、

――なごや？　どこだ。

――尾張《おわり》の那古野か。

などという反応がほとんどだった。

むろん尾張の那古野とは何の関係もない。おなじ九州をおさめる肥後の加藤清正ですら、

「どこだ。どこだ」

家臣に何度も尋ねたが、考えてみれば、これほど滑稽な話はなかった。清正はこのとき、黒田孝高、小西行長、鍋島直茂といったような他の九州の有力大名らとともに、

――名護屋城を、築城せよ。

と、秀吉じきじきに命じられてもいたからである。施工業者が建設予定地を知らないのである。ともあれ、

――なぜ。

という諸大名の疑問をのこして、名護屋築城は決定した。

さて秀吉は、これと同時に、もうひとつ重要なことを通知している。

――関白の職は、これを秀次にゆずる。

意訳すれば、

――国内政治は秀次にまかせる。自分は外征に専念する。

ということになるだろう。前述のとおり秀次は性格に欠陥がある。秀吉の実の甥であるという事実以上のどんな価値も持たぬやつ。秀吉としても、おそらく苦渋の決断だったのではないか。

もしも秀長が存命だったら、秀吉はさだめし、

——弟に、ゆずる。

と言っていたのではないか。いや、あるいは鶴松のほうが存命の場合、

——息子に、ゆずる。

とにかく秀吉は、関白を辞した。

これ以降はみずから進んで太閤《たいこう》を称することになる。元《もと》関白、くらいの意である。一種の院政の開始である。

3　焦燥

くりかえすが、以上は天正十九年（一五九一）に起きた。まことに政権激変の一年にほかならなかった。一月に秀長が死に、二月に利休が死に、八月に鶴松が死んで大陸出兵の命令が出た。そのたびに、

——何と、まあ。

おどろくのは、京大坂の庶民である。

情報源に近ければ、受信の頻度も高いのである。堺、博多はこれに次ぐ。田舎はちがう。いちいち庶民の耳には届かぬ。何かの拍子にまとめて届く。そこでは情報というのは洪水よりも、むしろ鉄砲水に似た何かなのだ。

カラクも、そうだった。あいかわらず、

――唐津の焼物を、日本一にする。

という意気ごみを抱いて岸岳にこもり、生徒たちへ教えてやりながら自分自身の作品づくりに没頭していたところへ、或る日、ひさしぶりに草千代が来て、

「世の中は、たいへんな騒ぎですよ」

この一年の大事件をあまさず話して聞かせたのである。秀吉が大陸出兵の命令を出した一か月後のこと。

カラクは仕事の手をとめて、

「ま、まことに？」

「まことですよ。しばらく博多におりましたから。近ごろはみんな、よるとさわると唐への討ち入りの話ばかり……」

「その前に」

「何です」

「死んだのですか。あの秀吉の弟が」

草千代には、いちばん古い情報である。きょとんとして、

「え、ええ」

「秀長」

カラクは、つかのま追憶した。

もう六年前になるか。大和国と河内国の渡り廊下をなすというべき暗峠の山から石を投げ、秀吉の茶碗をこなごなにしてやったとき、横でただちに「山をさがせ」と下知したのが秀長だった。

あの下知のせいでカラクは捕らえられ、秀吉の前へ引き据えられたのだ。カラクには、(秀吉より、できる)

そんな印象のあるやつだった。それが死んだということは、秀吉は、何かしら重要な判断装置のようなものを失ったということではないのか。

草千代の、

「カラク」

という声で、われに返り、

「あ、ああ」

「どうしたのです、ぼんやりして。それよりも唐への討ち入りでしょう。これから大事《おおごと》になりますよ。太閤様のご本陣は……」

「どのみち博多でしょう」

「名護屋浦《うら》にと」

「名護屋浦!」

カラクは、耳をうたがった。さすがに知っている。すぐ近くではないか。岸岳を北へ下り、唐津村を抜け、北西へ進んで海に出れば、その海のまわりが名護屋浦だ。

現在は、佐賀県唐津市に属する。陸《おか》の出入りが激しく天然の消波堤をなし、船を泊めるには好都合だが、その陸がいきなり山がちで、平野と呼べるものがほとんどないため漁業以外の産業がない。

しいて言うなら平安末期以降、

――松浦党《まつらとう》。

と呼ばれる武士団が海賊行為の根拠地としたくらいだろう。いうまでもなく、海賊行為を産業と呼ぶことができるならである。その貧村にゆくゆく天下人の住む壮大な城が築かれるというのは、しかもその場所を当の天下人が指定したというのは、何というか、

（もののけか、何かの）

しわざのような気がしないでもない。もしも秀長が存命だったら別の進言をしたのではないか。もっとも実際のところ、壱岐、対馬と、島づたいに朝鮮半島へのりこむつもりなら、名護屋はなるほど最短距離の出発地である。

「草千代さん。まことに、まことに名護屋なのですか」

「まことです」

「ああ」

カラクは思わず、首のうしろに手をあてた。

氷よりも冷たい風が吹いた、そんな気がしたのだ。出発地も、目的地も、

(わが、故郷)

今後の人生はどうなるのだろう。が、それはそれとして、草千代が、

「それで……」

と話を先へ進めようとするのへ、かぶりをふって、

「今夜」

「え？」

「今夜、お話しいただけませぬか。いまは手が離せぬ」

カラクは、建屋の前にいる。

そのなかに窯がある建屋である。ぶあつい土壁をめぐらした上、白漆喰《しっくい》まで塗りこめてある。かつての山中の老婆のそれとは比べものにならぬほど文明的な施設、快適な造作《ぞうさく》。

その入口のところでは、何人かの生徒がカラクのほうを振り返りつつ足をとめていた。

それぞれ、木箱をかかえている。木箱のなかには茶碗や、壺や、花入れ等のかたちをした粘土がならんでいて、粘土はよく乾いている。窯の温度がちょうどいいうちに焼かなければいけない。

草千代は、ふかくお辞儀をして、

「お邪魔しました。申し訳ありません」

「いや、その……日が暮れるころ、山を下ります。草千代さんは、浄泰寺にいらっしゃいますか」

「いえ」

白いあごに指をあてて、ちょっと首をかしげてから、

「神屋様の、旧居《ふるいえ》に」

「神屋……宗湛様？」

と、この刹那《せつな》も、カラクの脳裡に、

――豊臣の狗。

の語がちらついたのは条件反射というべきか。草千代は、

「ええ、そうです」

「場所は？」

「名護屋から、波戸《はど》の岬へ向かうみちみち」

波戸の岬へは行ったことがないが、方角はわかる。カラクはよく考えもせず、

「わかりました」

と返事すると、生徒たちとともに建屋へ入った。

†

名護屋とその周辺の地形について、ふれなければならない。

北を上にした地図で見ると、天から砲丸がひとつ落ちて来る。玄界灘に浮かぶ、

——加部島《かべしま》。

である。

その砲丸を、両手で一碗をこしらえて受けとめる、その両手が名護屋である。手首のあいだは細い湾になっていて、小さな船なら泊められる上、加部島が文字どおり、北風に対する壁のはたらきをしているため、漁港として、なかなかの良港になっていた。

右手の指は、上へのびている。

この指がおおむね呼子《よぶこ》と呼ばれる地域であり、左のほうの指先が、つまり波戸岬だった。

カラクはひとり山を下り、そこをめざして歩いている。

夜が、ふけていた。

もう名護屋からだいぶん先へ来たのだが、まだ着かぬ。道は一本道だから間違えようがないのである。

(どこだ)

カラクは、ちょっと不安になった。

草千代は「みちみち」という言いかたをしていたが、あるいはそれは道ぞいという意味

ではなく、もっと大ざっぱに、

――そのへん。

くらいの意味だったのかもしれぬ。

名護屋と波戸岬のあいだの一帯、というような。だとしたら道から離れているかもしれず、見おとした可能性はある。

(戻ろうか)

そう思いつつ、しかし思いきれぬまま、足を前へ出しつづけた。

「なんで宗湛様は、こんなところに」

ぶつぶつ言いつつ、ほとんど岬の先まで来たところで、

「あ」

砂浜を見つけた。

――走れば、尽きる。

といったような小さな砂浜だったけれども、やや引っこんだところに林があり、その浜と林のさかいめに、たしかに一軒の家があった。

おそらく宗湛は、唐津村での疎開のころ、商売のための一種の見張所として建てたのだろう。このへんからなら、北、西、東、ほぼ百八十度も海を見ることができる。

家のまわりを一周して、

（やはり、見張所）

カラクは確信を持った。茶室がない。もしも宗湛自身のたのしみの家ならば客をまねくための、または客へ自慢するための茶室があって、数寄《すき》をこらしているはずだけれども、それらしき別棟はどこにもないし、家自体にも躙口はない。

カラクは、海とは反対のほうへまわった。

林を背にして、一枚の戸を見た。

戸をひらき、なかへ入る。土間を上がればいきなり、廊下もなしに、畳二十枚ぶんほどの部屋だった。

ただし畳は敷いていない。板の間である。床の間はなく、違い棚はなく、目を上げれば天井もないので屋根裏がじかに見える。部屋というより、むしろ物置に近いだろう。

もう長いこと使われていないのか、屋根裏が――もちろん板屋根だ――ところどころ布のすりきれたようになっていて、そのうちの一か所から月光が濾《こ》されて、

（笠）

カラクは、息をのんだ。

無数の銀粉が笠のように裾《すそ》ひろげつつ、床《ゆか》へほんのりと届いている。その舞台の円形のまんなかに、草千代はひとり正座していた。

草千代の顔は、そこだけ金色のようでもある。それを見た瞬間、カラクの目には、この

破《や》れ蔵《ぐら》があざやかな極楽浄土と化した。わが目ながら、

（信じられぬ）

もっとも、内装《しつらえ》は奇怪だった。草千代は左、右、および背後にそれぞれ一枚ずつ衝立《ついたて》のようなものを立てていた。これがまあ壁、ないし、

——襖。

のかわりなのだろう。着物もおかしい。むやみやたらと重ね着している上、いちばん上の一枚は、山鳥のように尾がながい。

こんな内装および服装がじつは日本の約五百年前、いわゆる平安時代のそれであることをカラクはもちろん知らないから、

「厚着ですね」

われながら、気がきかぬことおびただしい。草千代は、

「まあ」

くすりとした。うつむいて、おのが衿をちょんと爪の先でつまんでみせてから、

「夜具を、兼ねます」

「夜具？」

「つまり」

一枚ぬいで床に敷き、

「さあ、どうぞ」

カラクは、すっかり気を呑まれている。

こばむことを思いつかぬ。言われるまま草千代へ近づき、服の上に立った。足ははだしで、土まみれである。

「寝なさい、カラク」

「はあ」

あおむけになった。草千代はまた一枚ぬいで、カラクの体にふんわりと乗せて、

「あたたかいでしょう」

「冬は先です」

「そうね。たしかに」

女はうなずき、カラクを見た。

カラクは急な角度で見返すかたちになる。女の顔は逆光で暗い。そのくせ目だけがくりくりと白くかがやいているのは異様な視覚的経験だったけれども、この場合、より敏感なのは鼻だった。

ねっとりとしたものが、鼻の奥へ塗りこまれる感じ。

着物にふんだんに焚きこんであるのだろう練香《ねりこう》のそれか。あるいは草千代の体そのものが分泌する動物性の何かだろうか。カラクはみょうに息ぎれがした。ふいに、

（この家を）

その疑いが、脳裡に浮かんだ。

この人はこの宗湛の家を、どうしてこのように気安く――にしか見えない――住み慣らしているのか。

ひょっとしたら宗湛と草千代のあいだには、

（俺の知らぬ、交わりが）

心のざらつきを糊塗《こと》すべく、不自然な大声で、

「名護屋」

「え？」

「唐への討ち入りの、豊臣の本陣。名護屋と決まったのでしょう。その話をくわしく……」

「やめた」

と、草千代はぷいと横を向いてしまう。ふたたびこちらを見おろして、

「あなたの話が聞きたい、カラク」

と言ったときには、まぶたが赤みを帯びている。

口調が、あまい。もしかしたら、

（草千代さん、酔うて）

カラクは、

「あ、あの……」

「めずらしや、カラクの舌がまわらぬとは。まさか酔うてる？」

「まさか」

「たとえば暗峠のこと。どうして石など」

「ああ、あれは五年前……」

「六年前」

と即座に訂正され、若者はかえって躍起になって、

「たしかに私は秀吉めへ石を投げ、その茶碗をこなみじんにしました。まったくへまをやらかしました。ほんとうは眉間にぶつける気だった」

「そもそも何用があったのです。あれは大和国と河内国の境界《さかい》をなす生駒越えの峠です。道の両側の木は伐られていて……」

「通《かよ》うたことが？」

「ええ、何度も」

あっさり言われて、カラクはここでも自分の知らぬ草千代の姿にほとんど怒りをおぼえながら、

「何用もありませぬ。用があったのは堺の街です」

「堺ですか」

「ええ」

話をつづけた。

堺へ行ったのは、千利休に会うためだった。唐津の山中でいろいろ試すうち、自分なりに結構と思える茶碗がひとつ出来あがったので、ぜひとも当代一の目ききに見てもらおうとしたのだ。あわよくば、

——これは、天下一の尤物《ゆうぶつ》じゃ。

などと言ってもらえるか、千金の値での購入を申し出てもらえるかと期待したことも事実である。しかし利休は、

「あかん」

と、にわかに上方ことばになり、

「宗湛殿の紹介《なかだち》ゆうから見してもろたが、こんなもん潮汲《しおく》みにもならん」

その茶碗を突き返した。

なぜ悪いかも明示しない。カラクはむっとして、

「お見くびりではありませんか、無銘だからと」

「あかん」

「……はい」

あっさり降伏してしまったのは、じつは出発のとき宗湛にも、

「だめだな、これは。どうしても添え状をしたためろと申すならしたためるが、それはいまここにある茶碗のためにあらず、おぬしのためにあらず、ただ唐津ものの前途にのぞみ無きにはあらぬ故」

と言われたからだった。要するに、

――利休に会って、勉強して来い。

ということだったのだろう。

カラクはほどなく利休の屋敷を出て、大和川の河原で茶碗を割った。このまま帰れば生徒たちは失望するにちがいない、士気が下がるにちがいない。

（どうしよう）

ぐずぐず四、五日も滞在していたところ、街のうわさで、

――関白様（秀吉）が、そろそろお城へお帰りになる。

城とは、もちろん大坂城だろう。

いまは大和郡山にいるという。となれば経路は生駒越えしか考えられず、ためしに暗峠へ行って山から見おろすと、

（やっぱり）

秀吉の軍の行列が、ながながと道を占めている。

本来ならば名もなき人々をこそ淀みなく往来させてしかるべき街道を、しかも秀吉は、のどの渇きを癒やすというその程度の生理的満足のために全軍停止でふさぎきっている。道のまんなかで床几に腰をおろし、茶碗で茶を飲んでいる。その茶碗も、あるいは、

(利休めが、えらんだか)

「それで、投げたと？」

カラクはいっそう腹が立ち、足もとの石を取り……。

と草千代が問うのへ、カラクは寝たまま、

「はい」

「あきれた」

草千代は芳香にみちた息を吐いて、

「首尾よく眉間にぶつけたところで、何か起きますか。何も起きぬではありませんか」

「まあ、たしかに」

カラク自身、頬から湯気が立つような気がしている。

ひどく恥ずかしい。やはり六年経って人間が成長した、からではないだろう。人間というのは、ふつう自分の行動を客観的には見られない。

見られるのは、他人に話したときだけである。

そうして恥ずかしいという感情は、ほとんどつねに、主観から客観への精神の移動のさ

いに生じるものなのだ。草千代はなお、怒ったように、

「結局、太閤様に捕らえられた」

「ちがいます」

「どこがです」

「その弟に捕らえられた」

「おなじでしょう。ようも打ち首になりませなんだ」

「いたずらですし。ただの、いたずら」

と、カラクはつとめて微罪に見せようとしたけれども、実際のところ、秀吉はこの暗峠の旅の路上ではじめて大陸出兵の企図あることを口にしている。

カラクは、それを聞かなかった。

聞いていたら眉間に石どころではすまさなかったろう。刀を持って突入するか、あるいは素手で駆け寄ってのどぶえに食らいつくかしていただろう。なぜなら大陸出兵が実現すれば、秀吉の軍が最初に上陸するのは日本にいちばん距離がちかい朝鮮半島南端の富山浦(釜山)となるのは確実であり、その富山浦は、ほかならぬカラクの故郷なのである。父はいないが、母はいないとはかぎらない。

カラクはなお、

「結局、ほら、放免されたじゃありませんか。千利休ともそれっきりだし」

と、おのが減刑に励んでいる。われながら、この人の前では何かいい子になりたいらしい。草千代は、

「亡くなりました」

「え？」

「利休殿も。太閤様に死を賜わったとか」

「ああ、そうでしたな」

カラクは鼻を鳴らし、唇のはしっこを持ちあげて、

「秀吉など、信用するから。自業自得だ。あ」

とつぜん、身を起こした。

「どうしました」

「草千代さんには、まだ話してなかった。例の石合戦」

「ああ。四年前の」

と、ここでも草千代の記憶は正確である。四年前の夏、カラクの生徒三十人ほどが博多は石堂川の河原にあつまり、石の投げ合いをした一件。

ずいぶんと見物人も多かったが、さいわい重傷者は出なかったらしい。

「らしい」というのは、カラクはその現場をまのあたりにしなかったのである。知らせを聞いて駆けつけたときには、彼らはもう、さっさと和睦をむすんで街中へ酒を飲みに出て

しまっていた。

草千代は、まのあたりにした。

「その石合戦が、どうしました」

と問いながら、カラクの胸に手をあて、まるで子供を寝かせるようにして着物の上へふたたび寝かせる。カラクはあおむけのまま、

「あれもまた、利休めの件がきっかけなのです」

「ええ?」

「けんかの原因は、あいつらが堺党と博多党に……いや、堺派と博多派にわかれたことでした。そうしてそもそも両派にわかれたきっかけは、ほかならぬ、その、私が利休に一蹴されたこと」

話しつづけた。

カラクの岸岳の生徒たちは、当初から意気さかんだった。あるいはカラクの手伝いをし、あるいは自分でも作陶をこころみたりして、

——いずれは、俺たちが天下一の茶碗のつくりぬしになる。

その果てに、

——傑作ができたら、堺へ売りこもう。

堺には、いうまでもなく千利休がいる。津田宗及がいる。茶の世界の頂点である。しか

しながら現実には、カラクが自慢の一作をもってしても右のとおりのあっけない憤死。潮汲みにもならんとまで言われ、憤慨のあまり暗峠で秀吉へ石を投げおろしたのち、カラクは岸岳に帰り、そのことを生徒たちへ告げた。

生徒たちは、肩を落とした。

が、すぐさま五助《ごすけ》という漁師の五男坊が、

「そんなら、堺はあきらめよう。博多へ行こう」

と言い出した。

五助によれば、博多にも茶人はいる。なるほど応仁の乱以来さまざまな大名が出入りして、そのたび戦火につつまれたが、それでも博多は死んでいない。そこには神屋宗湛がいる、島井宗室がいる、対馬や琉球へ船を出して貿易の利を占めている利発な商人もいるという。

実際、宗湛など、博多の外に儲け口をたくさん抱えていながらも避難先は唐津村。いわば、

――半博多。

にとどまった。つまりそれほど、博多の魅力は、

――捨てられぬ。

ということだろう。その博多をまずは足がかりにして、

「それから、天下をうかがおう」

これに対して、

「姑息なり」

言い返したのが、近藤出羽というやつだった。近藤は、かつて肥前を領していた龍造寺家の遺臣を称する四十がらみの人間である。やたらと、

——男。

を強調する癖がある。

「男なら初志をつらぬくべし、一足とびに堺をねらいつづけるべし。しょせん博多など九州以外では無名にひとしく、そもそも一番がだめだから二番をめざそうなどという根性自体がいただけぬ。男は気を高らかに持たざるべからず」

それでなくても、ふたりは犬猿の仲である。五助は五助で、

「またまた腰ぬけ侍が、大きな口をたたきおるわ」

「こ、腰ぬけ？　かりにも龍造寺家の遺臣に向き合《お》うて……」

「足軽あがりじゃろ」

「おぬしこそ、いろはも読めぬ頑愚《がんぐ》の徒」

「いろはで土が焼けるか」

「果たし合いなら、買おうず」

「売ろうず」

「まあまあ」

と、大抵のところはこのへんで誰かが制止するので、ほんものの果たし合いまでは行かぬわけだが、それでも殴り合いくらいには時々なる。

そうなると、全員を二分しての騒動になる。ふたりはもともと一勢力の代表めいた存在なのである。

五助のほうは、地元出身者のそれの。

近藤のほうは、他地域出身者のそれの。

必然的に五助党は——ここは派ではなく党だろう——労働者というか、農林水産民の出《で》の者が多かったし、近藤党のほうは、武家に出自を持つ者が多かった。この時代は、僧侶をのぞけば侍がいちばんよく旅をしたのである。

近藤がむやみやたらと「男」を言うのも、それがすなわち、

——武士なのだ。

という、或る種の自己顕示なのだろう。下衆《げす》の民とは違うのだ、というわけである。おのずから近藤のほうの論調は、より精神論的に、より道徳論的になるわけだった。

その五助と近藤出羽のあらそいに、ここでまたひとつ、博多派と堺派という新たな看板がかけられたことになる。ここでもやはり近藤のほうが精神論的であることは右に見たと

おりだが、しかしながら現実にはカラクもなかなか次なる会心の一作をものすることができず、ということは博多だろうが堺だろうが売りこみには行けぬ。

どっちみち、千利休のときのように、

――一蹴される。

おのずから、両派のあらそいも鎮静化した。それよりもまず、

――いい茶碗を、焼こう。

その意思が一致したのだ。

その博多派、堺派の抗争の再燃したのが、すなわち草千代の言う「四年前」だった。きっかけは秀吉による、例の、九州征伐の成功である。島津義久を屈服させ、みずからの配下の大名どもに九州経営を命じたとき、その経営の拠点を、秀吉は、

――博多に置け。

そうしてその博多の復興は、これを実質上、神屋宗湛へみずから命じた。おりよくと言うか、おりあしくと言うか、カラクは博多へ行く用事ができた。

用事そのものは大したことがないけれども、行けば宗湛にも会うだろう。カラクが行ってしまったあとで、まず五助が、

「ちょうどいい。われらもあとを追い、宗湛様へ茶碗を売りこもう」

と言い出したのである。カラクの技《て》はとにかく少し上がっていたから、前回、利休に見

せたのよりも出来のいいと見られるものも岸岳にはあった。

その茶碗。

銘を、

――佐用姫《さよひめ》。

という。

佐用姫とはこの名護屋の、というより、名護屋や唐津をふくむ松浦郡全体における伝説の人の名である。

その逸話は『万葉集』にもあるという。夫が朝廷の使者にえらばれ、海の向こうの任那《みまな》国（朝鮮半島）へと旅立ったとき、妻である佐用姫はいつまでも高い山の上で「ひれ」をふった、うんぬん。

「ひれ」とは衣類の一種らしい。一種の貞女ものの話といえる。その高い山とは現在のどこそこだとか、現在のこる「呼子」という地名もじつは彼女の夫を呼ぶ声が由来だとか、とにかく人気ある偉人。カラクはその茶碗を窯から出した瞬間、

（上出来）

あの利休に見せたやつをも、

（超える）

そう信じた。全体にあまり大きくなく、底のほうが適度にすぼまっている。

やや逆三角形にちかい輪郭か。その下三分の一ほどは土の色があらわだけれども、のこりは藁灰釉《わらばいゆう》の乳白色、ただしその乳白色にも濃いところと淡いところの別があるのは、作者の意図によるものではない。窯の火のいたずらのせいだった。

その濃淡の生み出す紋が、さながら羅《うすもの》を風になびかせたごとく見えるからだろう。誰かが、

「佐用姫だ」

と言ったら、カラクが返事しないうちに、

「おお」

「まこと」

「佐用姫、佐用姫」

声があがり、このときだけは五助も近藤出羽も、

「そうじゃ、そうじゃ」

こんなわけで銘が決まり、その佐用姫を博多の宗湛へ売りこもうと五助が案を出したのに対して、

「ばかな」

顔をしかめたのは、これはやはり近藤出羽だった。五助の胸を突いて、

「宗湛殿には、いっぺん堺の利休への紹介状をしたためてもらったではないか。いまさら

堺はやめにします、博多にしますなどと言い出すのは真の男にあるべからざる無節操」

「出たぞ出たぞ、近藤の男が。相手にしてられん。おい、行こう」

五助はおのが支持者をさそい、まずは岸岳を出発。

つづいて近藤たちも出発。両派は博多市中でぶつかり、石合戦でけりをつけることになり、石堂川の河原に出たと、こういうわけだった。

カラクがその一報に接したとき、反射的に、

(それもこれも、豊臣めのせいじゃ)

と思ったのも右の経緯による。秀吉が九州平定などというよけいなことをしてくれたばかりに、こっちが側杖《そばづえ》をと、そこまでカラクが語り終えると、草千代は、

「それで、カラク」

と、なお質問する。

「カラク自身は、どっちだったのです」

「どっち、とは？」

「博多派か、堺派か」

「うーん」

あおむけのまま、しばし天井裏を見つめてから、

「はっきり言うのは、立場上、つつしんでおりましたが……まあ堺派でしょうな。近藤さ

んの肩を持つのではない。だんだん階段《きざはし》を踏みのぼるより、いっきに跳ぶほうが性に合う」

「おやめなさい」

「え？」

「宗湛様に、就きなさい」

と、にわかに刺すような口調。

——博多派にしろ。

という意味である。カラクは目をぱちぱちさせて、

「どうして？　あ、そうか」

また起きあがり、親の言うことが理解できた幼児のように喜色を浮かべて、

「さっきの利休が腹を切らされたという話、あれですな。あれで堺の茶匠たちは恐れをなし、秀吉と縁遠《えんどお》になって……」

「逆です」

「逆？」

「太閤様が堺の茶匠、というより街そのものに愛想をつかした。そちらが先です。前途にのぞみなしと見たのです。だから利休殿がじゃまになり、切腹を命じた」

「おくわしい」

「え？」

「ずいぶん通じておられるのですな、天下の情勢に。だいたいさっきから、草千代さん、なんでそんなに根ほり葉ほり私の話を聞きたがる？　あたかも間者か細作のごとく……」

「ねえ」

と、草千代はまたカラクの胸に手をおしつけ、むりやり寝かせた。それからカラクの手をすくいあげて、

「この指で……あなたの名のゆえんになったこの雪柳《ゆきやなぎ》のような指で、太閤様へ石投げを」

「……」

「あなたの山の生徒《こども》たちも、石合戦を。ふふふ。陶物《すえもの》師とは、よほど石が好きな生きものなのかしら」

と言うと、あたかも筆を持つようにカラクの薬指を持ち、上下にさすりだす。カラクは、

(晦《くら》ました)

が、それ以上、思案は進まなかった。指があたたかな糊《のり》をぬられたように快くしびれ、そちらに気を取られたのである。進まぬながらも、

(何者)

その疑問は、頭のすみで明滅した。

この人は、いったい何者だろう。夫をうしなった流浪の人にはちがいないが、その奥に

もうひとつ別の属性がある気がする。

少しして、気がたしかになり、

「あなたは、どういう方なのです」

口に出した。

草千代、こたえぬ。

そのかわり、カラクの手をひざに置いた。

手のひらを上にして、そこへ彼女自身の人さし指を立てる。

その指を、すーっと動かしはじめた。字を書いている。カラクは日本の字にはくわしくないが、これはわかった。中国由来の漢字だし、だいいち形状が単純なのだ。

横に一本、縦に一本。
(十)
それが何だというのか。まさか十人の男と、

(寝た、と)

カラクは草千代を見あげた。草千代は、

——わからないのか。

とでも言わんばかりに、指をもっと押しこんできた。

そうして、もういちど書いた。横に一本、縦に一本。

（あ）

十ではない。

縦棒の下がことさら長い。これは漢字というよりは、図像というか、紋章というか……。

（十字架）

はっとして、

「キリシタン？」

とたんに草千代は手をはなし、立ちあがり、

「おやすみ」

ふわりと背を向けて、出て行ってしまった。

カラクはまるで病気の人のように身を起こすことができず、ぼんやりしていたが、

（む）

手のひらの奥に、まだ女のぬくもりが残っている。

腕をもちあげ、それを見た。指のあいだに天井裏が見え、その破れ目から満月が見える。

いったいに満月というやつは、むかしからカラクには、

――ばかみたい。

としか思われぬしろものだった。その外見が、あるいは屈託《かげ》のない人格を想像させるからか。

まだしも宵の月とか有明の月とかならば風情の感じようもあるけれども、こうも高いところで威張られたのでは。

(ばか)

カラクはのろのろと立ちあがり、家を出た。

浜へ出て、来た道をもとどおり辿《たど》りはじめる。満月のおかげで世界はあかるい。カラクは貝殻のかけらを踏むことなく、草のとげで臑《すね》やくるぶしを傷《いた》めることなく、安全に進むことができる。

正面には、くろぐろと山。

茶碗を伏せたような盛りあがり。

——勝男山《かつおやま》。

と、土地の人は呼んでいるらしいが、標高は低く、山というより岡だろう。

寺や神社のたぐいはないらしく、風が吹くたび、皮膚のように貼りついた木々が、

ざわ

ざわ

カラクの目にもわかるほど大きくゆれる。

4　追放

ここに、ひとりの宣教師がいる。

彼はイタリア北中部、カスト・ディ・ヴァルサビアという鍛冶《かじ》屋の多い村に生まれ、イエズス会の司祭《パードレ》となり、四十一歳のとき布教のため日本に来た。

以来、一度も帰国していない。

滞在期間はもう二十年をこえた。死ぬのもたぶん、この極東の島国のどこかでだろう。

彼の名はニェッキ・ソルド・オルガンティーノ。日本人のキリスト教徒はもちろん、ときには熱心な仏教徒にすらも、

――うるがん。

とか、

——うるがん、ばてれん。

などと気安く呼ばれるのは、本名があんまり長いせいもあるにはあるが、しかしこの場合「ばてれん」とは、キリスト教徒の意というより、おそらくもっと原義に近い。原義はポルトガル語のpadre（パードレ）、すなわち「父」。うるがん父さん。つまりそれほど彼の人間そのものが親しまれているわけで、こんな西洋人はほかにいない。

理由はいくつか考えられる。独力で、

「悪戯《てんご》は、あかん」

などと京ことばの会話を習得してしまうほどの日本文化への関心のふかさ。そのくせ自説を主張せず、もっぱら人の言うことに耳をかたむける性格の温厚さ。ひとことで言うと、オルガンティーノは、史上最初の親日家なのだ。

がしかし、何にもまして尊敬されたのは、親切さである。

親切というより、いっそ、

——慈悲ぶかい。

とか、

——惻隠《そくいん》の情あり。

などと東洋ふうに言うほうが、彼の場合は適している。逸話がある。この物語はいま天正十九年（一五九一）九月である。

名護屋城の着工まであと一か月というところまで来ているが、そこから数えると九年前に、京でいわゆる、

――本能寺の変。

が、起きた。

秀吉の師というべき織田信長が、洛中・本能寺へ滞在中に家臣の明智光秀に急襲され、自刃した事件。ほんの九年前にすぎないのだ。

その瞬間、オルガンティーノは近江国安土《あづち》にいた。

信長政権の首都である。信長はたいへんなキリスト教ずきで、オルガンティーノはかねてその援助をぞんぶんに受けてセミナリオを運営していた。

セミナリオとは、神学校である。日本人聖職者を養成するため神学の教義はもちろんのこと、ラテン語や歌、油絵、活版印刷技術などを伝授する。オルガンティーノはその、

――校長。

というような立場だったわけだ。

ところが信長が討たれた。討った明智光秀はさらに秀吉によって討たれたけれども、この攻防のあおりで安土城は焼け落ち、おまけに三年後には秀吉の甥の豊臣秀次がおなじ近江国内の日牟礼山《ひむれやま》（現在の滋賀県近江八幡市）へあらたに八幡山城を築いたから、主都機

能はそちらへ移転し、安土のほうは、もとの農村にもどってしまった。

オルガンティーノは、困惑した。

自分のことはどうでもいいが、神学校を、

（どこへ、移すか）

もとより豊臣秀次はキリスト教には理解がなく、八幡山城下はあり得ない。さしあたり、京へ移してみた。予想どおりと言うべきか、敷地がせまく、じゅうぶんな教育は無理である。オルガンティーノは四方を奔走したあげく、摂津国高槻《たかつき》城のキリシタン大名・高山右近《たかやまうこん》に、

――うちへ、来たら。

と言ってもらうことができた。移してみると、高槻城下は、まさしく神学校を建てるために全能の神が用意したような街だった。

京と大坂のまんなかに位置してそこそこ都会であるにもかかわらず、土地に余裕があり、のどやかに生徒たちを勉強させることができる。

周辺には畑もあるし、淀川に面しているから他国の物産もはこばれて来る。なるほど仏教の僧侶は多いけれども、一般市民のキリスト教徒はさらに多く、教会もぜんぶで二十ちかくあるという。移転問題は解決した。だがその高槻ですら解決できなかったのは、

――孤児。

の問題にほかならなかった。

生徒たちの何人かは、両親がいなかったのである。

本能寺の変、およびその後の政権継承にからむ諸戦争により、戦火にまきこまれたのだ。あるいは盗賊に殺されたとか、どういうわけか遊女に殺された親もいる。この時代は、一面では、孤児の大量生産の時代なのである。あんまり大量にいたために、ふつうの大人はそれを気にとめることもしなかった。いちいち気にとめていたら自分の暮らしが立たないのである。

彼らの身なりは、ほかの子とは見るからに異なっていた。

寒い日も暑い日も、おなじ汚れた薄っぺらな着物をまとうだけ。手足は牛蒡《ごぼう》のようだった。

もとより神学校では勉強のめんどうしか見られない。それ以上の生活――というより生存――の世話までしてやれるほどの金はなく、人はなく、理由もなかった。理由がないというのは薄情なようだが、そもそも近代的な教育の概念のない当時の社会では、子供の勉強のためだけに施設をひとつ用意するというのは、それ自体がもう奇跡的な慈善行為だったのである。

オルガンティーノは、見て見ぬふりをした。

が、三日とつづかなかった。彼は、武士階級に目をつけた。城内の侍屋敷をまわり、た

だし主人ではなく奥方たちへ、

「助けておくれやす」

京ことばで言い、日本ふうにおじぎをした。あわれな親のない子供たちを、

——養子にしてくれ。

と、たのみこんだのである。養子になれば着がえることもできるだろう、家でも勉強できるだろう。

できれば神学校のみならず、市中の孤児も引き受けてほしいと説くと、奥方たちは目をうるませて、

「お助けします」

受け入れを承諾してくれたばかりか、なかにはオルガンティーノと同様に、いや、オルガンティーノ以上に、熱心に里親さがしをした人もいた。

感動しやすいというよりは、この動乱の世に、

——女でも、役に立てる。

その一事が彼女たちを駆り立てたのである。

もっとも、オルガンティーノはそこまで考えていない。

単なる子供ずきだったから、かわいそうな子をかわいそうと思うその心の熱量があまりにも大きかったから。それだけの話にすぎなかった。そうして子供ずきというのは、ほか

の何より大人の警戒心を溶《と》かすもの。これにより日本人のあいだでは、

——うるがんは、いい人だ。

その評判が、いっそう高まった。

天下国家をかえりみれば、例の諸戦争の結果、どうやら信長政権の継承者は、

——秀吉だ。

ということに決定した。

秀吉は、やはりキリスト教に理解がある。

ここでも信長の継承者なのだ。オルガンティーノも一日《いちじつ》、大坂城にまねかれ、天守にのぼったら、秀吉がみずから眺望について説明してくれた。あれは、

（たのしかった）

親日家オルガンティーノの生活は、ふたたび安定をとりもどした。

神学校には、西洋人教師がふたりいる。

ときおりオルガンティーノは彼らとワインを飲んでは、日本での布教の未来について論じ合ったり、故郷であるイタリア北中部の湖のうつくしさについて語ったりした。ときに日本の酒も飲んだ。

†

その秀吉がとつぜん、

――キリスト教の宣教師は、二十日以内に国外へ出ろ。

という命令を出したのである。

九州平定の約一か月後だった。後世、端的に、

――伴天連《ばてれん》追放令。

などと呼ばれる。理由は要するに「日本は神と仏の国であり、キリスト教は邪法である」というもので、秀吉ならではの独自性はない。これまで地方の小領主がしばしば感情的に布教を禁止した、その名目とおなじだった。

と同時に、秀吉は、高山右近へ、

「教えを、棄《す》てるか。わしへの奉公を棄てるか」

と糺《ただ》した。

実際には、みずから問うたわけではない。このとき秀吉は箱崎の陣中にあり、右近もまた九州征伐に参加して同陣内に在りつづけたから、

――媒《なかだち》を。

とばかり、例の、石田三成が使者に立ったのである。

右近は即座に、

「教えは、棄てませぬ」

「そうか」

話を聞いた秀吉はただちに右近の所領である明石七万石を没収した。この少し前、右近は高槻から国替えになっていたのである。

右近は、あっさり牢人《ろうにん》になった。

以後は、キリスト教徒ではないものの個人的に親しい加賀の前田利家のもとへ身を寄せ、ひっそりと日を送ることになる。秀吉はべつだん右近を逆賊と見たわけではなく、個人的な意趣があるわけでもなく、所領を回収したい特別な事情があるわけでもなかった。

単なる論理的帰結だった。宣教師たちを追放するからには、日本人にして、へたな宣教師よりももっとたくさんの日本人をこれまで改宗させてきた右近を追放しないのは合理性を欠く。そういう意味では、秀吉の態度は、それなりに公平ではあった。

†

オルガンティーノは滞日十七年にして、はじめて非合法の存在になった。

高槻にも、いられなくなった。後任の領主が誰になるのかは知らないが、キリシタン大名でないことはわかる。神学校を閉め、街の人々に、

のは、

「ほな、さいなら」

と別れを告げ、例の教師ふたりとともに大坂湾から船に乗り、肥前国平戸へと向かった

――日本中の宣教師たちよ、平戸へあつまれ。

というイエズス会日本準管区長ガスパル・コエリョの命を受けたからだった。コエリョはポルトガル出身の五十代、いわば日本支社長である。オルガンティーノから見れば、同年代ながら、はるかな上司にほかならなかった。

ときに、天正十五年（一五八七）八月。この時点でもう追放令の発令から二か月余がすぎている。平戸に着くと、港でべつの船に乗り、北に浮かぶ度島《たくしま》とのあいだの海上でさらに異なる船へと飛び移った。

船は、ぐらぐらとゆれた。

それほど小さなものだった。櫂の世話をしているのは漁師の女房らしき老婆で、

「こんばんは」

日本語で声をかけると、ちょっと笑って、胸の前で十字を切った。

（うん）

オルガンティーノは、何かしら温かな気持ちになった。

船はたぶん、釣り船を改造したのだろう。丸太の柱を四本立てて、板壁でかこみ、藁屋

根をかぶせて即席の屋形船に仕立ててある。

板壁の一部は、引戸になっている。

それを引いて身をかがめ、屋内《なか》へ入った。屋内には椅子が四脚あり、いちばん奥のそれにはコエリョが、こちらを向いて座っていた。

あいかわらず、色の悪い唇をへの字にしている。

手前の左右には日本人の男がふたり、向かい合うよう座を占めている。左が六十代、右が三十代といったところか。顔が似ているのは、あるいは、

(父子かな)

オルガンティーノは、手前の椅子に腰をおろした。コエリョと差し向かいのかたちになる。上から見ると四人のひざが十字をなしている、そのまんなかの空隙《くうげき》に、一本の燭台《しよくだい》の、あまり高くないのが立っていた。

燭台の上には、蠟燭《ろうそく》。

可能なかぎり炎が小さくしてあるらしい。よそから見えぬようにだろうか。オルガンティーノは右手をふり、わざと炎をゆらりとさせて、

「これはまた、厳重この上なき公会議ですなあ」

もちろんラテン語である。キリスト教界の共通語。コエリョは、

——何が、おかしい。

と言わんばかりに唇のへの字の角度をきつくして、

「当然だ。追放令が出されてから二か月あまりが経過している。お前はいっこう自覚が足りぬ」

いきなり叱責。オルガンティーノは、

「はあ」

「わかっておるのか。私のおかげなのだ。私がただちに関白へ『国外退去は、これを猶予してほしい。遠洋航海には季節風を利用しなければならない』と申し立てたからこそお前たちは捕縛されずに旅ができた。私はあの気まぐれな猿めに言うことを聞かせたのだ」

「りっぱなお仕事です」

「しかし世の形勢はなお予断をゆるさぬ。うっかりと人目につくところで集会をして、それが関白の耳にとどいたらどうなる。関白はここから近い箱崎の地にまだ滞陣しているのだ。まじめにやれ、まじめに」

横柄ながら、みょうにすらすらした口調でもある。オルガンティーノは、

(ははあ)

ようやく事態を理解した。コエリョはこの叱責を、きっともう何度もしているのだ。各地から宣教師が来るたびに、こうして小舟のなかへ呼び出して、個別に面接している。どうして、まとめてしないのか。この人の場合はたぶん、

（ひとり占め）

つまり、自分だけに情報をあつめる。

いわば情報強者になることで、ほかの宣教師たちへの発言力を高め、支配をいよいよ強力にするつもりなのだ。こんな切迫した情勢にあっても、人間というのは、権力欲にはかぎりがないのである。

逆に言うなら、そうでなければ出世はむつかしいのかもしれない。自分には無理だと思いつつ、オルガンティーノは左右を見て、

「この人たちは？」

「われらが兄弟、ジョーチンとアゴスチーニョ。お前と同様、本日この平戸へ到着したばかりだ」

日本人ふたりは、

「よろしく」

同時にこちらへうなずいた。

やっぱり親子としか思われぬ。ことに目の下のふくらみのかたちは筆写したように同一で、それにこの洗礼名とくれば、思いあたるのは一組しかない。オルガンティーノは、

「日本国民としての名は、小西隆佐《りゅうさ》さん、小西行長さんですね？」

ふたりは同時に、

「ええ、そうです。はじめまして」

とラテン語で言い、礼をした。

紙を折るような感じだった。滞日歴の長いオルガンティーノではあるが、この父子とは、これまで接点がなかったのである。

うわさは、むろん聞いている。父の隆佐は堺の商人で、いろいろと珍しいものを秀吉へ納入するうちに財務的な助言をするようになり、政権中枢のひとりとなった。

いまも、そうである。秀吉直属の官僚的存在という意味では、あの石田三成に少し似た立場かもしれない。

その隆佐の次男が、行長だった。はじめは父をたすけて商事にいそしんでいたものの、だんだんと、むしろ商事よりも軍事的方面において才覚をあらわすようになり、ことに船団を動かす指揮者としては秀吉から高い評価を得て、

――舟奉行。

のひとりに任命された。海軍司令官である。

二年前、秀吉が紀州征伐をおこなったさいのその司令ぶりはことのほかみごとで、行長はこれ以降はっきりと、秀吉麾下の有力大名となったとしていい。

或る意味、父をこえる出世だった。このたびの九州征伐にも参戦したから、当然のこと、いまは秀吉とともに箱崎の陣にいるべきところだが、ただ同時に、この父子は、もう久し

くキリスト教徒でありつづけている。高山右近ほど明確に敵視されてはいないものの、

——今後、どうなるか。

その思いで、影武者でも立てて脱け出して来たのにちがいなかった。

しかしその小西行長という名から、オルガンティーノは、

(あの女性)

と、べつのことを連想した。行長へ、

「草千代さんですね?」

「え?」

「あなたがここにいるということは、屋外《そと》にいた漁師のおばあさん、あれが草千代さんなので」

「いや、それは」

と、行長が話をさえぎろうとするけれども、

「洗礼名はマリア。聞きましたよ。行長さん、あなたは……」

「そんなことより」

と、コエリョの声が割って入る。

「そんなことより、オルガンティーノ。私にくまなく報告せよ。高槻で起きたことどもを」

「あ、はい」

報告した。神学校を閉めたこと。生徒たちは置きのこしたこと。のこしてもさしあたり追放の対象は西洋人宣教師および神父にかぎられることから、彼らの身は安全と思われること。

それでも心配はつきないので、なじみの武家の奥方たちに、

――くれぐれも、よろしく。

と言い置いたこと。

「ほかには、何か」

と、コエリョはなお、肉を食い足りぬ野犬のごとく目を光らせて問う。オルガンティーノは、

「じつのところジュスト様（高山右近）は、もう二年前に、明石へ転封《くにがえ》になっています。高槻の領主ではなくなっていた。それでも領内数万の教徒たちは、いや非教徒たちも、彼を慕いつづけています。彼はいまどこにいるのか、どうなってしまったのか……」

「息災です」

と、小西行長が断言した。おのが胸をたたいてみせて、

「ほかならぬ私が、わが領土たる小豆島にてお匿《かくま》い申し上げておる」

慣れぬラテン語でありながら、鷹《たか》の飛ぶような言葉のすずしさ。いかにも実戦の、

（司令官らしい）

　オルガンティーノは心配になり、

「行長さん、あなた首を刎ねられませんか。関白様に露見したら」

「だいじょうぶでしょう」

「おなじ神を信じる身でも？」

「摂津殿（高山右近）は、万事やりすぎましたから。高槻では所領の外の民にまで改宗を強制したそうじゃありませんか。関白様はキリスト教徒が嫌いなのではない、家臣のやりすぎが嫌いなのです」

「だとしたら、ジョーチン」

　と、コエリョは、こんどは行長の父のほうを向いて、

「そもそもなんで関白はこんな追放令を出したのか、キリスト教徒が嫌いでないとしたら？　おぬしならわかるだろう。正直なところ、私はいまだに理解することができないのだ」

「理解できない？」

「うむ」

「ほんとうに原因がわからないので？」

　と聞き返した口調は、商人らしく柔らかなものながら、

（ん？）

オルガンティーノは、心にひっかかるものがあった。隆佐はいま、

——あんたが、いちばんよく知っているはずだろう。

と遠まわしに非難したように聞こえたのである。あるいはいっそ、

——あんたが悪いんだ。

もっとも、この非難は通じなかった。コエリョは伸びをして、藁屋根へがさりと手をぶつけて、

「まったく何故《なにゆえ》なのだろうなあ。日本は神と仏の国だからとか何とか、そんなのが口実であることはわかるが。となるとやはり、関白め、九州統一をなしとげた興奮のあまり、愚かな狂気の渦のなかに……」

「あなただ」

と、隆佐は、ようやくはっきり口に出した。

コエリョは、

「はーあ？」

行長も口を添えて、

「あなたが最大の原因である、と父は申し上げたのです。パードレ」

「何を！」

両手をおろし、目を見ひらいた。

いくら堺の豪商・小西隆佐といえども、いくら海戦の雄である大名・小西行長といえども、神の前では敬虔《けいけん》な一教徒にすぎぬ。

自分のような高位聖職者とはちがう、

――勘ちがいするな。

という感情がらんらんと瞳を燃やしている。

「説明しろ。ジョーチン」

「明への出兵です」

「明への出兵？」

「ご存じのとおり」

と、隆佐は淡々とつづけた。ご存じのとおり、関白様はいまや、天下にむけて唐への討ち入りの意をあきらかにしており、その入口ももう朝鮮半島ときめていることは、対馬の大名・宗義智へ、すでにして、

――朝鮮へ、使者をつかわすべし。

という命令状まで発していることからも疑いがない。出兵は狂気でも気まぐれでもない、関白本腰《ほんごし》の事業にほかならないのだ。

「存じておる」

とコエリョが鼻を鳴らすと、行長が、

「ならば、二か月前のことは？」

「二か月前？」

「やはり、もうお忘れのようだ。あのときあなたが、パードレ・ガスパル・コエリョ猊下《げいか》が、関白様に対して信じがたい暴挙に出たことを。時間にすればほんの一刻（二時間）にしかすぎなかったが、あれで関白様は、あなたたち宣教師への警戒心を抱かれ、キリスト教徒一般への警戒心を抱かれた。追放令を出したゆえんです。私たちはそのとばっちりを……」

「待て待て。お前たちは、ひょっとしたら、あのことを言っているのではないだろうな？」

「いかにも」

と、父子が声をそろえる。コエリョは、

「何という愚かな。ばかげている。あの程度のことで」

「ちょっと、ちょっと」

とオルガンティーノが猫背になり、口をはさんで、

「私は知らないのですがね。いや、唐入りのうわさは聞いてました。その、コエリョ猊下のしたことというのを……」

「聞かせよう」

行長は体の向きを変え、ひくい声でもういちど、

「聞かせよう。上に立つ者の傲慢と虚勢がどれほど風下の人々の命を危険にさらすか、その物語を」

二か月前、ということは六月十日。

秀吉は、九州平定をなしとげた直後だった。箱崎の陣にあって連日のように大名から祝いの進物を受けたり、茶会をひらいたりしていた得意の時期。

その得意の箱崎へ、コエリョは海から秀吉を訪問したのである。

秀吉は、みずから浜へ出た。コエリョも艀で浜に下り、西洋式の礼をして、

「関白殿、このたびは輝かしい戦果を祝福させていただく。あれは私の船なのだ」

沖を指さした。

沖には、一隻の船が浮かんでいた。

――フスタ船《ぶね》。

と呼ばれる、一種のガレー船である。船体は細長く、ひらべったく、しかし大部分の和船よりも大型だった。

帆柱は、二本。

いまは帆がたたまれているが、ひとたび追い風が吹けば帆が張られ、朝鮮へわたること

もできるだろう。行長は、このとき高山右近とともに秀吉に扈従《こしょう》していたのだが、その海戦経験豊富なまなざしで、

——軍用船だな。

と見た。西洋船でありながら、まるで最初から日本的な接近戦むけに造ったかのような感じで、正直、

——ほしい。

なぜなら船体がひらべったく、ただし和船よりは高さがあるから、兵員たちが刀かざしつつ敵船へひょいひょい飛びおりることができる。

何より左右の舷側《げんそく》には、この浜からは左舷しか見えないけれども、五、六十本の櫂がずらりと海へななめに突き込まれている。つまりこの帆船は、櫓櫂船《ろかいぶね》でもあるわけで、風がなくても走れるのだ。

大きさのわりには小まわりもきく。逆にいえば、もしもどこかの大名がこれを七、八十隻も手に入れたとしたら、さしもの自分も、

——勝てるか、どうか。

秀吉はしかし、至極のんびりとした口調で、

「おぬしの船？」

「いかにも。私がみずから祖国ポルトガルの商人より購《あがな》うことをした。むろん厳密には、

私財ではなく、イエズス会の庫《くら》から金を出したが」

「宣教師が、あんな商船をのう」

コエリョは心外だと言わんばかりに鼻を鳴らして、

「いやいや、軍用船」

「ええ？　あれが？」

秀吉はすっとんきょうな声で言い、目をひんむいた。これらの会話は、いうまでもなく通事を介したそれなのである。

行長は内心、

――危険だ。

こうして馬鹿に見せているときほど、秀吉というのは何か強烈な意図を持っている。コエリョはいっそう機嫌よさそうに、

「十六年前、ヨーロッパ南部の地中海では、異教徒の国オスマン・トルコとの戦いで同型の船がしたたか活躍したものです。あのレパントの海戦は、世界史上の一奇観だった」

「ほう、ほう」

「中国《から》を」

「ほう？」

「中国を、これから侵略するのでしょう」

コエリョの鼻が、天を向いている。

沖に浮かぶ自分の船が、その船尾に、これみよがしに巨大な旗を立てているのも自慢のたねなのだろう。何しろその旗には、イエズス会の紋章が織り込まれているのだから。

太陽が炎の冠《コロナ》を全方位に吹き散らし、そのなかの光球が白く抜かれ、そこへ横書きで、

ＩＨＳ

の三字が記されている図案。

Ｈの上には、十字架がいかめしく打ち立てられている。「ＩＨＳ」が救い主イエス・キリストのラテン語表記Ihsouz Xristozの最初の三文字であることを行長はむろん知っているし、秀吉も、ひょっとすると知っているかもしれぬ。

知っていたら、この光景はどう見えるだろう。イエズス会という一個の修道団体にすぎぬものが、まるでポルトガル、スペインとならぶ、

——一大海軍国のような。

行長はこのとき、体がぶるりとした。

尿意に似たものを感じたという。可能ならばコエリョを横抱きに抱いて、どこか遠くの海へ、

——放りこんでしまえ。

とすら思ったのではないか。コエリョは、

「関白殿」

と語を継いで、

「私を以前、大坂城へまねいたとき、関白殿はこう言われたではないか。『天下統一のあかつきには日本《ひのもと》を弟の秀長にゆずり、自分は唐の征伐に専念する』と」

「申した、申した」

「その征伐の日がゆくゆく晴れて到来したなら、そのとき私は、これよりも大きな軍艦を二隻は提供してさしあげることができるだろう。さらにはインド副王に交渉して、援軍を送らせることも」

これはたいへんな高言だった。コエリョの言う「インド副王」はインド人ではない。ここでは同胞ポルトガル人、本国より派遣されたインド支配の総責任者のことなのである（インド王は形式上、ポルトガル王がこれを兼ねる）。すなわちコエリョという狐がここで借りたのは、ポルトガル王国の、

——アジア支店長。

というような、可能なかぎり大きな虎の威にほかならなかった。

もっとも、本人は自分が狐とは思っていないのだろう。秀吉は手を打って、

「それはたいそうありがたい話じゃ。そなたのごとき、ものの理のわかった者の助けがあってこそ、わしの事業《しわざ》もかたちになる。ほんに、わしは、幸せ者じゃわい」

笑いつつ、横を向き、磯のほうへ歩いて行った。

磯の先へ立ち、腰のあたりをごそごそとやり、海へ放尿しはじめた。

ここまで水音《みずおと》が聞こえてきそうなほどの放胆さ。行長と右近は、

——この隙に。

とばかり、コエリョの耳へ、

「あやうし、あやうし」

とか、

「ゆくゆくなどと申されるな。いますぐ献上しておしまいなさい。関白様はいま、確実に、歴然と、イエズス会に対して警戒心を抱いておられる。今後どんな処置をくだされるか」

などと早口でふきこんだ。けれどもコエリョは、

「献上？　あのフスタ船を？」

「はい」

「ばかを言え。そんなことをしたら私のほうが本国の商人に対して面目がつぶれるわ。そこまで媚《こ》びを売る必要はなかろう。なーに、心配はいらぬ、あの秀吉の様子を見ろ。気分よさそうに海へしみをつけているではないか。あれは警戒しているのではない、期待しているのだ」

「期待？　何を？」

「私が『艦内を見せよう』と言い出すことをさ」

秀吉がもどって来ると、コエリョは犬にえさをやるような口調で、

「関白殿」

「何です」

「これも貴殿への戦勝祝いだ。フスタ船のなか、ご覧になりたくはないかな」

「おお。ぜひ」

というわけで、コエリョはこの小さな最高権力者を艀に乗せ、いちいち視察させたのだった……艦内の艤装《ぎそう》も。水兵の整列も。

櫂の漕ぎ手のずらりとならんで仕事に従事させられる様子も。もっとも、最後のそれは模擬的なもので、ただ漕ぐまねをさせただけだったけれども。秀吉はそのたび目を見ひらいて、子供のように、

「大したものじゃのう」

だの、

「やはりわれらは、南蛮人にはかなわぬわ」

追放令はこの九日後に出たのである。行長たちの懸念は的中したのだ。右近は所領を没収され、牢人になった。日本各地に――厳密には西日本各地に――ちらばっていた宣教師はただちに非合法の存在となり、おのおの布教の地をひきあげざるを得ず、現在、この平

戸へと罪人のごとく息ひそめて集まりつつある。

今度はどうなるか、誰にもわからぬ……と、そこまで語り終えたところで、

「おわかりか」

行長はそう言い、コエリョの顔をまっすぐに見て、

「もういちど申す。あなたが最大の原因なのだ、パードレ・ガスパル・コエリョ」

「……」

コエリョは、唇をへの字にしている。

いや、への字はいつもそうなのだが、いまはさらに角度が急で、ほとんどnの字になっている。そのnの字の中空《ちゆうくう》の部分には、蠟燭の火で、ななめに影がさしこんでいた。

行長は、なおも言い立てる。

「関白殿は、あなたの言うように愚かな狂気におちいったのではない。明晰《めいせき》に判断したのです。イエズス会をこのまま野放しにしたら、いずれ明への出兵のとき、きっと足をひっぱるだろうと」

「足をひっぱる？　逆ではないか。私は援軍を申し出て……」

「その援軍というやつが、この戦国の世では、ときに最大の邪魔者なのです。いずれ北京を陥落させ、明を手に入れたとき、イエズス会は援軍を口実に『領土を分けろ』と」

「そんなことは言わん」

とコエリョは鼻を鳴らして、
「言う日が来ることもないだろう。北京を陥落？　そんな熊狩りのようなことが、あのち
び猿めにできるはずがない」
「私もそう思います、明は九州とはちがうのだから。ただ関白殿は、出兵そのものは本気
です。やると言ったらやるお方だ。そうして、やるからには万全のいくさ支度をし、小荷
駄（補給隊）をととのえ、戦後の褒賞のことまで思いめぐらす。そういう抜かりない周到
さこそ、あのお方が、尾張中村の卑賤《ひせん》の身から一代でここまで大身《たいしん》となった最大の要因に
ほかならないのです。パードレ、あなたには領土的野心が……」
「あるわけなかろう」
「どうですかな」
とロをはさんだのは、オルガンティーノから見て左。
父の隆佐のほうだった。隆佐はつかのま行長と目を合わせ、それからコエリョのほうを
向いて、
「七年前、イエズス会は、大村純忠殿（肥前国のキリシタン大名）に長崎を寄進させまし
た」
「ああ、あれか」
と、コエリョは誇り顔になり、

「あれはドン・バルトロメオ（純忠の洗礼名）のほうから申し出たのだ。何しろあの家内は紛争がたえず、また龍造寺氏という外敵にも攻められつづけで、彼は危殆《きたい》に瀕していた。それ故に、われらをたよりに」

「ほら、それです。関白様はおそらく、このたび九州へみずから来られて、はじめて長崎寄進の一件を知った。さだめし驚愕《きょうがく》されたでしょう。政治的、軍事的混乱につけこんで領土を奪うイエズス会という印象が……」

「ええい、うるさい」

コエリョはついに立ちあがり、しかし藁屋根にがさりと剃髪《トンスラ》の頭頂をぶつけて、ふたたび椅子へ腰を落とすと、

「お前たちは、どっちの味方だ」

「どっちもです」

父子が同時にやりかえし、そうして同時に沈黙した。

この日本キリスト教界の頭領に対して、

――言いすぎたか。

と多少、反省した面もあるのかもしれないが、たぶんそれ以上に、いわば頭脳が息ぎれした。父子のラテン語は日本人にしては上出来ながら、コエリョとくらべると訥弁《とつべん》の域を出ず、それだけ疲労が倍したのである。

船が、ゆれている。

コエリョはなお権柄《けんぺい》そのものの表情である。たかだか長崎ひとつなど、

——もらって、当然。

とでも言わんばかりに音を立てて鼻から息を吹き出している。親日家の平《ひら》宣教師オルガンティーノは内心、

(知らなんだ)

さっきから、おどろきの連続である。

コエリョが軍艦を購入していたことも、それを秀吉へ見せびらかしたことも、その見せびらかしに対する小西行長や高山右近の抵抗の理由も。もちろん遠い高槻にいたことが大きな要因なのだけれど、それ以上に、このオルガンティーノという人間は、聖界だろうと俗界だろうと、もともと雲の上の人のやることには興味が薄いたちなのである。

ただ薄いながらも、

(コエリョさんも、たいへんだな)

とは感じた。彼はいま秀吉に対しても、イエズス会の内部に対しても、ありったけの、

(虚勢を、張らなきゃ)

なぜならこの時期、解釈を厳密にすれば、ポルトガルという国はどこにも存在しないのである。その王位は九年前、前王セバスティアンの愚かな戦死のために空位になったあと、

その遠縁にあたる、スペイン王フェリペ二世によって受け継がれたのだ。

スペインがポルトガルを侵略したともいえるし、ポルトガル人がみずからスペイン王への服属を選択したともいえるだろう。いわゆる大航海時代のはじまり以来、まるで青りんごのように地球をふたつに割って囓《かじ》りちらかしてきた両国が、とにかくひとつになったわけだ。

今後は国力に劣るポルトガルのほうが、しだいに、

——衰亡する。

というのが、世界のもっぱらの見かたである。ポルトガル人コエリョはそれへの蹠《あしうら》を焼かれるような焦燥にとらわれているからこそ、少なくともこの日本という末端の地域においては何とか、

（強さを、演じよう）

コエリョの生まれがポルトという、ポルトガルの国名のもとになった大港湾都市であることも、この心理を、あるいは助長しただろうか。いっぽうオルガンティーノは、くりかえすがイタリア人である上に、ローマでもなく、ヴェネツィアやナポリでもなく、カスト・ディ・ヴァルサビアなどという山中《やまなか》の鍛冶屋の村の出身。

コエリョの目には、ほとんど人間が野兎《のうさぎ》を見るほどの差があるのにちがいなかった。

「とにかく」

と、野兎は笑顔で口をはさんで、

「みなさん方、こんなところで仲間われしても始まらないじゃありませんか。もはや追放令は出てしまった。たいせつなのは、これから私たちがどうするか、です」

「ふん」

と、コエリョは横を向いてしまう。オルガンティーノは、

「私に策がある。追放令を無力化できる」

「どんな」

「関白殿はいずれ九州を去り、京大坂へもどるでしょう。そうしたら警戒の目もゆるみますから、われわれはこのまま九州にひそみます。一か所にまとまると目立つから、四散するのがよいでしょう。ほとぼりがさめるのを待って……」

「あほうめ」

コエリョが、

——聞いて、損した。

と言わんばかりに顔をしかめて、

「その案は、きのうまでに来た宣教師全員が口にしたわ。ほかに手があるか。オルガンティーノ、お前はもう静かにして……」

と叱責をかさねようとしたとき板壁の外で、ごつんと大きな音がした。

と同時に、

「わっ」

船がゆれた。酔っぱらいが杯をつまんで左右へふるような、粗暴きわまるゆれだった。

オルガンティーノは、腰が浮いた。例の、漁師の女房らしき老婆が顔をつっこんできて、

「あ、ああ、何かが」

「どうしました、草千代さ……」

とオルガンティーノが言いかけるが、老婆はコエリョに、

「何かが、ぶつかって」

「水軍か」

問うたのは、小西行長。

どっかと腰を落としたまま、顔色を変えぬ。さすがは海軍司令官、こうした事態には慣れているのだろうか。もっとも、海軍司令官なら水軍の動きはすべて把握しているようにオルガンティーノには思われたが、そこはそれ、秀吉の軍というのは、要するに各大名のそれの寄せ集めである。

他の大名直属のものも、あるのだろう。老婆は首をふり、

「わかりません」

「私が見ましょう」

とオルガンティーノが言い、老婆と入れかわりに外へ出ると、意外にも海はしんとしている。

船のまわりで、やや波がうねっているだけ。遠くで漁《いさ》り火がちらちらしているが、いくら何でも、あれらの小舟は、急いで離れたわけではないだろう。

足もとのゆれが、おさまった。オルガンティーノが、

「何や」

と、思わず京ことばでつぶやいたら、老婆がこちらへ顔を出して、

「ひょっとして、ふかい」

「へ」

「鱶《ふか》いう魚。こーんな大きな」

両腕をめいっぱい広げてみせた。いまでいう鮫《さめ》である。

老婆によれば、このへんには、鱶はときどき来るらしい。

うっかり浜にのりあげて死ぬこともあり、そんなときは村人総出で皮をはぎ、身を切り、たくさんの湯で煮て食うのだとか。イタリアにいたころは修道院のなかに解体処理場があったから、オルガンティーノは豚肉や羊肉の腸づめをこしらえる仕事もしたことがあるのだが、その彼も、

「うへ」

この話には、顔をしかめた。

どっちにしろ今回の鱶は、鱶だとしたら、一触のみで去ったのだろう。船はふたたび静止して石のようになり、屋形のきしみもなくなった。

オルガンティーノは息をつき、体の向きを変えた。

ふたたび老婆と入れかわりに屋内へ足をふみいれたところで、行長が、

「ちがいますぞ」

苦笑いしつつ、こんどははっきり、

「あれは漁師の女房だ、うるがん、ばてれん。六人の息子を育てたことと櫂さばきの巧みさだけが自慢のさ。草千代ではない」

「それじゃあ、どこに」

「草千代が？」

「ええ」

行長はちょっと言いづらそうに、

「いまは、唐津の村にひそませてある」

「からつ？」

「博多の西の小村だ。ろくな物産もないが」

こんな会話のあいだにも、コエリョはなお腕を組んで、

「私のしたのは、そんなに大層なことかのう」

ぶつぶつ言っている。子供がはじめて虫の翅《はね》にさわったような、ほんとうに、

——ふしぎで、たまらぬ。

という顔で、

「たかだかフスタ船を見せたくらいでのう。そもそも関白は、なんでまた明へ出兵など」

オルガンティーノは苦笑いして、

(ヴァリニャーノ師が見たら、どう思うかな)

彼自身の尊敬する、コエリョよりも偉い人の顔を思い浮かべた。

†

天正十九年（一五九一）十月。いよいよ、

——名護屋城。

の、築城が始まった。

完成すれば秀吉その人がうつり住んで、そこでめしを食い、茶会をやり、絵図をひろげ、全国の大名を扇の先ひとつで国替えに処したりする。

文字どおり、天下の城になるだろう。

その普請の場は、

——勝男山。

と決まった。

決まるや否や、全国から石工《いしく》、鳶《とび》の者、大工、屋根屋《やねや》、左官、畳刺し、表具屋、井戸掘り……さまざまな種類の職人があつまったし、畚《もっこ》をはこぶしか能のないような単純労働の人足はそれ以上にあつまった。

名護屋は、たちまち人口稠密《ちゅうみつ》の街となった。

彼らめあての市《いち》まで立った。このたびの計画は大規模である上に完成を急ぐ。つまり給金が高いから、職人や人足たちの数は、今後もますます、

——ふえる。

というのが、衆目の一致するところだった。

工事はまず、
造成《じならし》
石積み
の二工程から始まる。木を伐り出し、斜面をけずりこみ、平らな土地をこしらえて土をつきかためるのが前者であり、その土地のまわりに土留《どど》めの石垣をつくるのが後者である。

これだけでも作業量はたいへんなものだった。なぜなら天下人の城というのは、山のてっ

ぺんに城ひとつ建てればいいというものではない。

中腹に、山裾《やますそ》に、大名の陣屋もならべなければならないのである。

大名は、もちろん全国から来る。聚楽第や大坂城の先例からして、その数は、少なくとも百にのぼるだろう。ということは造成および石積みもおなじ数だけやらねばならず、勝男山一山《ひとやま》では足りないから、周囲の丘や、平野や、べつの山へもどんどん分け入ることになる。

すべてにおいて木が伐られ、地形が変えられることになる。無数の自然は、あっというまに無数の人工物になるだろう。

†

築城開始の翌月。

岸岳の奥の、例の「学校」の或る屋根の下で、カラクはあぐらをかいている。

――屋根の下。

と、ことさら強調しなければならないのは、その建物は、四周に壁がないからである。

礎石と柱と板屋根しか存在せず、床にあたるものもない。ただ地の土をつきかため、薄い茣蓙《ござ》を敷いただけ。

雨が、ふっている。

大雨である。柱のあいだから盛大にしぶきが飛びこんで来ること大しけの海のごとしである。しぶきで足首がぬれる。カラクはぴしゃぴしゃ手でたたきながら、

「そもそも秀吉が」

声はかなり大きかったが、それ以上に、まわりの雨音が激しかった。

時刻は、まだ昼さがりである。

「そもそも秀吉が、なんで唐への討ち入りをたくらんだか。決まってる。あいつは狂犬だ。人を見れば咬《か》みつくことにしか、土地を見れば切り取ることにしか気が向かぬ。それだけの話だ。ふかい理由は何もない」

聴衆は、約百名。

のうちの、さしあたり十四、五人だろうか。百名はみな一枚の大屋根の下にいるけれども、酒盛りの場によくあることとして、小集団にわかれて車座になっている。

その車座のひとつにカラクはいる。十四、五人のうちのふたりは、五助と近藤出羽だった。上出来の茶碗を、

——どっちへ、売るか。

という例の抗争における博多派、堺派それぞれの巨頭。近藤出羽が、ひげから酒をしたたらせつつ、

「それはちがうぞ。カラク」

「何い？」

「何ぶん天下人のおやりになることだ。ふかい理由はあるに決まってる。われら下衆どもが逆立ちしても窺《うかが》われぬような、遠い遠い見通しがな」

「おいおい、近藤さん……」

「たとえば神屋宗湛などは、さかんに『勘合貿易のためだ』などと言いふらしている。関白様は明を服属させ、その皇帝を臣下とし、さかんに朝貢をさせるおつもりなのだと。一聴に値する」

「あの人は、どうでも自分の商売にむすびつける。あてにならん。だいたい近藤さん、あんたは前から秀吉めに……」

「まあまあ」

と割って入ったのは、近藤の横の五助だった。漁師の五男坊ながら、このごろは、ちょっとばかり口ぶりが侍ふうになっている。

「カラクさん、近藤さんはね、すっかり関白様に心酔しておられるのですよ。何しろ龍造寺氏の遺臣ですからな。龍造寺氏は島津義久に討たれましたが、その島津を関白様は討ってくれた。かたきを取ってくれたようなものだ」

言いつつ、近藤の肩を横抱きにする。近藤も、

「うむ、うむ」

まんざらでもない顔。このふたりは、後述する理由により、すっかり仲よくなっているのだ。カラクは内心、

（ふん）

花瓶ほどの大きさの酒壺を右手で持ち、どぶどぶと自分の茶碗へついだ。茶碗は、点茶用のもの。みずから焼いた佳作である。酒のにおいがぷんと立つ。ぐいと乱暴に飲んでから、

「まだあるぞ」

「何が」

「唐入りの理由だ。ことしは秀吉めにとって最悪の年だった。弟であり片腕とたのんだ美濃守（豊臣秀長）をなくし、珠《たま》と育てた長男の鶴松をなくした。その悲嘆を晴らすために……」

「それこそおかしい。関白様がはじめて出兵の意を天下へお示しになったのはもう五、六年も前というではないか。美濃守様はまだ亡くなっていないし、鶴松様は生まれてもいない」

この近藤の明快な異論には、カラクも言い返すことができぬ。ほかの連中が、

――まだ、抵抗《ねば》るか。

とでも言いたげににやにや笑うのへ、犬歯を剝いて見せてから、

「それはわかった。ひっこめよう。しかしながら秀吉め……」

「まだあるのか」

「これは宗湛様から聞いたのだが、あいつはまだ前右府《さきのうふ》（織田信長）が生きていたころ、生意気にも『いずれ唐天竺もさしあげます』などと言上したという。何しろ成り上がり者のことだから、諸将のなかで少しでも目立ちたかったのだろうが、右府死後もそれを忘れず……」

「それもまあ、関係なかろう。むかしのことだ」

「あるいは秀吉は、日本のばかな伝説を真に受けているのかもしれん。神代のころの神功《じんぐう》皇后が臨月で新羅《しらぎ》を討ったなどという……」

「四つだ」

と、五助がぼそりと言った。カラクは、

「何？」

五助はこちらに手のひらを向け、親指を折りこんで、

「カラクが挙げた、関白様の出兵理由だ。きょうだけで四つ。よほど支持できぬと見える」

ほかの二、三十人が、どっと笑い声をあげた。車座のまんなかには素焼きの大皿がある。

近藤はそれへ手をのばし、干物のあわびの刻んだのを取り、くちゃくちゃ音を立てて咀嚼《そしやく》しながら、

「ま、カラクは朝鮮《こま》の人だから。無理もないさ。ふるさとを蹂躙《じゆうりん》されるわけだからな」

ほんの一か月前まであんなに喧嘩っ早かった男が、これはまた勝者の余裕であろうか。

カラクがことさら仏頂面になり、

「日本のやつらは、みんな馬鹿だ」

と挑発しても、

「そうかもしれんなあ」

カラクは奥歯を軋《きし》らせつつ、

（ちがう）

勝者の余裕などではない。そう思った。そもそも近藤だけでなく、ここにいる連中みんなが、

（手なずけられた。秀吉の銭に）

きっかけは一か月前。わすれもしない。朝まだ目をさましもせぬうちに戸がたたかれ、

「誰だ」

目をこすりつつ外へ出ると、騎馬の侍が六名いた。わざわざこの山中まで、

（馬でか）

目をしばたたいていると、そのうちのひとり、五十がらみの尊大そうなのが、

「わしは黒田家家臣・浦辺主水丞《うらべもんどのじょう》である。このたび名護屋において城の普請、陣屋の普請にとりかかる故、おぬしたちは瓦焼きに励むべし」

「瓦焼き？」

「城や陣屋には、屋根が要《い》る。屋根には無数の瓦が要る」

なるほど瓦も、焼きものの一種である。粘土を成形し、釉薬をかけ、熱した窯へほうりこむ。カラクが二の句が継げないでいると、さわぎを聞いて、生徒たちがあつまった。

――見くびるな。

彼らは、ことごとく反対した。

――まがりなりにもこの山は、芸術作品《あじわいもの》をつくる場だ。いずれ堺か、博多か、京大坂かで名だたる茶匠に愛《め》でてもらう、そのためにわれらは修行をかさねている。たかだか屋根瓦のごとき大量生産品《できあいもの》をこしらえる気はない。

という意味のことを言ったのである。けれども浦辺はにやりとして、

「これは天下人による天下普請ぞ。無給《ただ》ではない。博多商人・神屋宗湛にはすでにして給金の支度を命じてある。その銭高は、ひとりにつき月に一貫」

破格の大金である。ちょっとした武士ではないか。

「そんな話の尻馬に、手もなく乗るわれらと思うか」

と言った近藤出羽の口調はもうやわやわである。猫なで声の二歩手前。

「とにかく」

と、浦辺は早くも馬首をめぐらしながら、

「とにかくこれは、請願ではないぞ。われらが主人・黒田官兵衛孝高様の命である、ということはただちに関白様の命と思え。もしも不承知いたすならば、全員、博多へ連行する。石堂川の河原にはおぬしらの首がならべられ、石をぶつけられることになろう。瓦の科《とが》で、河原にのう」

高笑いして行ってしまった。カラクがその背へ、

「くだらん地口だ」

とつばを吐いても、仲間たちは誰ひとり返事しない。しばらくの沈黙ののち、誰かがぽつりと、

「仕方がないな、関白様のご命なら」

翌日から、人がふえた。

岸岳の人口は、いっきに三百人になったのである。

新たに来た者のなかには京ことばの者もいたし、北陸なまりの者もいた。瓦焼きの経験のある者もいたし、ない者もいた。

元足軽もいたし、元僧侶もいたし、元樵《きこり》もいた。総じて岸岳のその施設は陶芸学校から

建材工場になり、カラクは校長先生から、

——工場長。

になったのである。

文字どおり「お山の大将」から雇われ社長になった、ともいえる。給金はカラクにも出た。カラクには月に一貫をはるかに超える額が支払われた。いまこうして雨の日のつれづれに干物のあわびで酒が飲めるのも、みんなで金を出し合った結果であり、そんな高級食材もちょっと山を下りて名護屋まで行けば市ですぐに買えるのだった。

給金は、あの浦辺の言うとおり、神屋宗湛が出した。

いや、直接的にはそうなのだが、その宗湛は秀吉の命により博多の町役（税金）を免除されている上、秀吉に、それから複数の大名にも、来《きた》るべき出兵にむけた兵站《へいたん》を一任されている。

兵站とは、物資の補給である。ということは宗湛はつまり米、大豆、味噌、薪炭《しんたん》、火薬、労働者、兵隊……およそ戦争に必要なあらゆる物資をどこかから買いつけては大名に売る、その商売を一手に引き受けているわけで、その利は厖大なはずである。すなわち唐入り特需の恩恵をもっとも笑顔であびているのは宗湛その人にほかならないので、その宗湛の銭をもらうということは、カラクたちは要するに、

（秀吉めに、食わせてもらって）

カラクの連日の不機嫌は、ひとつはこれが原因だった。

いっぽう五助と近藤出羽が仲なおりしたのもまた、この瓦焼きが原因だった。

何しろ茶碗を焼かないのだから博多派も堺派もない。瓦の売り先はただ名護屋だけ、しかもそれで暮らしが立つ。あの派閥あらそいが解決したというより雲散霧消したのは当然の結果だったのである。

いったいに、この人間の社会では、党争に明確な結末がおとずれるのは外的事情によることがほとんどである。内的論理は関係ない。あるいはむしろ内的論理で決着がつくらいなら最初から党争にはならないともいえるので、カラクは、

(党争は、不毛だ)

そのことをつくづくと学んだのである。

秀吉の銭は、人だけではない。設備にもおよんだ。まず窯の数がふえた。一基がいっぺんに六基になった。それを風雨からまもる建屋も、よりいっそう耐火性の高い土蔵造《どぞう》りに建てなおした上、その壁の外側には、砂入りの白漆喰まで塗りこめられた。

最新技術の建造物である。これとはべつに多数の職人がいちどきに作業をしたり、めしを食ったりする場も必要になったため新築されたのが、みんなに、

――大屋根のとこ。

と通称される、いまカラクがその屋根の下にいる壁のない建物にほかならなかった。こ

の建物の一角にはまた、米を炊くための竈《へっつい》までも四基ずらりとならんでいるので、一種、社員食堂のおもむきもあるといえようか。近藤はなお干物のあわびを嚙《か》みながら、

「雨がやんだら、また仕事だ」

などとやる気まんまんである。ばかりか、とつぜん立ちあがり、あごを上に向けて、

「関白様の、おんためにぃ」

と、あやしいふしで歌まで歌いだした。近藤はいま粘土の「練り」の作業を担当している。粘土を大きな木桶《きおけ》に入れて足でふみ、空気を抜いてなめらかにする。

空気がのこると、焼いたとき割れてしまうのである。重要ではあるけれども、

——彼でなければ。

という仕事ではない。

それでも、この意気ごみである。ほかの連中がみんな立って、肩を組んで、

「関白様の、おんためにぃ」

だみ声をそろえたのは、どういう心理によるものだろうか。

カラクは、ひとり座ったまま。

茶碗を置き、耳をふさぎ、それでも不躾《ぶしつけ》にとびこんで来るだみ声から意識をそらすべく、

(なぜ、名護屋)

ものを考えることに集中した。なぜ秀吉は名護屋にしたのか。唐入りの根拠地はもとも

と博多だと天下に公言していたではないか。

実際、秀吉は、博多に一度滞陣している。九州征伐のとき、箱崎の地に、

（一か月か）

今回もそれでよかったのだ。それなら瓦焼きの仕事もおそらく博多の誰かにさせていただろうから、こっちは変わらず、ひっそりと、茶碗の美にうちこむことができたのだ。

おそらくひとつには、距離の問題があるのだろう。カラクはそのように想像する。名護屋は玄界灘に突き出す半島（東松浦半島）の北端にあり、朝鮮へわたるには、ほんの少しではあるが博多よりも近い。

大量の兵士や銃や兵糧をおくりこむとなると、この少しの差がじつは馬鹿にならないことは想像できる。がしかし、カラクの見るところでは、

（一から、街がつくれる）

このことが、よりいっそう秀吉の心を動かしたのではないか。

これについては、名護屋の横に、

——大坂。

の街を置くようにして考えるのが便利だろう。畿内《きない》にはもともと堺という、室町期以来の大商都があった。

にもかかわらず秀吉がすぐそばの大坂に一から街をつくったのは、商都は商都として、

それとはべつに、自分の常駐する政治的・軍事的中心をしっかりと持つ、そういう発想だったろう。

首都《みやこ》は、ひとつとはかぎらない。

あるいは、ふたつの首都をさだめることで単一の都市よりも広大かつ複雑な、

――都市圏。

の発達をうながし、その圏をまるごと城下町とし得る。

全国支配の基盤とし得る、と言いかえてもいい。それが秀吉の発想だった。おのずから権力も増大する、というより、おそらく権力の増大のほうが先にあって、それに見合うかたちでこの複眼的な首都のありかたが定まったのだ。

豊臣政権は、じつのところ、史上初の全国統一政権である。

それまでの日本には、そういうものは存在しなかったのである。古代の耶馬台国《やまたいこく》はしばらく描《お》く。平安時代の朝廷はしょせん京都とその周辺にしか支配がおよばず、地方に対しては官職発給所の域を出ることがなかった。鎌倉時代の幕府は土地以外の問題に関しては御家人たちを制御することができず、それが滅亡の主因となった。

室町幕府にいたっては各地方に蟠踞《ばんきょ》する強力な守護大名たちの連合政権でしかなく、足利将軍家はときおり彼らの後継者あらそいに口を出すことでしか武家の頭領の面目を示すことができなかったし、その口出しもしばしば無用の混乱をまねくばかりだった。権力の

権力たるゆえんである、

——人事権。

を全国の範囲で掌握したのは、くりかえすが秀吉が最初なのである。

何しろ秀吉は、小田原征伐の直後には、まぎれもなく最大最強の大名である徳川家康に対して、

——東海五か国から、関東八か国へと移封せよ。

という空前絶後の左遷を命じた。

三河、遠江、駿河、甲斐、信濃という日本一物生《ものな》りのゆたかな土地から関東などという寒冷辺境の未開地へ。しかも家康はそれを無条件に承諾した。まさしく史上最大の人事権行使にほかならないのである。

もちろんカラクは、秀吉の業績《しわざ》を、このように巨視的には見ていない。カラクの思案はあくまでも、なぜ名護屋かという一点のまわりを彷徨《ほうこう》するのみ。しかしながら都市の性格ということにおいて、博多と名護屋の関係が、

(堺と大坂の、関係だ)

そのことは、肌で感じている。

何となくではあるけれども、秀吉の意図がわかるような気がしている。名護屋もまた博多という昔ながらの商都のそばに、それとはべつに設けられる政治的・軍事的中心なので

ある。

　つまり、

(自分たちは)

と、カラクは思考をおのが身にひきつけた。自分たちは、畿内でいうなら、大坂中の建物の瓦を一手にひきうけたようなものではあろう。名誉にはちがいないのだ。

　それはどういう名誉だろうか。茶碗ひとつの傑作を生み出すことを有名の名誉、または芸術の名誉とするならば、こちらはさしずめ無名の名誉、産業の名誉とすべきだろうか。

(ばかな)

　カラクはやはり、納得できない。自分はやはり有名になりたい。そのためにこそ自分はこれまで全身の骨のきしむような努力をかさねてきたのではないか。

　納得はしないが、しかしとにかく、

(いまは、この道を進むしか)

　焼きものの道は、単純ではない。こんな産業の仕事にも、こんな大量生産の仕事にも、あるいは自分の成長をうながす何かがあるのかもしれないのである。

　だみ声は、なおつづく。

「関白様の、おんためにーぃ」

「関白様の、おんためにーぃ」

興奮した何人かが、肩組みの列から離れた。

柱のあいだから屋外《そと》へとびだした。激しい雨にぬれながら、

「やあっ」

「とおっ」

石をひろっては投げ、ひろっては投げした。

どれだけ石投げの好きな連中なのだろう。よく見ると石のみならず、茶碗のかけら、瓦のかけら、鮎の頭、どんぐり、柿の種、貝殻……あらゆる足もとの何かを木立に向かって放っている。

森は、あらゆるものを吸いこんでいる。カラクはため息をつき、またしても、自分の以前こしらえた出来の悪い茶碗でぐいぐい酒を飲みつづけた。

5　名護屋

名護屋の風景は、それからも、朝日をあびるごとに変わった。

変化の筆頭はやはり勝男山だった。茶碗を伏せたような山がことごとく木々を伐り倒され、はげ山となり、そのはげの地肌が或るところは水平になり、或るところは坂になり、それら人工的な地形がいちいち石垣でぎっちりと下支えされた。

坂の一部は、さらに手を入れられて石段になった。

そこへさらに銃眼つきの塀がめぐらされ、大小さまざまの建物が建てられ……要するに山そのものが城になると、そのてっぺんにはもちろん、

——天守。

が建てられることになる。

ひときわ高い、多層の櫓《やぐら》。

権力のもっともわかりやすいかたち。完成すれば、それは大坂城をしのぐ五層七階の楼《ろう》閣《かく》になる。

名護屋のどこからも、いや、それどころか海をへだてた加部島からも、壱岐からも見えるだろう。

日本の西の辺境ではなく、北東アジアの中心点になるだろう。それにしてもおどろくべきは、この城の工事のすすみの速さだった。

これもまた、秀吉の権力のなすところだった。ただし秀吉みずからが人手と物資の大量投下をおこなったわけではない。こういう大規模計画のつねとして、

——天下普請。

をやったのである。

天下普請とは、要するに分担制である。

名護屋城は曲輪《くるわ》だけでも本丸、二の丸、三の丸、弾正《だんじよう》丸、上山里《かみやまざと》丸、東出《ひがしで》丸等とさまざまな区域にわかれており、またその区域ごとに石垣がある、門がある。櫓がある、蔵がある、もちろん種々の屋敷がある。それらの工事を適宜、分割して、

——お前は、ここを。

——お前は、そっちを。

というように割り当てるのである。

割り当てを受けるのは黒田孝高、加藤清正、小西行長、鍋島直茂ら、おもに九州の大名である。一例が、城全体のまもりの誉《ほま》れというべき大手櫓は鍋島直茂が担当した。こういう工事体制であれば、大名たちは、競争意識を持たざるを得ないだろう。

いや、それは競争意識などという生やさしいものではなかった。秀吉に対する過剰適合であり、ほとんど集団ヒステリーといえるものだった。何しろ工期が遅れたり、雨で石垣がくずれるなどの失敗をしたりすれば、秀吉のどんな勘気をこうむるかしれぬ。特に何をしたわけでもない徳川家康ですら、関東へ飛ばされたのはたった一年半前なのである。

ましてや名護屋城は、この唐入りという空前の大計画における秀吉その人の詰所である。その成功のあかつきには、くりかえすが日本の西の辺境ではなく北東アジアの中心点になるわけだし、その秀吉はすでにして、出兵日を、

――翌年三月一日とする。

そう定めた。

すなわちその日までに、

――秀吉が、来る。

と大名たちは見なければならぬ。いまは天正十九年（一五九一）十一月である。着工からまだ一か月しか経っていないにもかかわらず、工期はもう四か月もないのである。

もちろん大名たちは、このほか、城のまわりに自分の陣屋をかまえなければならない。これは西国大名にかぎった話ではない。黒田孝高、加藤清正、小西行長、鍋島直茂らに加えて、徳川家康、前田利家、豊臣秀保（秀吉の甥。秀次の弟で秀長の養子になっていた）、堀秀治、木下延俊、古田重然（織部）、伊達政宗……むかしむかし室町幕府というものが世にあったころ、その最後の将軍だった足利義昭もまた小さな一大名として従軍することを命じられている。

その数ぜんぶで三百、いや四百にもなるだろうか。彼らは基本的に、地元でどんな大事《おおごと》があろうとも、親類縁者が死のうとも、いわば秀吉のひざもとでの本店勤務をしなければならず、その勤務のための陣屋なのである。それこそ造成《じならし》、石積みという基礎工事から各大名が自分でやらねばならぬ。どんなに財政が苦しかろうと。どんなに人手が足りなかろうと。当然すぎるほど当然だけれども、秀吉からは、ここでは補助金のたぐいはいっさい出ないのである。

その三百ないし四百の陣屋が、くりかえすが勝男山＝名護屋城のまわりに配置される。大大名は、城のちかくに大きな面積を占め、大きな陣屋をかまえるだろう。小大名はその反対になるだろう。一村《いっそん》まるごと分譲地であるといえる。その分譲地は、どこまでひろがったか。

本稿は以前、名護屋とその周辺の地形について、それを人間の両手にたとえたことがある。

北を上にした地図で見ると、天から加部島という砲丸がひとつ落ちて来る。それを両手で一碗をこしらえて受けとめる、その両手がすなわち名護屋であると描写したが、いまやその両手は、左右どちらも手首から指先まで、すっかり土木開発されてしまった。膚《はだ》を剝かれるようにして、白いはげ山だらけにされたのである。その総面積はおそらく大坂の街を上まわるのではないか。

左の指先にあたるのは、波戸岬である。

そう、カラクが二か月前の月の晩、そこで草千代とともに粉気《こなけ》たっぷりの時間をすごした宗湛の別邸のあるところ。

いまはその別邸もとりこわされ、佐竹義宣、北条氏盛、増田《ました》長盛といったようなあまり重要でない連中の分け持つところとなった。のどかな風景は一変したのだ。

そうして、彼らも武将である。まがりなりにもその住まいが藁屋根、板屋根というわけにはいかぬ。

――瓦で、葺くべし。

ということになる。

その瓦はどこで焼くか。カラクの工場で焼くのである。そこでは六基の窯に火がたえず、夜もあかあかと燃えつづけ、三百人の工員はしばしば不眠不休で仕事をした。

瓦は、どんどん運び出されていった。にもかかわらず生産が需要に追いつかなかったのは、需要のあまりの大きさにもよるが、ひっきょう地理上の理由だったろう。やはり岸岳という山中《やまなか》の現場では、施設の拡充にも、人員の収容にも限界があったのである。

結局、例の黒田家は博多商人にも声をかけ、買い入れと納入を命じたらしい。あの居丈高な浦辺なんとかが馬で命令しに行って、例の、

――瓦と、河原。

の語呂も合わせたのだろう、とカラクは思った。地口が好きな人間は、どういうわけか、おなじ地口を十ぺんも二十ぺんも言いたがる。ところでこの博多商人の件を聞いたときの、カラクの第一声は、

「せいせいする」

だった。

「博多のあきゅうどが顔を出すなら、こっちは仕事をぜんぶ譲ってもいいんだがな。もう瓦焼きにはあきあきしたんだ」

でも内心は、

(何だ)

正直、ちょっとがっかりした。せっかく窯繰《かまぐ》りも人繰りもうまくいきはじめ、不良品の出る割合も減り、安定的な生産のながれが成立しつつあるところだったのに、そのながれ

の、

（興を、殺《そ》ぐか）

仕事なら何であれ自分だけのものにしたい。ほかの誰かには渡したくない。労働者の心理というものは、これでなかなか、

（ややこしい）

カラクは苦笑いして、また窯の火の世話をする。

†

翌月の末。

秀吉は、甥の秀次に、関白の位と聚楽第をゆずった。

天下人の錦衣をぬぎすてて、

——一武将に、もどる。

その意志を、鮮明にしたといえる。あるいは、

——唐入りひとつに、打ちこむ。

甥の秀次とは、例の、若いあほうである。日根野家から秘蔵の兜をむりやり召し上げ、それを身につけて小牧長久手の戦いにのぞんで徳川家康にこっぴどく負かされ、天下に赤

っ恥をさらしたのは七年前のこと。

それで懲りるかと思いきや、以後もやっぱり、秀吉の七光りと呼ぶしかないような世渡りは変わらなかった。もしも弟の秀長が生きていたら、あるいは子の鶴松が生きていたら、秀吉はぜったい、

――こんなやつを、後継者にはしなかったろう。

天下はそううわさした。秀吉はこれ以降、みずから進んで、

――太閤。

を、称することになる。

元関白、くらいの意である。譲位後も実権をにぎりつづける、いわゆる院政のつもりはなかっただろうが、結果的にそうなったのは、秀次との関係が急速に悪化したからだった。秀吉はこの実の姉の子をどうしても一人前とはみとめられなかったのだろう。北条征伐の成ったあとは、尾張国という国力も世間の印象も最高の地域をあたえておきながら、秀吉みずからが検地をおこなったりした。

そのあげく、これは朝鮮出兵後のことになるが、

――謀反した。

という理由で関白の職をとりあげ、高野山での切腹を命じ、あまっさえ秀次の妻、側室、それらの生んだ子供たち約三十名あまりを京の三条河原で打ち首にした。

鴨川の水は、これでまっ赤になったという。

†

石垣について、補足しておく。

名護屋城および大名たちの陣屋をつくるにあたり、無数の石が、それも或る程度以上の大石《おおいし》が、必要だったことは言うまでもない。

ふつうなら、それはなるべく近いところから切り出す。たとえば大坂城の石垣は瀬戸内海の島々で切り出されたものが多かったし、またたとえば、このころちょうど徳川家康が普請をはじめようとしていた江戸城のそれは、おもに伊豆半島で切り出している。どちらも海をへだてた場所であることは偶然ではない。石というのは重いので、なるべく船でもって運ぶのが得策なのだ。ところが名護屋の場合は、

――天の配剤。

としか言いようがない。

なるべく近い、どころの話ではなかった。ほかならぬ名護屋の山々自身が、表土の皮一枚をべろりと剝《は》がせば玄武岩質の岩盤だったのである。

採石地と建設予定地との稀有《けう》な一致。もちろん、おなじ名護屋でも、よく出るところと

出ないところの差はあるので、出るところから切り出すわけだが、どちらにしても名護屋の人足たちはもはや船すらも必要がなかった。

ただ切り出した石を修羅（木製の橇《そり》）にのせるだけ。そうして地上にずらりと丸太を枕木状に敷きならべ、ぬるぬるの海草を置いた上へその修羅をのせて、よいしょとばかり移動させるだけ。石垣は、よその城のそれとくらべて異様に早く完成したのである。

見た目が、美しいわけではない。

理《ことわり》（石の割れ目）がきれいとも限らない。そのかわり名護屋の石は、まるで駿馬の筋肉のように固く引き締まった石だった。他地域からの搬入の必要はまったくなかった。

†

徳川家康、という大名がいる。

これまで何度か述べたとおり、全国の大名の筆頭というような立場である。

名護屋城の建設がはじまり、カラクが仲間と酒盛りをし、秀吉が甥の秀次に関白の位と聚楽第をゆずったのは天正十九年（一五九一）冬のことだが、その年、家康は、ちょうど五十歳の節目をむかえた。

健康にも問題はなく、仕事ざかりの年齢といえる。ただしその領国は、関八州。

相模、武蔵、上野、下野、上総、下総、安房、常陸。すなわち北条征伐後、その北条氏の領土だったところへ征服者として乗りこんで来たわけだけれども、それまでの領地が東海五か国という日本の中心だったことを考えると、家康は、征服者どころか、

――とんだ左遷《しめだし》をくらったものじゃ。よほど関白様にきらわれたのか。

あるいはさらに、

――おいたわしや。

などと天下のむしろ同情を買うほどの立場だった。しかもその主都を、関東最大の都市である小田原から、場所もあろうに江戸などという寒村に毛の生えたような場所へみずから移したものだから、天下のうわさは、

――家康、とうとう自棄《やけ》っ腹《ぱら》か。

そのわりには、家康は、このたびの名護屋の陣立てではやっぱり一等地をあてられている。

名護屋城の、東の隣接地。秀吉の、文字どおりの「おひざもと」であるが、家康はなお、

――それでは、足りぬ。

とばかり、名護屋浦をはさんだもうひとつ東の山に、

「別陣を、設けたし」

と秀吉に申請し、許可を得た。ひとりでふたつを占めたのである。

こんな大名は、ほかになかった。家康よりも五つ年長であり、一貫して能登国および加賀国に本拠をかまえている重鎮中の重鎮・前田利家でさえ、こんな特別あつかいは要求していない。名護屋城の南東にひとつだけ。すなわち家康はこの地に圧倒的な兵力を駐屯させる場を得たわけであるが、ただし家康本人は、

(出兵は、せんだろう)

と見ている。

いや、もちろん唐への討ち入りそのものは間違いなく実行されるにちがいないが、そのさい海をわたるのは、一部の大名の兵のみであろう、ということである。あんまりたくさん派遣したら、現地での補給および機動性にかえって支障をきたすこととなり、戦況が不利になるからである。

ならば、どの大名の兵が出るか。武家の名誉である先鋒《せんぽう》の任は、すでにして、

小西行長

宗義智

と決定している。このうち後者は当然だろう。何しろ宗義智は、対馬にあって長らく朝鮮王朝との外交交渉を担当している上、朝鮮の地理にあかるい。道案内をさせるには、これほどの適任者はないのである。

問題は前者だ。小西行長をえらんだのは、おそらく秀吉、

——出兵は、西日本の大名を中心とする。

という意志を、

（あらわした）

と、家康は読んだ。

小西行長はいまや肥後の南半分、十九万石の大名であり（北半分は加藤清正）、秀吉の最側近のひとりである。それが先鋒であるからには、秀吉は、ほかもおおむね九州、四国、西国の兵で占めるつもりなのだろう。関東の家康などは、

（いくさは、させんと）

要するに予備軍あつかいということである。逆にいうなら、家康は、しょせん予備軍でしかないと知りつつ名護屋でわざわざ土木工事をやり、陣屋をかまえ、兵を送りこんで生活させなければならぬわけで、

「ばかばかしい」

ついうっかり、口に出した。

家康は、正座している。

正座して、書見台の書に目をさらしている。

夜である。あかりは書見台のむこうの二本の燭台のみ、ほかは墨の霧のような闇だった。

内容は、さっきから頭に入らない。

背後にひかえていた小姓が、あわてたような声で、

「え、はあ?」

「ばかばかしい、と申したのじゃ」

家康は、なお書へ目を落としたまま。

小姓の名は、虫鳴丸《むしなきまる》という。むろん本名ではない。本名は榊原《さかきばら》なんとか。三河以来の重臣である榊原康政の甥の子だか孫だかで、まだ月代《さかやき》こそ剃《そ》らぬものの、なかなか体格がいい。

ただし体格に比して顔はちんまりとしている上、煤《すす》を吹きつけたように浅黒く、

――虫に似ている。

というので、家康はみずから虫鳴丸とあだ名をつけて呼んでいた。その虫鳴丸の声が、

「殿様」

「何じゃ」

「ばかばかしゅう、ござりまするか」

「ああ」

「ならばなぜ、殿様は、本陣にくわえて別陣まで設けることをしましたか。ばかの上塗りではありませぬか」

作為なのか無作為なのか、その言いかたは飾りがなく、みょうな愛嬌《あいきょう》がある。家康はく

っくっと笑って、

「それはもちろん、全国の兵に、わしの力を見せつけるためさ」

「全国の兵に？」

「ああ」

「大名に、ではなく？」

「ああ」

「太閤様、でもなく？」

「太閤？　ああ、あれか」

家康は書をぱたりと閉じ、あぐらをかき、虫鳴丸のほうへ向きなおり、

「あれは、名護屋へは行かぬよ」

「えっ」

「京あるいは大坂から一歩も出ず、ただ下知をするだけであろう」

家康は、説明した。何しろ名護屋にはもう例の、黒田孝高も入っているし、ほかの九州の大名もいる。

出兵日が近づけば、さらに養子の宇喜多秀家ものりこむだろう、豊臣政権の事務局長たる石田治部少輔（三成）ものりこむだろう。秀吉は、遠隔操作の媒体には事欠かないのである。

「となると、どうなる？」

家康が問う。虫鳴丸は首をひねって、

「どうなる、と言われても……」

「あれのおらぬ名護屋の街に、しかし全国から大名があつまり、優秀な兵があつまる。そういうことになる」

家康は、なお語を継いだ。兵たちは、名護屋で日常生活をおこなうだろう。所属先の家中をこえて、橋の上で、街の四つ辻で、ぞんぶんに噂ばなしを交わすだろう。酒も酌み交わすだろう。そのとき自分（家康）だけに別陣があれば、

——徳川はやはり、ちがう。

という評判になるだろうし、さらには何となく、

——太閤様がおらぬでも、徳川がある。

と思うようになる。

「この『何となく』が大事なのじゃ。ひとりひとりには世を動かす力はないが、その意見の小川がまとまり、大きな濁り川となったあかつきには、それは大名の十人や二十人、あっさり呑みこんでしまう。時の勢いというやつじゃ」

「ときの、いきおい……」

「そうじゃ。時の勢いというものは、ひとりの英雄がそのつもりで創り出すものではない。

そんなことは誰にもできはしない。名もなき多衆が、多衆自身も知らぬうちに渦をなすものなのじゃ」

「つまり殿様は、その渦をのぞんでおられる?」

言いにくいことを、あっさりと言う。家康は、

「……」

図星だった。内心では、

(秀吉は、死ぬ)

そう予期しているのである。

何しろ秀吉は、もう五十五である。人の寿命を五十年と見れば、いつ世を去ってもふしぎはない。

もっとも、それを言うなら家康もちょうど五十だけれども、家康には、

(まだ、保《も》つ)

その身体感覚がある。

――楽天的。

というよりはもう少し確度の高い、おのが耐久性への信頼。ひょっとしたらこの自分は、六十にも、七十にもなるのではないか。

そうして秀吉が世を去ったとき、つぎの天下人には誰がなるか。甥の関白(豊臣秀次)

にその器量はなく、鶴松は夭死《ようし》した。

ほかの養子も、ろくなのがいない。これから秀吉に新たな男子が生まれぬかぎり、

(わしじゃ)

方程式のような厳密さにおいて、解はその一つしかないだろう。ただし家康は、さすがに虫鳴丸が相手でも、こんなことまで明言してやるつもりはなかった。野心というのは古い神社のご神木のようなもので、大きければ大きいほど、胸中の森ふかく秘せられねばならぬ。

世の中の目から、隠さねばならぬ。人間、或る程度まで世に出ると、警戒すべきは敵ではなく、むしろ身近な味方なのである。

虫鳴丸には、むろん逆意はない。家康はそれを信じている。しかしその虫鳴丸もうっかり誰かへ漏らすことはあるかもしれぬし、漏らせば世のうわさになる。やがて、

(秀吉の、もとへも)

家康は、

「おぼえておけ、虫鳴丸」

ふたたび口をひらいて、

「人間というのは、犬とおなじじゃ。群れのなかへ放りこまれれば、いちばん強いやつが誰かを見る。二番手には目もくれぬ。それが生きのこりの知恵だからじゃ」

訓話でごまかして、さらに、

「もっとも、わしが名護屋でいちばんなのは、いうまでもなく、太閤様のおられぬかぎりのことじゃが……」

と予防線を張ろうとして、虫鳴丸に、

「殿様も、おられぬ」

「え？」

「殿様もいま、この京におられるではありませぬか。名護屋へは行ったことがない」

「はっはっは」

家康は、笑いを放った。たしかにそのとおりだった。ここは名護屋ではない。聚楽第ちかくの屋敷内である。ここから遠隔操作的に普請の指示を出しているという点では、家康も、秀吉と変わりがなかった。家康は立ちあがり、

「夜具の支度を。そろそろ寝よう」

あくびをしかけたが、虫鳴丸はなお座したまま、

「それにしても、殿様」

「何じゃ」

「そもそも太閤様は、なぜ唐入りなどを思い立たれたのでしょうなあ」

家康はほほえんで、

「どう思う？」

「え？」

「おぬしはどう思う、虫鳴丸」

「え、え」

虫鳴丸は、おのが髷《まげ》をひっぱった。

彼特有の、当惑のしぐさである。これまで家康にこういう重要な政治的問題について下問されたことはないのである。

それでも、前から考えていたのだろう、

「歴史に、名をのこしたいのだと」

「ほう」

「太閤様も、いずれは死ぬ」

「ほう」

家康は内心どきりとしたが、

「つづけよ」

「何しろもう五十五ですからな。その無常をみずからさとり、ほかの誰にもまねできぬ圧倒的な業績を成そうと……」

「ちがうな」

「ちがいますか」

「あの方は、すでにして天下統一という万世不朽の偉業をなしている。いまさら死後の美名のために明攻めだの朝鮮《こま》討ちだのと博奕《ばくち》を打つ必要はない」

「なら殿様は、おわかりに？」

虫鳴丸は、まだ髷をひっぱっている。家康は、

「まあな」

「何です」

「もう寝よう」

家康はあくびをし、寝所へと通じる襖をあけた。

もう亥の刻（午後十時ころ）である。あすは二件の用事がある。一件目は、朝、

（中井だったな）

中井正清に、謁見をゆるす予定だった。

これは、大工の頭領である。もともとは大和国で古寺の修理などしていたらしいが、三年前、家康が二百石で召し抱えるという大抜擢《だいばってき》をして以来、これまで徳川家がらみの大小さまざまの建物の設計《なわばり》や施工にたずさわってきた。いまは関東にあり、関八州の中心とすべく江戸城の設計に集中している。その図面を持って、中井正清は、いまこの京へ来ているのだ。

明朝はいろいろ報告をよこすだろう、新しい案も出すだろう。こっちもこまかく指示を出すつもりだから、これもやはり遠隔操作の一種だろうか。それにしても名護屋などという山だらけ、瘤《こぶ》だらけの土地が首都《みやこ》になるなら、いずれは、

（江戸も）

家康は、そう思わざるを得ない。何しろ江戸は名護屋よりも、いや、ほかの日本のどの街よりも平坦で、広大で、たくさん川がある。それこそ今後の秀吉の寿命いかんによっては、すなわち水路網の整備に期待ができる。

（江戸こそが、日本一に）

二件目は夕刻の予定だった。聚楽第へあがり、秀吉に謁見する。これは深刻な用事ではない。第内の能舞台にかがり火を焚き、金春座《こんぱるざ》に「熊野《ゆや》」を舞わせる故、

――おぬしも、来ぬか。めしでも食いながら、ふたりでゆっくり見物しよう。

と秀吉みずからが誘ってきたのだ。

家康も、能はきらいではない。きらいではないけれども、それ以上に、やはり天下の公事に関する何らかの情報が得られる可能性があると思うと、むしろそのために行かないわけには参らぬのである。

（やれやれ）

夜具にもぐりこみ、目をつむった。

たちまちいびきをかきはじめた。家康は、入眠が異様に速い。夜中にめざめることも滅多にない。

おそらく例の「まだ、保つ」の身体感覚も、ひとつにはこれに由来するのだろう。

†

翌日午後、家康は、予定どおり登城した。

例の二件目である。御殿へ行き、次の間で待っていたところ、秀吉ではなく石田三成が出てきて、深刻面《づら》をして、

「太閤様には、おん腹痛《はらいた》」

「はあ」

「にわかに患《わずら》われた故、能見物はとりやめのよし。ご登城ご苦労にござりました。気をつけて下がられよ」

家康は内心、

(何を)

怒気を発した。

ただしそれは、かならずしも秀吉その人に向けられたものではない。もとより腹痛は嘘

だろうが、こんな気まぐれは、きのうきょう始まったことでもないのである。

それよりもむしろ、

(治部少輔め)

目の前のこの石田三成という二十も年下の男に対して、感情が発熱した。

三成は、武将としては、正味のところ大したことはない。領地といってはたかだか近江国水口城四万石があるばかりだし、いくさのほうでも中国征伐、九州征伐、小田原征伐と大戦争のあるたびに顔を出しているものの、敵の攻略という点では見るべきものはない。すべてにおいて比較にならぬほど、自分のほうが、

(上)

その確信が家康にはあった。きっと天下の評判もおなじだろう。にもかかわらず政治的権威の大きさでは、かくのごとく、三成のほうが上なのである。

——秀吉に、ちかい。

その一点のみが理由である。

何しろ三成は十五、六のころから秀吉につかえている。当時、秀吉はまだ織田信長麾下の一武将にすぎなかったから、ふたりは同僚というよりは、むしろ同窓生のようなものといえる。他人の窺窬《きゆ》をゆるさぬ何かがそこにあると、これは家康もみとめざるを得ないのである。

このたびの名護屋の普請においても、家康は、たしかに一等地をわりあてられた。名護屋城の東どなりの地。それでも足りぬと言わんばかりに別陣まで設けるわがままを秀吉に呑みこませたけれども、しょせん城外は城外である。

秀吉が来れば、三成はつねに城内の人となるのである。ちょうどいま、聚楽第でそうであるように。

ひょっとしたら秀吉のつぎの天下人は、自分ではないかもしれない。

家康は、ふとそんな思いに駆られた。いま自分が秀吉の死を待っているように、三成もまた、

（わしの、死を）

家康は、かすかに身ぶるいした。これはあり得ることだった。なるほど三成はいくさ上手ではないが、そもそもその、いくさ上手が天下を取るという常識そのものが今後は通じないのかもしれない。

天下統一後の世では、武将よりも、文官がものを言う時代が、

（来るか）

三成は、

「どうかしましたか、徳川殿」

首をかしげた。

「徳川殿、何かこう、心ここにあらずという……」

「あ、いや、失礼した」

立ちあがり、逃げるように次の間を出た。われながら、ぶざまなしわざだった。

†

年が、あけた。

天正二十年（一五九二）正月となった。この年は、のちに元号があらたまり、

——文禄元年。

となるだろう。はるか後世の史家たちが秀吉の朝鮮出兵（第一次）を「文禄の役」と呼ぶ、あの文禄にほかならぬ。事態はいよいよ切迫しつつある。

名護屋の街は、つかのま正月気分だった。

大名家のなかには道ばたへ樽を出し、ざぶざぶ柄杓《ひしゃく》をつっこんで街の人々へ酒をふるまうものもあった。これはなかなか人気を博した。道には人が多かった。みんな寺や神社へ二年まいり（初詣）をした、その行き帰りだったのである。

祝いが終わり、ふつうの日々がまた来ると、大名たちは安堵した。

少しだが、工期に余裕ができたからである。その原因は、例の、

――出兵日は、三月一日。

という命令の解釈にあった。彼らは従来、その日取りを「自分たちが唐へ行く」その出発日ととらえていたのだが、どうやらそれは誤りで、実際は、

――太閤様が、名護屋《こ こ》へ来る。

そのための出発日というのが正しいようだった。

すなわち秀吉は、三月一日に大坂を出る（実際には京都）。この名護屋への到着はどんなに早くても三月下旬になるはずで、工期の余裕とは、つまりこの差によるわけだ。だいたい一か月くらいだろうか。

誰も彼もが早とちり、または虚報をしたわけで、ひるがえして考えるなら名護屋駐在の大名たちはそれくらい、

――太閤様が、じきに来る。

その心理的圧力にさらされていた。そうしてもちろん彼らの仕事はこれだけではなかった。城や陣屋の普請のほかに、船や水主をあつめなければならない、足軽衆に槍の稽古《けいこ》をさせねばならない、銃や弾丸や火薬をじゅうぶん確保しておかなければならない。

ひとことで言うと、ことば本来の意味での、

――出兵。

の準備をしなければならないのである。工期が多少延《の》びたにしても、結局のところ、名

護屋の地がまるまる過重労働の地であることは変わりがなかった。たとえば畚《もっこ》かつぎの最中にとつぜん道でうずくまり、二度と立ちあがることをしなかったなどという者はめずらしくも何ともないのである。餓死か病死かも問われない。

「なぜじゃ」

人々は、こわごわ口に出すようになる。

「なぜ太閤様は、そもそも兵を出されるのじゃ」

石工や染屋《そめや》や金箔師や馬子や炭焼きや魚《うお》問屋はもちろん、百石とりの侍ですら、橋の上で、街の四つ辻で、

「なぜじゃ」

他家の侍とともに首をかしげた。考えてみればこれほど奇妙なこともなかった。何十万という人がよってたかって、ときに命を落としてまで、なぜそれが必要なのか誰にもわからぬ街をこしらえている。

その答は、はじめのうちは、

「わからん」

が、人々はしだいに、

「太閤様が来れば、わかる」

それが、名護屋の常識になった。

常識というより、悲願かもしれない。彼らは秀吉の来るのを待ち望んだ。おそらくは秀吉というよりも、仕事の理由がほしかったのだろう。人間というのは、過重労働に耐えられないのではない。その目的がわからぬことに耐えられないのである。

†

そういう時期に。

徳川家康の陣屋で、騒動が起きた。

名護屋城の東どなり、別陣ではなく本陣のほう。その正門へ、

「わあっ」

「うらあっ」

喚声をあげつつ、十人ほどの兵がおしかけて来たのである。

彼らは武装していた。門番との小ぜりあいののち、頭領とおぼしきひげ面の男が、

「われら能登・加賀八十万石、前田家家中」

と名乗ったものだから話はいっそう大きくなる。いうまでもなく前田利家である。利家はもともとは尾張国の生まれながら織田信長の命により能登へ転じ、さらには秀吉のゆるしを得て金沢城の城主となった。

家康を関東の雄とするなら、まさしく北陸の、

――傑。

であり、しかもその統治歴は家康の関東をはるかに上まわる。

秀吉の信頼も、たぶん家康より厚いだろう。ここで徳川家と前田家がぶつかったのは、
いうなれば、日本の二大勢力の衝突というわけだった。

陣屋からは、松平景忠《かげただ》が騎馬で出た。

家康がじきじきに、

「名護屋を、たのむ」

と、その二の腕をたたいて言ったほどの重臣である。家康の名護屋名代《みょうだい》というところ。

あの小姓の虫鳴丸とも多少の血縁があるという。

景忠は、軽率とは反対の人間である。まがりなりにも一兵卒にすぎぬ連中に対して、馬を下り、丁重に、

「わざわざのお越し、痛み入る。ご用のすじは？」

「水じゃ、水じゃ。そっちの馬鹿侍どもが、ことわりもなく、こっちの陣屋へまぎれこんで湧き水を汲んだ」

「ほう」

もしもそれが事実なら、領土侵犯行為である。政治問題になりかねない。

と、陣内から、

「馬鹿は、どっちだ」

声とともに、やはり十名ほどの徳川兵がぞろぞろと来て、

「松平様、お信じあられますな。われらは自陣から出ませなんだ。徳川の者が徳川の地で水を得ることの何がいったい悪いのか。われらが殿様（家康）ご来着のあかつきに茶の湯の用に立てられる、清らかな甘露をさがすよう命じられていたことは松平様もご存じでしょう」

「おう、おう、口ぎたなく言うたものじゃ。盗人たけだけしいとはこのことじゃ。ゆくゆく太閤様が入城されたら、まっ先に訪問《おなり》あらせられるのは、われらが前田の陣。一服さしあげねばならぬ」

「何を申すか。最初にこっちへ来られるのじゃ」

「いやいや、こっちじゃ」

「徳川じゃ」

「前田じゃ」

水あらそいが、気がつけば秀吉の取り合いになっている。なかには鎧《よろい》の胸を小突き合ったり、足で足を蹴り合ったりするやつもいる。さすがに多少節度がある。なければ刀を抜いているだろう。

「ふむ」

と、景忠は耳をいじりながら、

「要するに問題は、その水のありかじゃな。わが陣中か、筑前守様（前田利家）のご陣中か」

両陣は、じつは隣接していない。徳川のそれは前述のとおり名護屋城のすぐ東の山を占めているし（厳密には北東寄り）、前田の陣はその南の山を占めているが、そのあいだには東西方向に細長い小山《こやま》がもうひとつあり、両陣を地味にへだてている。

この小山は、のちに木下吉隆、名古屋経述《つねのぶ》という秀吉の側近ふたりの分け持つところになる。寸土も惜しくなるのである。がしかしこの時点では無主の地であり、その清らかな甘露とやらは、おそらくここに出るのだろう。

徳川兵、前田兵ともなお、

「わが陣」

「わが陣」

「ええい、うるさい」

と一喝してから、景忠は、あらためて前田兵へ、

「わしが貴家の重役にお目にかかり、決着をつけることもできるが、ここは誰かに仲介《なかだち》してもらうほうが、あとくされがないだろう。仲介者は、当家でえらぶ」

「それでは、こっちに不利な裁定に……」

「ならぬ。安心めされよ。誰が見ても中立、不偏、かつこの名護屋のすみずみに威光のゆきわたる人にお願いする故」

「それは、誰だ」

と問う者はない。しんとなった。双方とも、その仲介者には、

——ああ、あの人か。

と、ひとりの顔しか思い浮かばなかったからだろう。双方ほどなく解散した。

†

四日後の朝、まだ鶏も鳴かぬうちに、

「どれ」

仲介者は寝間《ねま》を出て、着がえをすませ、刀を腰にさした。

騎馬で御殿を出て、石段を下り、枡形《ますがた》でまがり、虎口《こぐち》を出ようとするところで、

「おぬしら、もういいぞ。わしひとりで行く」

家臣たちへ言った。

家臣たちも、やはり騎馬である。五、六騎いる。そのうちのひとりが、

「殿様、陣外《そと》は危険です。そもそも……」

「そもそも？」

「たかが湧き水あらためために、殿様がおんみずから出張られることもない。われらのみで事足りましょう」

「危険が、あるかな」

「牢人が」

と家臣は言っただけで、

——わかるでしょう。

そう言いたげな顔をした。牢人とはふつう主君のいない侍をさすが、この場合は、街や林や河原にひそむ住所不定、身元不明の者全般をさすのだろう。急成長する都会では、治安の悪さも急成長する。

彼はもちろん、そのことを、

（わかる）

と思いつつも、わざと押し殺した声で、

「わしが馬に乗るのが、そんなに危なっかしいか」

「あ、いや」

家臣は、目を泳がせた。

「はっはっは、冗談だ。案ずるな。それにわしの目的は、湧き水だけでは……」

「何と言われた？」

「あ、いや」

と、今度はこっちが目を泳がせる番である。いくら何でも、人目のないのを奇貨として、

――女と、会うのだ。

とは言えない。彼はかぶりをふるしぐさをして、

「案ずるな」

ともういちど言うと、

「瓢《ひさご》を」

「……はっ」

家臣は、瓢をさしだした。いわゆるひょうたんを縦に割ったもので、先にひもがつけてある。

彼は、

「うむ」

そのひもを刀の柄《つか》にゆわえつけ、馬に鞭をくれた。

ひとり、虎口を出た。おのが陣屋から足をふみだした、ことになる。彼はにわかに身が軽くなり、肩に翼がはえた気がした。

ひさしぶりに大名の身分そのものから、

(解き放たれた)

今様《いまよう》など歌いつつ、自陣の外周をまわり、例の小山にふみこんだ。

ふみこんだと言っても、すでに下道《したみち》ができている。ぎりぎり馬一頭ぶんの幅にすぎないが、日々なかなかの数の者の往来があると見えて、土はかたい。

道のまんなかに生えた小笹がきっちりと地表ちかくで刈られているあたり、田舎の杣道《そまみち》よりも数倍ゆきとどいている。木《こ》もれ日《び》がふんわりと金色《こんじき》の天幕を張りめぐらせるなか、奥へ入ると、

「やれやれ」

道の左側に、それはあった。

目の高さに、岩壁《いわかべ》がむきだしになっている。

岩壁は肌がなめらかで、みどりの苔《こけ》が生《む》している。みょうにつやつやしているのは、その表面《おもて》を、音もなく水布《みずぬの》が落ちているからだった。この上のどこかに見えない岩の切れ目があり、そこから地下水が浸《し》み出しているのだろう。

「……岩清水、か」

見るうちに、

「うっ」

肩のうしろが、ぶるりとした。

寒い。くりかえすが時間は早朝である。こよみは正月である。いくら温暖な西南の地でも気温はかなり低い上、目の前の景色が、いっそう、

（効く）

馬を下り、目を落とすと、岩のくぼみが鏡のごとく水をたたえていた。波紋さえ立たぬほど静かに静かに水はそそがれ、かつあふれ落ちている。

彼は、刀の柄のひもを解いた。

例の、ひょうたんを縦に割ったものを右手に持ち、かがみこんで水を汲んだ。

ぐっと天をあおいで飲んだ。氷のような冷たさに噎《む》せ返りそうになるが、のどの奥を駆け下りると、舌には冬の夜の三日月のような甘味がのこる。

なるほどこれは、

「うまい、ですか」

問う声がした。

（む）

ふりむくと、女。

「草千代」

呼びかけると、女は胸の前で十字を切り、

「太閤様の舟奉行ともあろうお方が、このような陸《おか》の奥に」

「海の仕事は、一休みじゃ」

「アゴスチーニョ様」

と、草千代は彼を洗礼名で呼んでから、

「結論は？」

「何の」

「徳川様のもの？　前田様のもの？」

歌うように言いつつ、彼の横に立ち、岩壁に向かった。

白い右手を、てのひらを上にして差しのばす。中指の先がふれたとたん、

「おお」

切り傷を受けたような顔になり、手をひっこめた。よほど冷たかったらしい。彼は腕を組み、

「はて、どうしようかのう。この小山はいちおう無主ということになっているが、よく検《しら》べると徳川の陣からも、前田の陣からも、ほっそり尾根がのびて来ている。どちらの陣の一部であるともいえる。ということは」

と、彼はそこで自分のひたいを指さして、

「わしの、山からも」

わしの山とは、すなわち小西行長の陣屋だった。前田のそれの東にあり、これは前田とは山頂こそ別であるものの中腹以下が完全にひとつになっている。

前田家が領有権を主張できるなら、小西家もまあ、おなじ主張をする理由がないでもないのだ。草千代は口に手をあてて、

「そんなことを言いだして、よろしいのでございますか。仲介者が」

「仲介者にも、欲はあるさ」

「ありません」

と草千代はふたたび岩壁を見て、手をのばし、

「この名護屋では、小西行長の名はもはや聖人とおなじ。すみずみに威光がゆきわたり、中立、不偏の存在と」

「その威光は、わしではない、太閤様の発するものだよ。わしはただ太閤様より命じられただけ。出兵のさいは先鋒をつとめよと」

「先鋒とは、武門の名誉でございましょう。事実上の総大将」

こんどは片手のくぼみに水をため、紅《あか》い唇のあいだへ転がしこんで、

「うーん」

小首をかしげた。行長が、

「旨《うま》うないのか？」

と問うと、草千代は腰のあたりで手をふり、しずくを飛ばしながら、

「水の味しか、しません」

行長は苦笑いして、

「おぬしらしい」

「無粋なことで」

「前田にしよう」

「え？」

「聖人さながらの小西行長としては、この小山は、前田陣屋に属すると裁定した。本日中に触れさせる」

「裁定の理由は？」

「徳川には別陣がある。二倍の領地を持つにひとしい。持てる者は、持たざる者のために一歩ゆずるべきである」

草千代が行長のほうを向いて、

「そんなことで、徳川方が納得しましょうか」

「但し書きをつけてやるのだ。前田家は、この水に関しては能《あた》うかぎり徳川家の便をはかるべし、とな。申し出があれば汲ませてやれと」

行長はそう言いながら、例の瓢へまた水を入れ、こんどは馬の口へ持っていった。馬は

ちょっと舌先をつけただけで、冷たかったのか、ぷいと横を向いてしまった。

行長は苦笑し、その瓢でみずから飲みほした。それから草千代へ、

「どっちみち利家殿も、家康殿も、大名《おやぶん》その人はここにはいない。どちらも京にいる。それぞれへ私から手紙も送っておこう。まさか水ごときで合戦もすまい」

「わかりません」

「ほう？」

「問題は、京にいる偉い人にはありません。どこまでも名護屋の兵たちにある。そんな気がするのですが。なぜなら人間にとって、いちばん恐いのは」

と、草千代はとつぜん声の調子をあげて、

「恐いのは……」

まるで草千代自身がその恐怖する人であるかのように、目を見ひらき、ひたいに玉の汗をかいた。

その場にしゃがみこんでしまいそうなほど、足がはっきりとふるえている。行長は、

「どうした？」

「あ、いえ」

目をぎゅっと閉じて、またひらいて、つやのある声で、

「恐いのは、隣人です」

「……」

「どんなに心根のすなおな人でも、どんなに冷静沈着な人でも、こと隣人の話となったら節度をなくす。感情《おもい》が極端を突き進む。われわれはみな、遠くの悪魔の咆哮《ほうこう》よりも、近くで針が落ちる音のほうが耳にこたえる生きものなのです」

また少し声がふるえだした。

実際のところ、いま草千代の心の目に見えているのは前田でもない、徳川でもない。それよりもはるかに深刻でしかも傷のふかい、草千代自身の、

（過去）

行長はそう察し、にわかに口調をあかるくして、

「それかなあ。太閤殿の出兵の理由」

「出兵の……理由？」

「明も、朝鮮も、わが国には隣国だ」

「……」

草千代がうつむく。行長はことさら天をあおいで、

「いや、これはやっぱりちがうなあ。何しろ太閤殿にとっては、明や朝鮮がこれまで脅威であったためしはない。そもそも隣人とすら、みとめておられるかどうか。おぬしの言う針の音は、あのお方の耳には……」

「アゴスチーニョ様」

「何だね」

と問うと、草千代は顔をあげて、

「その隣国で、あなたは……」

「ああ。死ぬな」

行長は、笑顔でうなずいた。

「わしは、死ぬ」

論理的に当然の結論だった。何しろこのたびの唐入りは、おそらく世界史に例のない規模の侵略戦争になる。

その手はじめとしての朝鮮への討ちこみ。もちろん朝鮮兵のほうも死にもの狂いで迎撃つわけで、先鋒の軍など、どのみち死体の山になる。

行長のそれは、上陸前に海にしずむか。それとも上陸後に、

(土に、還《かえ》るか)

そうして出兵日が三月一日というのは、これは動かぬ予定だった。行長が朝鮮へ旅立つ日と、秀吉が京を発つ日はおなじなのだ。

ということは、行長の寿命はあと二か月。草千代は、急いで胸の前で十字を切り、

「願うております。生きてお帰りあられますよう」

「武門の者に『生きて帰れ』とは不謹慎ではないかな」

「もとは堺の商人《あきんど》でいらっしゃいましょう。いったいどこの世にそんな商人がありますか。秀吉一人《いちにん》のほかは誰ひとり望まぬ合戦のため船に乗り、海をわたり、こちらへ何の害もなしていない朝鮮の城へ斬りこんで初番《しょばん》で首を刎ねられる商人が」

言ううちに激してきたらしく、

「弥九郎様」

と行長を通称で呼んで、

「ああ」

みずから胸へとびこんで来た。

雀が巣にとびこんで来るようだった。行長は右足を引き、おのが姿勢をささえながら、
考えてみれば、行長は、この女の裸身にはこれまで何度も指をふれてきた。それこそ子供のころ細い路地まで駆けめぐった堺の街さながらに、この女の体は、すみずみまで知りつくしている。

(はじめてだ)

がしかし、それは肌の上のことである。この女がこんな——男の胸にとびこむなどという——生《なま》なふるまいをしたことは、はたして閨《ねや》でもあっただろうか。行長はほほえみを消し、

「マリア……」

と洗礼名で呼ぼうとしたが、マリアは娘の洗礼名でもある。気がさして、やはり、

「草千代」

名前で呼んだ。本名かどうかも知らぬ名前。

草千代は。

胸のなかで背をまるめ、声を放って泣いている。行長の身を案じるという以上に、何かしら、心の鏡が割れたのだろう。世の中すべてを清楚《せいそ》に、はなやかに映し出すことで内面を秘し隠しつづけた鉄のごとき鏡面が。

行長は、

「ありがとう」

女の腰に手をまわし、身をかがめた。

首すじに顔をうめた。木もれ日がさっと明るくなり、女のうなじのほつれ毛が、つかのま栗色にふるえる。

かたわらには、馬がいる。

――間《ま》が、持たない。

と言わんばかりに低い声でいななくと、岩壁へ首をのばし、ぴちゃぴちゃと水をなめはじめた。

†

草千代は、越前国北ノ庄がふるさとである。

北ノ庄は、のちに、

——福井。

と名があらためられることになる要衝の地である。人口が多い。そこの地付《じつ》きの侍である道守木工之介《ちもりもくのすけ》の次女として、この世に生を受けたのだ。

道守家は、歴史がふるい。

そもそもの始祖は奈良時代、この地ではじめて荒地を開墾《ひら》いて田んぼとし、荘園をつくり、奈良の東大寺に寄進して、東大寺より地頭に任命されたという。もしもそれがほんとうならば八百年以上もつづく家柄ということになるが、草千代のころは衰微して、単なる一小族でしかなかった。

支配者が変わるたび永遠の忠誠を誓い、微禄をいただく。ひとたび合戦の声を聞けばまっさきに命をさしだす。人間というより人的資源。草千代が十八になったときには、北ノ庄は、織田信長麾下の武将・柴田勝家のおさめるところだった。

柴田勝家は、尾張国の出身である。

若いころから織田氏の重臣をつとめ、はじめは信長の弟・信行に、ついでは信長その人に奉じた。信長もまた勝家を信じること厚く、越前国を平定し、

――難治の国。

と見るや、ただちにこれをあたえて領国経営にあたらせた。

その国入りにさいしては、勝家は当然、尾張から大家臣団をつれて来ることになる。これがつまり北ノ庄における中央の政治家または官僚群になるわけだ。

その外来の武士のひとりに国吉門四郎という槍の上手があり、その長男である門九郎という若者に、草千代は、

「嫁げ」

と父に言われたのである。父としては、

――殿様（勝家）譜代の臣と血がつながれば、わが道守家の威も復する。

そんな悲願があったのだろう。

門九郎は、なかなかの掘り出しものだった。父に似て槍がたくみである上に頭がよく、しばしば城へ召し出されて重臣たちの会議に列した。勝家にも気に入られ、茶壺などを賜わったらしい。

草千代はその妻として、平凡な幸福を手に入れた。二男一女をもうけたことが彼女をいっそう幸福にした。夫の両親にも大事にされたし、実家《さと》へ帰れば、

った。

「菩薩《ぼさつ》じゃ。おぬしは菩薩様じゃ」

と、父に二拝三拝された。京から凶報がとどいたときも、草千代の暮らしは変わらなかった。

凶報とは、

――洛中本能寺にて、右府様（信長）が、家臣の明智光秀に討たれた。

このことであるが、いやむしろ、草千代には、これはいっそう充ち足りた生活のきっかけになったとすらいえる。年下の親友ができたからである。

その名を、お茶々という。

信長の姪にあたる。一種の戦災孤児ともいえるだろうか。

もともと信長には、おいちという妹があった。長じて近江国小谷《おだに》城主・浅井《あざい》長政のもとへ嫁がせたのは、もちろん政略結婚である。ぜひとも同盟をむすびたかったのだ。

おいちは、長政とのあいだに三人の娘をもうけた。

がしかし長政は、当時における越前国の文化的名君・朝倉義景を征伐するかしないかで信長と対立。ふたりはたびたび合戦した。

信長のほうが強かった。長政は善戦したものの追いつめられ、小谷城で自刃した。二十九歳だった。おいちにとっては、これはすなわち、

――兄に、夫を殺された。

ということである。まことに女には、なすすべのない世だった。ただし夫も、兄も、最後の最後まで一致していたのは、

――おいちは、救う。

この姿勢だった。おいちは三人の娘ともども落城寸前に城を出て、兄・信長のもとに身を寄せ、しめやかに穏やかに謹慎生活を送ったのである。

その信長も、九年後、本能寺で討たれた。

討った明智光秀はただちに秀吉によって討たれたし、その政治的な善後処置も、信長の天下統一の本拠というべき清洲《きよす》城でひらかれた、いわゆる清洲会議によって一応のところ決定した。

問題は、おいちである。会議の四人の参加者は、秀吉も、柴田勝家も、丹羽《にわ》長秀も、池田恒興《つねおき》も、なかなか処置にこまったものか。結局は、

――右府様のお血《ち》ぞ。修理亮《しゅりのすけ》殿、引き取られよ。

ということで決着した。修理亮とは柴田勝家の職名である。勝家にしてみれば、なるほどこの結婚は、

――自分こそ、信長の正統な政権後継者なり。

と天下に宣伝できる旨味があるけれども、それを言うなら信長の血をもっと濃厚に受け継いでいる三歳の三法師《さんぼうし》は、秀吉が手中におさめてしまった。三法師は、のちの織田秀信

である。信長の嫡子である信忠――やはり本能寺の変で自刃――の長男。

言いかえるなら、秀吉は勝家へ、焼き鮎の、

――背と腹は俺が食う。あんたは頭と骨を食え。

と言ったにひとしい。のこりのふたりの丹羽長秀と池田恒興は、これはもう会議の前に秀吉に抱きこまれているから何のたよりにもならなかった。丹羽はもともと織田家の宿老で天下取りの気概はないし、池田はしょせん美濃大垣の小城主にすぎない。勝家は、いわば三対一で負けたのである。

とにかく、その負けの結果として、おいちが北ノ庄に来た。三人の娘もつれてきた。娘もまた信長の子孫である。粗末にあつかうわけにはいかない。勝家は家臣たちへ、

――三人の娘それぞれへ、女房をあてがうように。

と命じた。女房はその身のまわりの世話をし、あわせて遊び相手にもなるのだから、人格、教養、立居振舞みな北ノ庄の一流でなければならぬ。

この命を受けて、草千代は召し出された。三人のうちの長女である、

――お茶々殿の、お相手をせよ。

ということに決まったのである。草千代は二十二、お茶々は十六のときだった。

お茶々は、よく頭のまわる子だった。草千代は城へあがり、御殿の奥座敷ではじめて会い、

「尾張以来の譜代の臣・国吉門九郎の妻にござります。この北ノ庄の衆庶ともども、うれしくおひい様をおむかえ申し上げます」

と挨拶すると、お茶々は、その童子のように大きな瞳をうっすらと閉じて、

「殿様（柴田勝家）は、わらわを歓迎してはおらぬでしょう」

「何を申します」

「狼でも、山猫でも、およそ気性の荒い動物の雄は、つがいの相手がべつの雄とのあいだに生んだ子はことごとく殺してしまうと聞く。それが男子《おのこ》というものなのでしょう。殿様におかれても、わらわのごとき前夫の娘など、さだめし息の根をとめたいはず」

おどろくほど淡々たる口ぶりである。草千代は、返事しなかった。

ただ相手へほほえんだまま、

（かわいそう）

よそものは肩身がせまいから、ではない。

柴田勝家というそれなりに善政家である庇護者が信頼できないからでもないし、性格が悲観的らしいからでもない。とにかくこのお茶々という娘には、

（見えてる）

北ノ庄における、というより、この人間社会そのものにおける自分の位置がくっきりと見えてしまっている。ちょうど島影のかけらもない大海原をひとり疾走する帆船が羅針盤

で位置を知るような正確さで。

こういう人間は、だいたい幸福にはなれぬ。それが草千代の直感だった。見なくていいものを見てしまうからである。世間のいわゆる人なみの幸せというやつは、何かに鈍感であり、かつ何かに無意識であることではじめて得られるまぼろしの宝なのである。

草千代自身、そういう幸せのなかにいる。どういう気休めを言ったところで、

(通じない)

草千代はただ礼をして、

「お茶々様。これからは、私が、おひい様をおまもり申し上げますよ」

「ほう？」

お茶々はちょっと目を見ひらき、首をかしげた。それはそうだろう。草千代はこの国の支配者ではない。

保護は、その任ではない。ここのところは、せいぜい、

——おささえ申し上げます。

くらいの挨拶であるべきだった。一種の僭越《せんえつ》ではないか。お茶々はうつむいて、しかしたぶん心の底から、

「たのむ」

草千代は連日、城にのぼった。

ふたりは気が合った。お茶々が庭で蹴鞠《けまり》をやったり、男の着る甲冑を着て歩きまわったりといったような体育系のあそびを好んでしたのは、あるいは信長の血のあらわれでもあったろうか。

もっともお茶々は、茶の湯もやったし、書も読んだ。読書の中心は『古今和歌集』だった。これは時代の流行である。京の貧乏貴族が書写した本をとりよせて、学者も京から呼んで講釈させたが、この学者はあんまり些末《さまつ》な語句にこだわるので京へ帰し、ふたりで読んだ。

先生は、実質的に草千代である。草千代があらかじめ学んでおいて、解説をつける。或る日、お茶々が、

「これは」

興味を示したのは、巻十八雑歌《ぞうか》下、紀貫之、

おもひやる越《こし》のしらやま知らねども
　ひと夜も夢にこえぬ夜ぞなき

歌の詠み手は、京にある。

呼びかけの相手は、おそらく貴族仲間なのだろう。越《こし》の国（北陸地方）にいる。その越

の国にそびえ立つという「しらやま」という山を私は知らないけれど、夢でなら、その山をこえて会いに行かない夜はありませんよ。

つまりは、

——毎晩、あなたのことを考えています。

一首の意味を聞くと、お茶々は、

「……しらやま、か」

ため息をついた。

草千代は、どきりとした。

(この人は、この北ノ庄がお嫌いなのでは)

お茶々のふるさとは、近江国小谷城である。琵琶湖の北東方《がた》に位置する。地理的に見て京文化の水をたっぷりと浴びていることは北ノ庄以上であるはずで、そういう故郷から、自分を呼んでくれる誰かを想像することで、

(脱出《のがれ》を、夢みて)

草千代はどういう気のきいた返事もできず、

「ご覧に、なりますか」

「え?」

「殿様に、天守へ上がる許可を得ておきます。あそこからなら、その『しらやま』もたい

そう美しくご覧になれましょう」

北ノ庄城の天守は、このころ全国でも有数の規模だった。勝家の師というべき織田信長が安土城にこしらえたそれを彷彿《ほうふつ》させる、黒ぬりの、堂々九層の高層建築。ほとんど塔である。草千代は夫を通じて登楼の許可を得て、お茶々とふたりで最上層へのぼった。梯子《はしご》段はそうとう角度が急であり、近侍の若い侍は、

「ほんとうに、だいじょうぶですか」

と何度も念を押したけれど、お茶々はまるで兎のように上へ上へと跳ねていった。草千代もつづいた。

最上層には、廻《まわ》り縁《えん》がある。ふたりはそこへ出た。じつのところ草千代もはじめてなので、灰色の空が、

（近い）

そのことに愕然とした。ほとんど手がとどくではないか。雪はふっていなかったけれども、北陸の冬特有のずんぐりと湿った風がまともに顔へ吹きつけてきて、呼吸もむつかしい。

そろりそろりと東側へまわり、下を見た。漆喰ぬりの塀や、瓦葺きの屋根や、櫓や、濠《ほり》や、その上に架け渡された桔橋《はねばし》が手のなかで固めたように小ぢんまりと沈んでいる。そこから目を遠くへやると、城外では家々はもっと小さくなった。屋根はもっぱら薄っぺらな

板屋根になり、その上には石がごろごろと乗っかっている。

町人《まちびと》たちの巣である。藁屋根も多い。そのさらに遠くには屏風《びようぶ》を引いたように山脈がひろがり、その奥に、さらに高い山がある。

その高い山こそが、

「しらやま、です」

と、草千代は、腕をのばして手で示した。そうして、

「もっとも、郎子方《いらつこがた》（男性）はしばしば厳《いか》めしく『白山《はくさん》』とお呼びになりますが」

「貫之はつまり、あの山を……」

「いいえ、おひい様、貫之自身はこの国に来たことはないわけですから。特にあの山というよりは、もっと大まかに、一年中雪の消えない山くらいのつもりで詠んだのでしょう」

「そうか。そうか」

お茶々は目をかがやかせ、欄干から身をのりだした。蹴鞠のときとおなじ表情。草千代もまた、

（そうか）

心の雲が晴れた。お茶々があの歌に気をとめたのは、べつにこの北ノ庄から脱出したいのではなかった。

望郷の念に駆られたのでもなかった。ただ「しらやま」の正体をたしかめたかっただけ

なのだ。純粋な学習意欲の発動。知らぬものは知りたい。考えてみれば草千代はこれまでお茶々の前でその山を話題にしたことがなく、山の名を教えることもしなかった。生まれたときからあまりにも当然にそこにあるので、かえって意識しなかったのだ。

ほかの北ノ庄の人々も、たぶんおなじだったのだろう。そうしてお茶々は十六である。事によったら来月にはもう政略結婚の具となってこの地を去るかもしれない立場にある。これはあくまでも短期滞在にすぎないのだ。その滞在のうちに、ひとつでも、

——心のおみやげが、ほしい。

という思いも、あるいはお茶々にはあっただろうか。

草千代は、胸がつまった。あいかわらず雪雲のじかに吹きおろす冷たい重い風にあえぎながら、

「おひい様」

お茶々へ向きなおり、にっこりと、

「わたくしは、殿様につくづく感謝しているのです。おひい様をこの街にまねいてくださった」

お茶々はわずかに目を伏せて、

「勝家殿ではない。あの猿めの差配であろう」

この場合の猿とは、むろん羽柴秀吉のことである。秀吉がその体の小ささ、肌の色の悪

さから、

――猿。

と信長に呼ばれていたというのは、真偽はともかく、天下のつとに知る話だった。草千代ははっきりと、

「それならば、羽柴様にも感謝します」

翌年の春。

その猿が、北ノ庄城を包囲した。やはりあの清洲会議以来、勝家と秀吉は、

――どちらが、真の信長の後継者か。

その決着をつけなければならなかったのである。両者はこれまで同盟者を通じて、長浜で、岐阜で、伊勢で、小ぜりあいを繰り返していた。

いっときは、勝家のほうが優勢だった。がしかし最後には秀吉がまさった。近江国賤ヶ《しずが》岳《たけ》付近でおこなわれた直接対決で勝家は壊滅的な敗北を喫し、北ノ庄へ逃げ帰った。

それを秀吉の軍がここぞとばかり追っかけて来たのだ。ふたりの決着は、とうとうついてしまったのである。

勝家は、

――もはや、これまで。

と思ったのだろう。城内の酒樽という酒樽をあけさせ、大宴会をもよおし、翌朝みずか

ら九層の天守へ火をつけた。

その上で、おいちとともに自刃した。おいちにとっては一年にもみたぬ再婚生活。風聞によれば、勝家に、前夜の酒宴のあと、

「おいち、おぬしは城から抜け出せ。おぬしは信長公の妹じゃ。秀吉も酷遇はせぬであろう」

と言われたにもかかわらず首をふり、城で夜をあかし、夫と運命をともにしたという。秀吉の手で配給される未来にはどんな希望もなかったのだろう。

草千代は。

彼女もまた、その幸せが終わりを告げた。

夫の国吉門九郎は、すでにして賤ヶ岳で戦死している。それはいい。戦国の世のならいであるし、むしろ門九郎が最後まで主君を裏切らなかったことで草千代の評価もこれから高くなるだろう。

ふたりの結婚生活が五年たらずと案外みじかかったことも、この場合は有利に――再婚のために――はたらく可能性が高かった。夫への追慕は追慕として、草千代は、とにかく二男一女を育てなければならないのである。

子供は上から、四歳の小太郎、三歳のおなか、一歳の竹丸。

ほかに婢《はしため》がふたりいる。草千代は、夫をうしなった女がしばしばそうするように、山を

こえて京へ出た。京というのは日本一の都会だけに、あらゆる種類の人々がいる。名のある武将の家臣などで、妻をほしがる寡夫《やもめ》はいくらでもいる。そのうちのひとつへ嫁ぐもよし、あるいはどこぞの公家あたりで、

(乳母《うば》づとめでも)

そのつもりで洛北・松ヶ崎にある一向宗福門寺《ふくもんじ》の門をたたき、根小屋《ねごや》ふうの一間を借りた。

間口九尺、奥行二間《にけん》。

こんにちで言うところの長屋のようなものであり、赤の他人との共同生活の場であるが、とにかく寺の境内にあるのが安心である。住職も、

「ええ、ええ、そうですか。北ノ庄から。えらい遠いとこですな。道守様いうたら東大寺の何たらの家系でしたかな。ご覧のとおりの辺鄙《へんぴ》な里で、何のあしらいもできませんが、まあ、そういうことでしたら、世すぎの生計《たづき》が得られるまで、おちついて過ごされるがよろし。世話は若い僧《の》にさせましょう」

はじめて聞く京ことばのやわらかさも、いっそう安心のたねだった。草千代は、

「ほかには、どなたかお住まいに？」

「となりの部屋に、たいそうお年を召した公家侍あがりの方がひとり。そんだけやね」

その晩、長男の小太郎は寝床でさっそく、

「よろし。よろし」

京ことばをまねしだした。草千代は、

「あなたは越前の男子《おのこ》ですよ。朴訥《ぼくとつ》の実《じつ》をわすれてはなりませぬ」

とたしなめたが、そのことばの抑揚も、どこか普段とちがっていたのだろう。小太郎は

さらにいびつな口ぶりで、

「なりませぬ。なりませぬ」

「こら」

「よろし」

翌々日の夜、その公家侍あがりが押しこんできた。若い僧が食事をもってきて、茶をい

れて出て行ったあとだった。

風貌からして、七十はすぎていただろう。だまって戸をあけて、

「くさい」

鼻すじに、ふかい横皺をきざんだ。

「くさい。くさい。子供はくさい」

七十すぎなのに、鼠のように動きが速かった。そのとき四歳の小太郎、三歳のおなかは

正座して茶碗を持ち、箸をとりあげようとしていたが、その茶碗も置かぬ間《ま》に、たてつづ

けに首を落とされた。

老人は、短刀しか持っていなかった。一歳の竹丸はたまたま婢のひとりが横抱きに抱いて乳をやっていたところだった。老人はそちらへ近づいたが、婢がくるりと背中を見せ、赤ん坊をまもる恰好をしたので、その背中をななめに斬った。

婢は、のけぞった。老人は左手をまわり込ませて赤ん坊の頭をつかみ出し、草千代へ向かって仁王立ちになった。

赤ん坊は、足をぶらぶらさせている。その唇はまだちゅっちゅっと音を立てて何かを健やかに吸っていた。

「やめて!」

草千代の金切り声のなか、老人は刃を首にあて、それを正確に実行した。

蕪《かぶら》から葉を落とすようだった。胴と手足が床に落ち、くたりとした。その上へ首の血の滝がふりそそぐ。草千代は目の前が霞《かすみ》になり、失神した。

目ざめたのは、朝だった。

(翌朝)

と思ったが、枕もとで住職が数珠《じゅず》をじゃらじゃらさせながら、

「おう、おう、気を取り戻したか。おぬしは三日三晩、目をさまさなかったのじゃ」

やっぱりやわらかな京ことばでしゃべりだした。いわく、あの鬼畜めの老人は逃げてしまった。激しい物音におどろいて若い僧たちが駆けつけたら、短刀ふりまわしつつ出て行

ってしまい、それっきり消息を聞くことがない。

僧たちも、自分（住職）も、こんなことになるとは思いもしなかった。老人はそれまで七か月この寺に滞在していたが、ふだんはいるのかいないのかもわからぬほどで、さわぎを起こしたことはまったくなかった。ただし子供と接したことはなかった。今回はじめて接したことで、おそらくは何かの記憶がよびさまされ、体の裡《うち》のけだものが逸《はや》り気に駆られてしまったのだろう。

聞きようによっては、まるで子供のほうが悪いみたいな口ぶりだった。草千代が、

（ここ）

畳のへりの織り模様などが目に入って、

（ここ、住職の部屋かな）

ゆっくりとほほえんだのは、この時点ではまだ記憶の回復には至っていなかったからであるが、住職はそれを一種の、

――赦《ゆる》し。

と、受け取ったのだろう。やや強気な顔になり、

「寺という聖域のなかで殺生をした。あやつには、いずれ残酷な仏罰が下るであろうよ」

草千代は跳ね起きて、超高音の絶叫を放った。すべてを思い出したのである。住職のうしろにひかえていた若い僧があわてて腰を浮かし、

「お子たちは、お納めしました。たしかに、われらが」

埋葬した、の意だった。寺の裏手には山がある。その山道をのぼり、少し平らなところへ出ると土《ど》まんじゅうが数個あり、そのうちのひとつに真新しい卒塔婆が三本、扇の骨さながらに、上をひろげて立てられていた。

それぞれに、戒名が記されている。草千代の知らぬ名である。風の吹いたのと同時に草千代は駆け寄り、ひざをつき、両手でがつがつ掘りはじめた。

背後から、僧たちに止められた。

「お子たちは、仏になられた。極楽安養のお浄土へと旅立たれた。祈られよ。生者はただ祈られよ」

と宗教者に徹する者もいたし、はっきりと物理的に、

「蛆《うじ》も湧いていよう、肉もくずれていよう」

という止めかたをする者もいた。草千代はむりやり土まんじゅうから引っ剝《ぱ》がされたが、そうされつつも土をつかみ、口のなかへ入れだしたので、住職が、

「とらえよ」

僧たちは草千代をあおむけにして、両手を、両足を、地にめりこむほど押しつけた。住職は小刀を出し、草千代のひたいへ近づけて、

「尼になれ」

「小太郎」

「婢たちは傷を負うたが、命にかかわるほどではなかった。いまはふたりとも髪をおろし、尼寺へ行ったから、おぬしも行くといい。わしが口添えして進ぜよう。そうして生涯のあいだお子たちの菩提をとむらうのじゃ」

そう言い、誦経《ずきょう》しつつ前髪を切った。

髪といっしょに、ひたいの肌を切ってしまった。血が飛び散り、僧たちの手の力がゆるむ。草千代はそれを撥《は》ねのけ、猿のように立ちあがり、

「小太郎。おなか。竹丸。……小太郎。おなか。竹丸」

履物をぬぎ、はだしで逃げだした。とにかく本能的に、

(山を、下りる)

そのつもりで坂を低いほうへ低いほうへと駆けたら街へ出た。京の街である。たいへんな人出である。

たいへんな人出ということは、たいへんな無関心ということである。顔じゅう血まみれ土まみれの草千代にも誰ひとり目をくれる者のないのはこのさい面倒がなく、よくふみかためられた通りを歩く。

天気はよかった。四条坊門のあたりまで下りたところで、

「あ」

ひときわ高い三層の建物が目に入り、自然に門をくぐり抜けた。まったくはじめて見る建物なのだが、印象が、

（北ノ庄の、天守）

あのお茶々とともに登楼した高層建築にどことなく似ている気がしてならなかったのである。

実際は、天守ではない。

――南蛮寺《でら》。

にほかならなかった。

つまり、キリスト教の教会。このとき草千代の感じた「似ている」は、じつのところ、こんにちから見れば偶然でないというより或る種の必然だったろう。なぜなら北ノ庄城の天守のデザインはもともと、前述したとおり、柴田勝家がその師・織田信長の安土城のそれを意識して造らせたものであり、いわば、

――信長ごのみ。

のしろものである。そうしてこの京におけるキリスト教会の建物も、おなじ信長の許可のもとに造営されたものであり、施主たる宣教師たちは日本における布教をよりいっそう円滑に、よりいっそう大過なく推し進めるために姿かたちをやはり信長ごのみにしたのだから。

なるほどこの教会は、北ノ庄城の天守とはちがう。あれのように壁に漆喰は塗られておらず、板壁がむきだしになっているけれど、しかしその全体のプロポーションのどっしりとした感じ、ことに一層目の屋根のむやみと肩ひじ張った感じはほとんど瓜二つである。

印象の重い天守なのである。もちろん草千代はそこまで精密な比較をしたわけではない。ただの直感にすぎなかった。だがそれは直感であるだけに本能の割合が高かったのだろう。極限の海の際《きわ》の際まで行ってしまった精神の船を陸《おか》へと帰らせるための、いってみれば生存のための帰巣本能かもしれなかった。

門をくぐると、建物から二、三人、黒い僧服を着た修道士が出てきた。

何も聞かずに建物のなかへ入れてくれ、顔を洗わせてくれ、あたたかい粥を食べさせてくれた。草千代は青い目の人をはじめて見た。彼らはみな草千代のため敏捷に立ち働いたけれども、それは親切というよりは、どこか手なれた感じがするものであり、それがかえって草千代の心をおちつかせた。

粥をすっかり食べてしまうと、修道士たちは小部屋を出て行った。

かわりに、男がひとり入ってきた。

海の、においがした。

目が黒い。髷を結っている。どこからどう見ても日本人なのに、

「わが名は、アゴスチーニョ」

日本語で告げた。草千代は、

「あご……何です？」

「アゴスチーニョ。洗礼名と申してな。まあ雅号みたいなものじゃ。よかったら、何があったか話してみぬか」

小西行長である。あとで聞いたところでは、行長はこの日、たまたま礼拝に来たところ、――仔細ありげな、女人が来た。

と修道士が言い交わすのを耳にして、気軽に、

「よし。わしが話をしてみよう」

腰を上げたという。行長はこのときまだ三十にもなっていなかったが、このへんは商人あがりらしく、人への興味がさかんだった。

「話してみぬか」

もういちど水を向けたら草千代はようやく、

「りんじん」

「ん？」

「隣人に……わが子を」

「幾人《いくたり》？」

「三人《みたり》」

「そうか。それは……」

と、行長はなにごとかを察したのだろう、

「それは、うしろめたし」

とだけ言った。

どんなに致し方のない情況であっても、どんなに運命の力が巨大でも、親というのは子を死なせたら自分の罪としか感じられないのだなどと余計なことは言わなかった。老成している。草千代が小さくうなずくと、

「ここは、そういう人のあつまりじゃ」

行長は立ちあがり、草千代を立たせ、身廊《しんろう》へ連れて行った。そうして奥の祭壇を手で示して、

「あれが、われらの本尊じゃ」

草千代は、何度もまばたきした。

それほど奇妙な仏だった。ふつうならお寺の本尊というのは微笑《みしょう》するにしろ、無表情でいるにしろ、俗世の凡人どもが「こうありたい」とあこがれる境地を体現するものなのに、これはちがう。

何しろその男は、人間そのものだった。人間そのもののみじめな顔つき、貧相な体つき。それが十字のかたちの刑具にかけられ、茨《いばら》の冠をかぶせられ、ひたいから血を流して死

んでいる。もしくは死にかけている。

像そのものの小ささと相俟《あいま》って、草千代には何か、

(……虫のような)

行長は、まるで自分自身へつぶやくように、

「おぬしはいま、こう思ったであろうな。この男のようにだけはなりたくないと」

「はい」

「それでいいのじゃ。あの方はイエス・キリストという一六〇〇年前の実在の人物じゃが、われら凡人ことごとくの罪を負うてあの様子《さま》をしておられる。おのれの無力さを思い知る者は、それを恥じる必要はない。それを克服する必要もない。ただ思い知ることを生涯つづけるだけでいい」

草千代は、正直、

(よく、わからない)

そもそもが説教や訓話のたぐいを受け入れにくい体質なのである。が、それはそれとして、すっかり空っぽになった心の紙箱にしんしんと何か新雪のようなものが積もりはじめたような気はたしかにした。

つぎの瞬間、

「尼になります」

「え？」

「この教えの、尼になります」

言いきったのは、教義に共感したからか。ちがう。もっと無思慮な、もっと反射的な……仏教へのあてつけに近かったのではないか。

或る意味、狂信者の誕生である。行長はさすがにびっくりしたらしく、

「いいのか？」

「ええ」

「われらキリシタンには、尼という習慣はないのじゃ。いや、ポルトガル、イスパニアなどの本国にはあるというが、おぬしは在俗のまま洗礼を受けてもらう」

「洗礼？」

「まあ入門式のようなものじゃな。ほんとうならばこの教会には、うるがん……オルガンティーノというおもしろい司祭がいるから、そいつに立ち会ってもらいたいところなのだが。いまは九州のほうへ布教の旅に出ているという。南蛮人なのに京ことばをしゃべる」

「はあ」

「もっともまあ、うるがんとは、わしはまだ会《お》うたことがないのだがな。わしもこれでなかなか多忙で、ここへしょっちゅう来てもいない。とにかく洗礼はべつの司祭にたのむとしよう」

「はい」

というわけで草千代はキリシタンとなり、行長の娘とおなじ、

――マリア。

という洗礼名をもらい、ついでに世俗の名も捨ててしまった。草千代が草千代と名乗るのはこの洗礼の日からである。まったくの別人になったのである。

草千代は。

この洗礼時にはもう、行長の正体を知っている。

堺の商人の次男坊。もともとは父・小西隆佐ともども宇喜多直家という備前、備中および美作《みまさか》をおさめる大名と親しかったが、宇喜多が秀吉と同盟をむすび、そのあとで病死してしまうと、小西父子もまた横すべりのようにして秀吉専属のかたちになった。

父の隆佐はその財務官僚のような立場になり、子の行長は海戦に才覚をあらわして舟奉行（海軍司令官）に任命されたことは前述のとおりである。ただし行長は、この時点では、まだ大名にまではなっていない。

あくまでも、一司令官にすぎぬ。

ただしその声価は、にわかに高まっているところだった。秀吉が例の、賤ヶ岳および北ノ庄の戦いで、最大の敵というべき柴田勝家をたおして天下人への階段を全速力でのぼり

はじめた、その余光を受けたのである。日本のキリスト教世界でも、高山右近を除けば、最大の庇護者と目されるようになっていた。

体の関係も、むすんでいる。

草千代は、行長の京の屋敷に住むことになったのである。いわば妾《めかけ》である。草千代は、たしかに行長に好意を持った。

武将らしくない穏やかなものごし、そのくせ人間という動物をみょうにさめた目で見ている感じも慕わしかったが、何より行長は、とんでもないところで世間の常識を知らなかった。

或る日、何かの雑談のおりに、

「黒猫というのは、あれは、雨の日には墨がながれるのであろう」

と当たり前の顔で言ったときにはびっくりした。一種の詩人的体質なのだろうか。それとも大店《おおだな》の次男坊というのは大概が、そういう、

（おっとり屋、なのかな）

草千代はそのとき、じつに久しぶりに、

（可笑《おか》しい）

と心から思ったのである。

もっともこれは、いわゆる恋愛感情だったかどうか。女の体をさしだしたのも性欲とい

うよりは一種の贈答意識からのようで、およそ男女が保護、被保護の関係をむすぶとなれば当然それに付随する礼式、あるいはいっそ、

――契約。

というような感触のほうが強かったのではないか。

行長のほうも、同様だったろう。とにかく草千代はそんなふうに愛人兼信者仲間の生活をおくるうち、行長に、

「マリア」

と、奇妙な依頼をされることになる。

洗礼を受けた、二か月後くらいだろうか。

褥《しとね》のなかだった。神楽を舞うような温順でしかも激しい秘儀が終わったあと、行長は、夜具の下の裸の内腿をゆっくりと撫でさすりながら、

「マリア。おぬし唐津へ行ってくれぬか」

「唐津」

と、草千代は、身をふるわせた。夜具から肩が出ている。行長はそれを引っぱり上げてやりながら、

「聞いたことは?」

「ありません」

「そうじゃろうな。ちっぽけな漁村じゃ。博多の少し西にある」

「そこで何を？」

「或る商人《あきんど》の見張りというか、様子をうかがってほしい。神屋宗湛というのじゃが」

行長は、説明した。神屋はそもそも足利時代より博多を代表する豪商のひとつで、宗湛はその六代目であること。しかしながら応仁の乱以降、博多の街そのものが少弐、大友、大内、龍造寺等さまざまな大名のもみあう戦場となり、その戦火をのがれるため現在のところは一時的に唐津へしりぞいていること。

行長は、さらに言う。秀吉はゆくゆく天下とりを果たすには、

――九州征伐は、不可欠。

と考えている。当然だろう。そのためには博多一、ということは要するに九州一の財力を持つ宗湛を味方につけなければならないが、いっぽうで宗湛はもともと織田信長との交《こう》誼《ぎ》がふかく、あの本能寺の変のときも、まさしく本能寺のべつの建物に泊まっていて、かろうじて火の手をのがれたほどである。

その信長の臣下にすぎぬ秀吉がにわかに天下をうかがいだしたことに対して、宗湛がどのように考えているのかは、まだ不確かなところがある。事によったら、こっそりと誰かべつの大名を支援して、

――猿めを、お倒しなさいませ。

などと吹きこんでいるかもしれぬ。なので、

「宗湛のいわば思案の方向《むき》を、いまから探っておきたいのじゃ。わかるか、草千代。これは羽柴殿じきじきのご意向なのじゃ」

実際に秀吉が島津義久を降伏させ、九州を平定するのはこの四年後、天正十五年（一五八七）五月である。早くも四年前のこの時点でこうして布石を打つあたり、秀吉はずいぶん、

――細心な。

と、話しながら、このとき行長は感じたかどうか。あるいはさらに、

（臆病と、紙一重）

と。なお筆者いわく、宗湛とは得度後の法名である。厳密にはこの時点ではまだ得度していないので、神屋貞清と俗名で記すのが正しいが、ここでは混乱を避けるため宗湛で通すことにする。

草千代は淡々と、

「私に」

ちょっと唇を閉じてから、

「私に、つまり羽柴殿のための為事《しごと》をせよと」

草千代にとって秀吉とは、ただの大名ではない。賤ヶ岳の戦いで夫の国吉門九郎の命を

奪った兵どもの親分であり、北ノ庄での幸せな生活をこなみじんにした張本人である。

行長はあっさり、

「そうだ」

「……」

「おぬしは宗湛の店に行く必要はない。じかに会う必要もないし危険に身をさらす必要もない。ただふつうの民の暮らしをして、街を歩き、宗湛に関する評判をこまごま聞きあつめてくれればよい」

「……」

「そうして、わしに書を送る」

「……」

むろん行長は、草千代の感情など、

(知った上で)

そのことに、草千代も気づいている。もっとも草千代には、じつのところ秀吉にはほとんど悪感情はない。あの嗅覚きちがいの年老いた隣人とはちがって、秀吉は、とにかくも自分たちを狙い撃ちにはしていない。

行長は、機嫌をとるような口調になり、

「むろんわしには、多数の手下がいる。そやつらを差し向ける手もある。だが気のきいたやつはみんな男でのう。ここはむしろ女のほうが好都合なのじゃ。男は意見を述べたがる。意見はいらぬ。ただ生《き》の水がほしい」

「あなたも」

「え?」

「あなたも、男」

「わしは、商人《あきんど》じゃ」

と、怒ったように顔を赤くした。まるで商人ならば無駄な意見は述べないと言っているようで、一種の愚論なのだけれども、あるいは行長は、ほんとにそう信じているのかもしれない。こういう子供っぽさが、

(かなわない)

草千代は口をひらいて、

「……唐津には」

「む?」

「そこには、海がありますか」

と聞いたのは、ひょっとしたら、見知らぬ土地への不安があったのかもしれない。海があるなら、ふるさとの北ノ庄とはつながっている。

「それは」

行長は目をしばたたいて、

「漁村じゃからのう」

行長もまた、

──愚問だ。

と思ったにちがいなかった。草千代は、

「行きます」

そんなわけで草千代は唐津に入り、浄土宗・清涼山浄泰寺へ厄介になった。浄泰寺の住職は藤屋里庵《ふじやりあん》という備前の豪商の遠縁にあたり、その里庵が、かねて堺の小西家の代理店のような立場だった縁という。このたびのやどりは根小屋ではなく、りっぱな塔頭《たっちゅう》のひとつだから、治安面の不安はまずないだろう。

草千代は、粛々と任務をこなした。

宗湛はたしかに人気があった。あちこちで気前よく金を使うからでもあるが、むしろ民政面で、

──村中《むらなか》にたむろする無法者を、ごっそりと山へ閉じこめてくれた。

──村がきれいになった。

という評判が多かったのである。

その山の名は、岸岳だという。さだめし、

（牢屋のような）

行ってみたら何とまあ陶芸学校で、しかもその教え手は、日本人ではない。朝鮮人の若者である。ためしに声をかけてみると、挨拶ぶりもちゃんとしていた。草千代は、

（まあ）

好意を感じた。

行長の許可を得た上で、いっそう近づくことにした。遠まきに見るよりも、むしろ客分になることで、

（行長様に、より多くの情報《しらせ》を）

そうしたら、その朝鮮人の教え手カラクがどうやら草千代に特別な感情を抱きはじめたらしいことも、草千代にはいっそう好都合だった。何しろカラクの日本語は、草千代に対するときだけ極端に上手になる。

これほどわかりやすいきざしはないのである。草千代はさらにふみこんだ。これはのちの話になるが、カラクが焼きあげた会心の茶碗を堺と博多のどちらへ売りこむかで生徒たちが二派にわかれ、石合戦までしたことに関しては、

「宗湛様に、就きなさい」

とカラクに直接、忠告もした。

博多派に就けと言ったのである。忠告そのものに意味はない。ただカラクに、

——あなたのことを、親身に考えている。

その姿勢を見せただけ。場合によっては、

(寝ても、いいか)

草千代はその心づもりもしたけれど、結局、そこまで行く気にはならなかった。とにかく唐津潜入後、草千代は神屋宗湛の調査をかさね、その結果をこまめに行長へ書き送った。いっさい意見はさしはさまず、ただ事実だけを述べて。

草千代はこのとき、たしかに有能な間者だった。のちのち秀吉が宗湛を大坂城にまねいて、

「筑紫の坊主。筑紫の坊主」

と親しく呼びかけ、天下一のもてなしをしたのは、さかのぼれば草千代のこの報告がもとになっている。報告を受けた行長が好意的な評価を秀吉に伝えて、それで秀吉が、

——宗湛を、重用しよう。

もっと言うなら、

——博多の復興のため、一肌ぬがせよう。

と決めたからである。これはすなわち道守《ちもり》木工《もく》之《の》介女《すけのむすめ》または草千代という戦国の世における無力な女性が、たったひとりで、日本史に対しておこなった最大の政治的貢献にほかならなかった。

もっとも。

草千代のこんな潜入捜査は、結局は無用のものとなった。事態が急変したからである。行長も、宗湛も、いや、ほかのあらゆる大名や商人がまったく想像しなかったことに、秀吉は中国侵略の意をあらわし、さらにそのための根城《ねじろ》を名護屋に置いた。

ばかりか行長はその中国侵略の先鋒のひとりに任命され、そのかぎりでは日本一の大名になり、したがって名護屋の街づくりに対しても責任ある立場になった。

街づくりには、神屋宗湛も駆り出された。つまり行長と宗湛は、味方どうしという以上に、ほとんど、

——友軍。

の間柄になった。

行長は、しばしば直接口をきいた。もはや潜入調査をさせる必要はなくなったのである。

或る日、草千代は宗湛と会い、

「じつを言うと、わたくし、小西様のもとめにより……」

白状しようと思ったら、宗湛は、

「ほっほっほ」

と顔の横で手をふって、

「知っていた。だから素行には気をつけていた」

「素行？」

草千代は一瞬、

（女あそび）

そっちのほうへ頭が向いたが、宗湛は、

「関白様のほかの大名への支援を、なるべく控えるとか」

そんなわけだから草千代は、いまはもう唐津にとどまる理由はない。ないのだがしかし草千代には京にも北ノ庄にも帰る家はないのだし、行長はたびたび名護屋へ来る。会うのも容易である。

だいいち、多くの知人ができてしまった。その知人のうちの筆頭というべきカラクは、

（今後、どうなるか）

そのことも気にならないと言ったら嘘になる。彼の恋情にほだされたのではなく、ただ、

（見たい）

それだけだった。彼がこれから何をするのか、あるいは何をし得ないのか。岸岳の学校も創立から約十年、いまは生徒は三百人ほどにふくれあがったし、その三百人は里の人々にも、

――有為《ゆうい》の人材。

そう思われるようになったとまでは言わないにしろ、少なくとも無法者とは思われなく

なり、カラクなのに、からくに（唐国）の出じゃないのか」

「カラク自身も、
とか、

「からつ（唐津）に、カラクあり」

などとくだらぬ地口まで叩かれるようになった。要するにカラクは土地の者に、なったのである。

草千代自身は、この世にのぞみはない。

ただ寿命が来て、目をつむり、亡き夫と子供たちといっしょに天国《パライソ》で暮らすことが唯一の希望である。ただし夫と子供たちは、京の南蛮寺の司祭《パードレ》によれば、いまは天国にはいない。

悪人ではないので地獄に落とされてはいないけれども、しかし何しろ生前キリストの教えに帰依しなかったことは事実なので、

——煉獄《れんごく》。

という、天国と地獄の中間のような場所にいて、裸にされ、たえず火にあぶられているのだという。草千代がこのまま信仰をすてず、罪を犯さぬまま生きて天寿を全うすれば、そこでようやく夫も、子供たちも、火から下ろされて草千代ともども昇天することができるわけだ。

草千代は、それを信じている。

布教者はしばしばこういう方便を使うなどと穿《うが》った見かたはせず、毎朝毎晩十字を切り、祈りをささげ、つまるところ死ぬ日のために生きている。天国にはもちろん神や聖霊やイエス・キリストもいるのだろう。或る意味やっぱり狂信者だった。

ただし草千代は、それはそれとして、行長には多少の執着がある。

彼女自身そのことに長らく気づかなかったけれども、気づいたのは、例の、前田と徳川の陣屋のあいだの岩清水の会話のときだった。

自分の口が、

「願うております。生きてお帰りあられますよう」

などと世間なみのせりふを吐いたことにもびっくりしたし、さらには、

「弥九郎様」

と行長を通称で呼んでみずから胸にとびこんだのも、そこにあるのは、何というか、われながら人間らしい感情だった。

狂信者でも、生きるには多少の情操が必要である。そういうことなのだろうか。

6　出兵

天正二十年（一五九二）三月二十六日、秀吉が京を出発した。

目的地は名護屋。もともと予定が三月一日だったことは前に述べたが、秀吉自身が、

――目が、痛い。

とか何とか言いだした上、

前田利家
徳川家康
伊達政宗
上杉景勝
佐竹義宣

南部信直

らの大名が、文字どおり、きびすを接して京を出ている。

いずれも東北・北陸地方に所領を持つ（家康の江戸も当時の一般的な印象では東北に近い）。その軍列で街道が大渋滞となったことで、秀吉自身の出発は少し延期されたのである。いくら天下の太閤様でも、道幅はにわかに広げようがなかった。

ついでに言うと、これとおなじ時期、島津義弘は薩摩を出発した。伊東祐兵《すけたけ》は日向《ひゅうが》飫肥《おび》を出発した。豊臣秀保は大和郡山を出発した。長宗我部元親は土佐を出発した。吉見元頼は石見津和野を出発した。みな目的地はおなじである。まるで蟻地獄の巣に落ちたように、昆虫たちはただ一か所にあつまろうとしている。平野のとぼしい名護屋の街は、もうじき、日本でもっとも人口密度の高い街となるにちがいなかった。

秀吉出発の前日、京の辻々には、

――太閤様、明日御出陣。

のおふれが出た。

町人《まちびと》は、あわてた。事前に何も知らされていなかったのである。彼らは生業《しごと》を中断した。秀吉が通過するであろう聚楽第から御所、御所から東寺――京の南の出口――への道を掃き清め、白砂を敷いた。

左右の築地《ついじ》や板塀のやぶれは、その日のうちに修繕した。こうしていわば緊急消毒された道を、翌日、天下人の大行列がおっとりと通りすぎたのである。

先陣は、秀吉の養子たる小早川秀秋（この時点での名乗りは豊臣秀俊）。

配下の一部が山伏《やまぶし》の服を着て、さかんに法螺貝《ほらがい》を吹いたのは、一種の陣貝《じんがい》というところだろう。第二が足利義昭、元室町幕府第十五代将軍。これは騎馬数人をひきいるのみ。

それから京の奉行をつとめる浅野長政の武士団があり、そのあとで、

「わあっ」

と、沿道の見物人たちが沸いた。秀吉その人が姿をあらわしたのである。

秀吉は、左手に弓を持っていた。錦繡《きんしゅう》の衣裳に金色《こんじき》の甲冑を身につけ、まわりの者どもの装具もきらきらしい。金色の長刀三十を立て、金色の盾五十本をかざし、三十頭の引き馬までいちいち金襴《きんらん》の織物を着させられている。

それらがすべて太陽の光を反射するさまは、あたかもそこに太陽がもうひとつあらわれたかのようだった。その光のまんなかの人物がじつは体が小さく、頭はなかば梅干しのような虚弱な容姿のもちぬしであることを、この瞬間、見物人たちは思い出したかどうか。

秀吉は、御所に到着した。

なかには、入らない。

門の前で停止した。門の前にはあらかじめ勅使三人、および太政大臣、左大臣、右大臣

をはじめとする公卿《くぎょう》がずらりとならんでいて、桟敷もたかだかと設置されており、その上に、後陽成天皇がましましていた。

朝廷そのものがそこにあった。秀吉の訪問を、

――迎えてやる。

という恰好にはいちおうなっているものの、実際はちがう。秀吉は馬を下り、大音声で、

「三韓、大唐、麾下に帰すべし」

と言った。

――朝鮮も、中国も、あなたのものです。

の意である。天皇は、

「うむ」

秀吉はふたたび馬に乗り、南へ向けて出発した。

何のことはない、秀吉のほうが天皇に見送りをさせたのである。その様子をくまなく市民に見聞きさせたのも、もちろんあらかじめ決めていた演出である。この国での立場は、ほんとうは、

――どっちが、上か。

そのことを、つくづくと知らしめるために。

†

その十四日前、三月十二日。

小西行長は、蟻地獄の巣を出ようとしている。

名護屋から出陣しようとしている。港には軍船がひしめいていて、ちょっとの波でも、ごとごと。

ごとり。

たがいにふれあう音を立てた。

みな、旗や幟《のぼり》を立てている。旗のほとんどは刺繍がほどこされ、小西家の家紋である、

——中結び祇園守。

を示している。中央に「×」の字なりに巻物を置き、まわりに紐のからまったような幾何学紋様を置くという奇抜な意匠の紋であり、東の風を受け、バタバタと力強い音を立てていた。

行長以外も、船を出している。

やはり第一陣をともにする宗義智ほか、松浦鎮信《まつらしげのぶ》、有馬晴信、大村喜前《よしあき》といったような九州の大名のそれである。それらがえんえんと沖まで海を埋めているさまは、海に慣れた行長にすら、

「船づたいに、歩いて唐へ渡れますな。そう思いませぬか、父上」

などと子供じみた冗談を言わせるほどだった。沖にはとりわけ大きな安宅船《あたけぶね》がひとつ浮かんでいる。司令船である。行長はそこへ行くのである。

行くための艀は、すでに用意ができている。

漕ぎ手は四人。行長はまだ乗りこんでいない。体を横に向け、浜砂《はますな》を足で均《なら》しながら、

「父上」

「……」

「ながなが、ご厄介になりました」

小西隆佐は、行長に相対《あいたい》している。ふたりとも海を横にしている感じである。さっさっと小気味いい音を立てる息子の足を見つめながら、

「……弥九郎」

「はい」

「達者で」

「むりだ」

「……」

「唐へ渡れば、おそらくは斬り死にするでしょう。そのための先陣です。わしは……わしは、陸戦《おか》は得手ではない」

「死ぬまでは、達者で」

「父上も」

行長はそう言い、隆佐の顔を見た。

（老いたな）

そう思った。隆佐もこちらを見ている。ふかいしわは頬にきざまれ、唇にきざまれ、色のわるい首すじにきざまれている。当たり前である。もう七十三なのだ。万が一、無事に帰国し得たにしても、父のほうが、

（寿命を）

隆佐は、さくりと杖を砂に刺して、

「おぬしは、もう三十か」

「三十五です」

「二歳のとき」

にわかに思い出ばなしを始めた。いわく、行長が二歳のとき隆佐はキリスト教の洗礼を受けた。堺を代表する商人らしく、何でも、

――損か、得か。

の一点で判断する癖《へき》のあった隆佐は、洗礼を受ける前の晩、ふたりの息子へ、

「どうも神主や禅坊主を相手にするより、わしは、こうするほうが儲かるように思う。南

蛮人というのは身びいきの激しい連中でのう。おなじキリシタンには胸襟をひらき、いろいろと舶来の品を売ってくれる。こっちのものも買ってくれる。おぬしらに強要はせぬ。みずから改宗の可否をきめよ」

行長の兄の弥十郎（のちの小西如清《じょせい》、家業を継ぐことになる）は、すでに理をわきまえられる年齢になっていたから、

「父上に、したがいます」

だが弟の行長のほうは、このとき、乳母に抱かれて乳をちゅうちゅう吸っていた。兄の弥十郎が、

「父上、この子には……」

と何か言おうとした刹那、行長は口から乳首を離して、

「Casa《カーサ》, casa」

カーサとは「家」を意味するラテン語である。そこから派生して、

――小さな共同体。

という意味になることもある。隆佐に教えを吹きこんだ宣教師たちは、この一語を、ときに日本におけるキリスト教世界そのものと同義にもちいていた。

その語を、かしこくも、

「しゃべった」

隆佐は手を打ってよろこび、それから少し反省した。自分はこの二歳児ほどにも純粋な信仰心を持ち合わせていないのではないか。

「それでわしは、弥九郎、おぬしにも洗礼を受けさせたのじゃ。アゴスチーニョという尊い名ももらった」

と懐旧しつつ、老いた隆佐はなおも杖を砂に刺しつづける。三十五歳の行長は、

「そうでしたな」

これまで何百回となく聞かされた逸話である。記憶にない。もちろんその「Casa, casa」は、実際はただ乳まじりの痰《たん》がのどに絡んで出た音でもあったのだろう。父はそれを知りつつ、いわば人生に景気づけがしたかったにすぎないのだ。

が、いまこの別れの場で、そういう興ざめを殊更らしく言うつもりは行長にはなかった。この父は、まだしっかりと立っているが、息はやや荒くなり、杖にもたれる度合いも深まったように見える。

そろそろ、

(出陣の、しどき)

行長はそう思い、

「それでは、父上……」

と口をひらきかけたところで、

「おーい」

山のほうから声がした。

見ると、青い目の男がひとり、こちらへ走って来る。黒い僧服に黒い肩かけマントという典型的なキリスト教宣教師の身なりでありつつ、足だけは日本ふうの藁草履をはいて、砂を蹴立てて、

「おーい。おーい」

父子の前で停止した。行長は目をしばたたいて、

「うるがん。どうした」

オルガンティーノは、ながい息をひとつ吐くと、流暢な日本語で、

「アゴスチーニョ殿に、安心して旅立ってほしいと」

「安心して？」

「もしものときは、私が臨終の懺悔《ざんげ》を聞きますから」

にこにこと言うと、隆佐のほうを見た。どうやらふたりは、あらかじめ、

(話を、合わせて)

オルガンティーノはまた行長を見て、

「ジョーチン殿の臨終、という意味です」

ジョーチンは父の洗礼名である。行長は一瞬、鼻の穴をふくらませて、

「承知した」

「結構」

とうなずくオルガンティーノの目は、冷静というより、淡白というより、そもそも何らの感情をも宿していない。かつては、

――お人よしめ。だからお前はろくな仕事ができんのだ。

と上司たる宣教師ガスパル・コエリョに面罵されたこともある彼ではあるが、このあたり、さすがに宗教者というべきである。

人の死を、物体《もの》と見ている。なおオルガンティーノは、この時点では、ふたたび合法的存在になっていた。

彼のみならず、日本における宣教師全員がそうだった。なぜなら彼はちょうど一年前、東インド巡察師アレッサンドロ・ヴァリニャーノが来日したのに合わせて聚楽第へのぼり、秀吉に謁見し、種々のもてなしを受けたからだった。

例のいわゆる伴天連追放令が出てから約四年後のことだった。よくもまあ秀吉が会う気になったものだけれども、これはやはりヴァリニャーノの立場がものを言ったにちがいない。ヴァリニャーノは東インド巡察師、すなわちイエズス会においてアジア全体の布教政策を統括するきわめて重要かつ上級の僧であり、イタリアでは、

――(イエズス会創立者のひとりフランシスコ・)ザビエル以来の傑物。

ともいわれていた。秀吉は、それを無視できなかったのにちがいなかった。

もちろんこのとき、ヴァリニャーノが西洋産、およびインド産のもろもろの珍品を秀吉に献上したことは言うまでもない。これとくらべるとオルガンティーノごとき、いくら二十年以上も日本にいようが、いくら日本人に「うるがん」だの「ばてれん」だのと慕われていようが、しょせん一介の現地社員にすぎないのである。

ただ現地社員だから、謁見には招《よ》ばれた。その謁見の席で、秀吉は、

——追放令は、これを撤回する。

とは、言わなかった。がしかし彼らに会ったこと自体がもう、

——赦す。

そのことの事実上の表明にほかならず、現にその後、宣教師たちは九州にひそむことをやめ、ふたたび大っぴらに京で布教しだしたけれども、もはや何のとがめも受けなかったのである。ちなみにこの間、あの傲慢を絵に描いたような日本支社長ガスパル・コエリョは、潜伏先の肥前加津佐《かづさ》で病死している。追放令撤回（事実上の）には間に合わなかったのである。その最期に立ち会った僧たちは、目立つことを避けるため、ごく少数にすぎなかった。

「弥九郎」

と、隆佐は、行長に呼びかけた。

ちらりとオルガンティーノのほうを見て、それから杖にいっそう体をあずけて、

「もう少し体が弱ったら、わしは、堺へ退《の》こうと思う」

「なぜです」

と聞き返したのは、われながら愚問だった。隆佐は大きく鼻を鳴らして、

「きまっているじゃろう。この名護屋には教会がない。死んだら仏の道で葬られる。それは耐えられぬことではないか、弥九郎」

「あ、はい」

とあわてて応じつつ、行長は内心、この父との、

（永遠《なが》の、わかれ）

そのことを、ますます意識せざるを得ぬ。さすがに下を向かざるを得なかった。

「それにしても」

と、口をはさんだのはオルガンティーノである。海のほうを見て、

「りっぱな船団だ」

とたんに風が吹き、旗や幟がやかましく鳴った。

海のにおいが生ぐさい。オルガンティーノが鼻にしわを寄せて、

「まことに、りっぱだ。人を殺しに行くために。なぜ太閤様はこのような神をも恐れぬ暴挙を」

とつぶやいたのは、これはたぶん、彼が宗教者であることは関係ないのだろう。その口調はあどけなく、無防備で、

――みんなみんな、うんざりしてる。

などと大多数の感情を代弁していると確信したのにちがいないが、行長は、

（それだ）

心が、にわかに燃えだした。

顔をあげ、口をひらき、

「フスタ船《ぶね》だ」

「え？」

「なぜ太閤様は、このたびの挙を。それはフスタ船が契機なのじゃ」

説きに説いた。もう五年前にもなるが、秀吉が九州を平定した直後、箱崎に滞陣していたとき、コエリョは一隻のフスタ船を披露した。

ふつうの和船よりはるかに大きい、二本マストの軍用船を、

「私のだ」

と一宗教者がはっきりと言って、さらには艦内を見せようとまで自分から申し出たのである。

秀吉はそれを見た。艦内で艤装や、水兵の整列や、櫂の漕ぎ手たちの仕事する様子を見

るたびに、

「やはりわれらは、南蛮人にはかなわぬわ」

などと子供のように声をはずませたという。しかしこの短時間の見学こそが、のちに、

「太閤様をして、唐への討ち入りを決心させた」

行長は、父親と宣教師にそう断言した。そうして宣教師のほうへ、

「うるがん！」

「はい」

「おぬしはいま、神をも恐れぬ暴挙と申したな。しかしそれなら、うるがん、おぬしら南蛮人はどうだ。わしは太閤様から直接うかがった。特に心にのこったそうじゃ。漕ぎ手たちをよほど劣悪な場所に置き、牛馬もなし得ぬ労働をさせているとな。そのおぬしらが、どうして神を恐れると言えるのか。申しひらきがあるなら申せ」

「は、はあ」

「えい、ほら、申さぬか」

オルガンティーノは、隆佐と、

——話が、わからん。

と言わんばかりに顔を見合わせる。

まわりには、行長の重臣たちが立っている。やや遠まきではあるし、みな重そうな兜を

つけているけれども、声はとどいているのだろう。行長の片言隻句《へんげんせきく》をも聞きもらすまいと前のめりになっている。行長はなおも宣教師および父親へ、

「漕ぎ手たちは」

まくしたてた。彼らは一日中、太陽の光のささぬ船倉につめこまれ、粗末な長椅子にすわらされるのだという。

一脚につき、四人。

四人で一本の櫂の柄をかかえる。これを鼓手の鳴らす太鼓に合わせて、前へ、うしろへ漕ぎつづけるのが彼らの生存のすべてなのだ。

櫂はずっしりと重い上、その先端がたえず海面の下にある。はげしい全身運動にならざるを得ぬ。船頭が全速力を命じれば太鼓の音は速くなり、徐行を命じれば、いや、徐行でもそれなりに体力は消耗する。こういう櫂が、この船には、左右の舷《ふなばた》それぞれに何十本も装備されているわけだ。

なかには血を吐く者もあるだろう。漕ぎながら死ぬ者もあるだろう。そこから逃げたいと思ったところで、彼らの足首は、ふとい縄でつながれている。その縄のもう一方のはしっこは柱にしっかりと結びつけられて永遠にほどけることはないのである。

もちろん秀吉の見たのは一種の実演というか、ただの漕ぐまねにすぎなかったけれども、コエリョはその点、手を抜かなかった。

完全に再現してみせた。これもまた虚栄心がそうさせたのにちがいない。秀吉は、おのれも卑賤の出であるだけに、その労働の過酷さをじゅうぶん想像できたのである。

実際、秀吉はのちに行長へ、

「あそこは、屍《しかばね》のにおいで充ちていたのう。戦場とはちがう。病で死ぬ者の屍じゃ」

と大息し、それから、

「彼らはみな、どこから拉致《さら》われて来たのかのう」

と言ったのである。

行長はその秀吉にしては弱々しかったような声を思い出しつつ、

「わかるか、うるがん」

と、ますます口調を速くして、

「わかるか、あの方のまことのお心を。あの方が気にかけたのは、彼らがどこから来たのかじゃ。言いかえるなら、彼らはどんな罪を犯したが故に、こんな虐待を受けるに至ったのか？」

「それは」

と、オルガンティーノが何か答えようとする前に、行長自身が、

「異教徒である、それだけだ。それだけが理由なのだ」

秀吉はその目で見たのである、彼らのなかに黒い肌の者がいたことを。褐色の肌の者が

いたことを。

彼らの故郷はおそらく、あふりか、とるこ、いんど、びるま……この広大な地球におけるヨーロッパ以外の地域であろう。そこにはそれぞれ土着の宗教があるだろう。彼らはその土着の教徒である、ということはキリスト教徒ではないということだ。

そうして日本人の大部分もやはり、自分もふくめて、

――非キリスト教徒。

秀吉は、そう思ったにちがいない。

仏教の徒であり、神道の徒。さしあたりフスタ船の漕ぎ手のなかには日本人はいなかったようだけれども、近い将来のことはわからない。借金のかたに買い入れられて、――わが国人《くにびと》もこの長椅子にすわらされ、縄をつけられ、全身で櫂を漕がされる。

秀吉はその未来をはっきりと見てしまったからこそ、

「手はじめに、あの伴天連追放令をお出しになり、さらには唐への討ち入りをお決めになった。それに相違ないのじゃ、おるがん」

「いや、あ、アゴスチー……」

「太閤様の目標は、だから究極のところ朝鮮や明ごときにはない。明をこえ、インドをこえ、おぬしらの本国イスパニアやポルトガルまでも打って出て、世界帝国を建設することにある」

「私は、イタリア」

「おなじことじゃ。その帝国においてはキリスト教徒も、非キリスト教徒も、ともに清遊を永久《とこしえ》にするであろう。三世《さんぜ》のよろこびをつくすだろう。これ王道楽土の顕現ならんか。けだしわれらはその先兵なるを以て、世界中の後生《のちおい》に、たぐいなき英雄なりと評されること間違いないであろう！」

「おう！」

まわりの重臣たちは、いつしか刀を抜いている。その抜き身を天に突き上げて、
突き上げるたび、

「おう！　おう！」

行長みずからも刀を抜き、

「おう！　おう！　おう！」

えんえんと声を雲に谺《こだま》させつづける。船団の旗や幟がいっそうバタバタ鳴りだしたのも、ひょっとしたら、行長の意にこたえたものかもしれない。

†

耳をふさぎたい衝動をこらえつつ、オルガンティーノは、その行長の横顔を、

（ばかな）

ただ見つめるしかできなかった。

「おう！　おう！」

と一声あげるたび、それは凶相の度を増していく。

目がくわっと見ひらかれていく。いったいもう何刻《どれ》くらい、まばたきを、

「わすれてますか、アゴスチーニョさん。あなた失明してしまいますよ」

そんな冗談を思いついたが、とても口に出せるような空気ではない。

だいいちこのとき、行長がわすれているのは瞼《まぶた》の開閉だけではない。おそらく事実の順番も、すっかり頭から離れていた。なぜなら行長の言うとおり、たしかに秀吉はそのフスタ船を見た九日後に伴天連追放令を出したけれども、唐への討ち入りは、それより以前にその意を世にあらわしていたからである。

おちつけば、容易に思い出せることとだ。フスタ船がきっかけで唐入りを決意したという行長の論ははじめから成立し得ず、かりに成立し得るにしても、その唐入りの目標が「世界帝国の建設」とやらにあるというのは妄想そのもの。

イスパニアやポルトガルは、九州や四国とはちがうのである。いくら秀吉でも、

「……むりだ」

オルガンティーノは、そうつぶやいた。どのみち誰にも聞こえないだろう。それにして

も信じられないのは、

（あの、アゴスチーニョが）

このことだった。オルガンティーノが、いや、たいていの宣教師が、

――日本人にして、もっとも沈着。

と評し、さらには、

――高山ジュスト（右近）様を除外するなら、もっとも敬虔なキリスト教徒。

とも評価するその小西行長が、このように、

（髪ふりみだし、無分別を）

もちろん行長の精神状態は、この瞬間、尋常ではあり得ない。何しろ出兵のときなのだ。これから未知の地でほぼ確実に命を落とすことになる、その旅出の第一歩。人間はおおむね、死を前にすると、興奮するしか手がないのである。

そのことでしか心の逃げ道を用意してやれないからだ。オルガンティーノはこれまで何百人もの臨終に立ち会ってきたが、例外はきわめて少数だった。信じられない力であばれだした者もいる。家々に火をつけてまわった者もいる。

行長のように重臣をまきこんで――重臣たちもまた同様の興奮のなかにあるのだ――金切り声をあげる程度ならばむしろ無害というべきだった。

気になるのは、

「ジョーチン」

父の隆佐へ、声をかけた。

隆佐は、もう立っていられないのか。ほとんど杖をかかえこみ、両脚がくの字になっている。ひざが砂につきそうだった。オルガンティーノは体を寄せ、その左脇をもちあげてやりつつ、反射的に、

（懺悔）

いますぐ臨終の懺悔を聞かなければと思ったのである。隆佐は息を荒くし、ちぢんだ唇をわななかせて、

「うるがん」

「はい。はいっ」

「二歳のとき」

「え？」

「二歳のとき、あの子はcasaと言ったのだ。……Casa, casaと。何度も」

行長は、それから艀に乗った。

興奮さめぬまま沖の大船《おおぶね》へ去ってしまった。わかれぎわに父へ声をかけることもせず、神へ祈りを捧げることもしなかった。重臣たちも同様に行ってしまった。

やがて行長の乗りこんだ船がゆれ、喚声があがった。

その喚声はあたかも火薬の爆発のごとく周囲の船へつぎつぎと飛び移って、ぐらりぐらりと船をゆらした。舷を打つ音、帆柱をたたく音、甲板をふみならす音がそれに和した。雲が消えた。船団がことごとく水平線のかなたへ消えてしまうと、浜にいた見物人も、

「さ、そろそろ」

「仕事じゃ。仕事」

狐が落ちたように言い交わして、ちりぢりになった。船団はこれから、いきなり朝鮮半島へ上陸するのではない。まずは対馬へ碇《いかり》を下ろすだろう。そこで秀吉の最終命令を待ちつつ、朝鮮へ最後の使者をやるのである。

浜はふたたび、静かになった。

オルガンティーノは老いた隆佐を輿《こし》に乗せ、手をふって見おくり、

「ふう」

ひとつ息を吐いた。

その耳は、波の音の無限のくりかえしを聞いている。

潮のにおいまでもが絹のように柔らかである。オルガンティーノは鼻がむずむずし、ひとつくしゃみをしたところ、それを待っていたかのように、

「いよいよですな」

波打際で、声がした。

神屋宗湛だった。行長たちと入れかわるようにして、沖の船から艀でここまで来たのである。

宗湛はこのたびの出兵にあたっては秀吉にじかに兵站を一任され、あらゆる軍需物資の調達および輸送にあたっていることは前述した。いまはただ心の充実があるだけなのだろう、

——勝った。

とでも言わんばかりの会心の笑みを浮かべている。

もともとは、決して満足なはずはなかった。

拍子ぬけのはずだった。何しろ博多の商人である。このたびの大陸出兵の本陣も、

——ぜひ、博多に。

その思いが強かっただろうし、だからこそあの青萱の茶室のなかではおのれに鞭打つようにして秀吉へそのように訴えた。しかし結局のところ、秀吉は、それを博多ではなく名護屋へ置くことにしたのである。

が、宗湛はいま、この笑顔である。おそらくはもう、どっちが本陣かなどという問題は、

——二の次。

そう思っているのだろう。

宗湛の目的は、究極的にはふたつだった。

ひとつは例の、津田宗及、千利休、今井宗久、住吉屋宗無などのいわゆる堺衆を出し抜くこと（ただしその後、津田宗及は病死したし、千利休は秀吉の勘気をこうむって切腹した）。もうひとつは大陸侵略の成功により、日明間《にちみん》の正式な勘合貿易を復活させること。このうち前者は完全に達成されたのだし、後者もいよいよ緒に就いた。だいいち名護屋もしょせん半博多ではないか。

「いよいよ」

と、宗湛はふたたび口をひらく。

「いよいよ太閤様の雄図が実現しますぞ。われら八百万《やおよろず》の神の寵《ちょう》を受けたる日本の民が、おのずからなる……」

その顔は、むしろ善意にあふれているのだ。オルガンティーノはぞっとしたが、なるべく軽い口調で、

「宗湛さん。虫が」

「え」

「ここ。ここ」

と、おのが頭頂を指さしてみせた。宗湛のなめらかな坊主頭に、ちょこなんと、黒い虫がとまっている。

宗湛はしかし、手で払うこともせず、

「おのずからなる威光によって誅伐《ちゅうばつ》するのだ。蒙昧《もうまい》野蛮なる朝鮮の民を、中国の民を」

「その中国の民は、それはそれで、これから勘合貿易がはじまれば大事な商売相手になるのでは？」

「それは、それだ」

話が通じない。オルガンティーノは横を向き、誰にも聞こえないように、

「みんなみんな、どうかしてる」

なお小西隆佐は、六か月後に病死する。その少し前、おのが末期《まつご》をさとり、

「京へ行く」

と言いだしたのは、やはり教会のない名護屋では死にたくなかったのだろう。輿に乗り、長旅に耐え、ようやく京の自邸へたどりつくや、

「うるがんを、よこしてほしい」

と南蛮寺へ要請した。

オルガンティーノはこのとき、イエズス会全体の布教方針により、長崎に滞在していたのである。イエズス会はこれを諒《りょう》とし、彼を京へ向かわせた。

——想いに、こたえた。

というよりは、この小西隆佐という豪商からの最後の多額の寄付を期待したのかもしれない。隆佐はおのが病室内に祭壇を設け、オルガンティーノを待った。

オルガンティーノが来ると臨終の懺悔をし、終油《しゅうゆ》の秘蹟《ひせき》をさずかり、それから十字架に接吻《せっぷん》して瞑目《めいもく》した。

享年七十三。なきがらは生前の希望により火葬に付されず、暮夜《ぼや》ひそかに土葬された。ここでもキリスト教の流儀にしたがったのである。死ぬ直前、小西隆佐は、多額の寄付の意を表明した。

†

ニェッキ・ソルド・オルガンティーノは、そののちも日本での布教に身を捧げた。活動の中心は、京だった。生涯にこにこと笑みを絶やさず、冗談を言い、ますます京ことばが上手になった。

「日本を、わが妻のように愛しています」

というのが口ぐせで、そのつど日本人の教徒に、

「あんた坊さんだろ。妻は持てん」

揶揄《やゆ》されるのだった。

隠棲先の長崎で死んだのは慶長十四年（一六〇九）だから、オルガンティーノは秀吉が死に、天下人が家康に変わり、家康がいわゆる江戸幕府を創始してみずから将軍の座に就

いたあげくその将軍の座を子の秀忠にゆずったところまで観じたことになる。享年八十。日本滞在は三十年におよび、この間《かん》、何度か禁教の危機に際会しつつも、とうとう一度も故国イタリアに帰ることをしなかった。彼がその生涯のうちに改宗させた日本人は、おそらく数千におよぶだろう。

†

岡山に着いたところで、秀吉は、

「腹が痛い」

と言いだした。

「少し、休む」

京を出発して、まだ三日しか経っていない。石田三成はその意を受け、全軍へ、

――停止。

の命を出した。

もちろん三成は、この主命を、額面どおりには受け取っていない。

京では目が痛いと言っていた。街道はこの先も大渋滞である。天下の豊太閤がその解消を待つなどと正直に表明したりしたら天下のあなどりをまねくから、

（だから、おん腹痛《はらいた》と）

岡山には、岡山城がある。

例の養子・宇喜多秀家の居城である。ただし秀家本人はやはり名護屋へ向かっているため城にはいない。秀吉は本丸御殿に入り、ふだんは秀家が使っている表座敷に座を占めて、三成へ、

「小西と宗は、どうしたか」

むろん、小西行長と宗義智はという意味である。三成は端的に、

「わかりません。急使が来たら申し上げます」

来たのは六日後である。三成が書状をひらき、

「肥後守様（小西行長）、対馬守様（宗義智）、ともども対馬に着かれたとのこと」

「ふむ」

秀吉はにこにこと、将棋の評釈でもするような調子で、

「わしは京を発つ前、ふたりには、すでに手紙を出しておった。対馬へ着いたら朝鮮へ使いを出せ、ただし返事は待たずに進撃してよしとな。ふたりは対馬でそれを見るはず。見ればただちに船出するじゃろう」

「はい」

「上陸先は、富山浦《フザンポ》（釜山）」

「はい」

「では、われらも参ろうか」

二日後、秀吉は岡山を出発。滞在は八日間だった。

†

――太閤様が、京を出られた。

その一報がとどくや、名護屋はいよいよ狂乱した。

或る大名陣屋の現場では急いで石垣を積んだため雨でくずれ、十数人の死者を出したし、或る土採《つちと》り場ではやはり急いで採りすぎたため坑道がつぶれ、これは八十人ほどの死者を出した。

誰に攻められたわけでもない。誰に催促されたわけでもない。なのに名護屋の人足は、石工は、職人は、それを監督する武士たちは……誰も彼もが自発的に焦燥し、人やものに当たりちらした。

ことに本城たる名護屋城の現場は、百家争鳴の状態だった。名護屋城へ来れば太閤様はあれをなさるだろう、これを所望されるにちがいないと勝手に意をうかがって、

――大手門の階段《きざはし》には、白い石をのみ用いろ。

——畳縁は、繧繝縁《うんげんべり》にしろ。

——襖は、京の絵師に描かせろ。

——春夏秋冬それぞれに興のかなった茶室をつくれ。

などと言う者が続出したのである。過剰適合と強迫観念の坩堝《るつぼ》だった。

「ここは京や大坂ではない。交通の便がちがう。文化の蓄積がちがう。ついこのあいだまで一漁村にすぎなかった場所でそう何もかも準備するのは無理というものじゃ。太閤様が着かれたら、またいろいろと指示を出されるじゃろうから、そのとき迅速に対応すればいい」

という常識論をなす者は、因循と言われ、怠け者とののしられ、それだけならまだしも夜陰にまぎれて斬り殺された。同調圧力にしたがわぬことは、この社会では、殺人よりも重い罪なのである。

まことに、誰も彼もが、

——どうかしている。

としか言いようがなかった。

考えてみれば秀吉にとって、これは三度目の首都建設である。大坂城、聚楽第につづく。これより八百年前、あの朝廷の力が強大をきわめたころの桓武《かんむ》天皇でさえ長岡京、平安京のふたつしか京《みやこ》をつくらなかったというのに。

それだけで青史に名をのこしたというのに。しかも秀吉は、その三つを、わずか十年も経たぬうちにひとまず完成させてしまっている。それぞれに気の遠くなるような人手と資材と金をつぎこんで。

秀吉個人の、能力だろうか。

あるいはそんなものをはるかにこえた、歴史そのものの意志だろうか。

†

名護屋の狂騒は、むろんのこと、岸岳の山中《やまなか》へもおよんでいる。

岸岳は、あいかわらず屋根瓦の生産工場である。六基の窯はつねに火が焚かれ、成形された粘土が入れられ、完成品《やきあがり》が取り出された。

それらの品はまだじゅうぶん冷めないうちにガチャガチャと音を立てつつ俵につめられ、馬に積まれ、山を下ろされて行った。そのための山道もいまや踏みかためられ、砂利が置かれ、長雨の翌日にさえ水たまりができなかったのである。岸岳はすべて、

——機能。

という、目で見える結果だけに奉仕する価値の支配するところとなった。

例の黒田家家臣・浦辺主水丞は、安心したのだろう、もはや様子を見に来ることはなか

った。生徒または工員の数は三百人から三百五十人になったけれど、あの仲なおりした五助および近藤出羽がそれぞれ頭領分となり、よく目くばりをし、世話をしてやっている。

もっとも、増えた五十人のなかには三十名余の奥州者《もの》がいて、これが新たな問題のたねだった。

陸奥《むつ》国岩出山城主（旧米沢城主）・伊達政宗にさしつかわされた足軽の先遣隊が、どうやら名護屋へ着いてはじめて、

――行き先は、海の向こう。

と明かされたらしく、驚愕して、

――そのような話は聞いていない。どうしても外国へ行かせる気ならば、いまこの場で、お解き放ちにしていただきたい。

という意味のことを訴えた。その大量離脱者の一部が生活の手段をもとめて、どっと岸岳へ来たのである。

何しろ「みちのく」、つまり、

――道の奥。

と呼ばれる地の果ての者どもである。

彼らは人体《にんてい》からして異様で、まぶたが厚ぼったく、ひげが濃く、ことばは誰にもわからなかった上、つねに群れをなして行動したから一種の独立国のようになった。

しかもその族長というべき森内子龍《もりうちしりゅう》というやつが五助および近藤出羽とそりが合わなかったため、自然、あらたな派閥あらそいに発展した。奥州派と、それ以外の主流派のあらそいである。両派はしばしば仕事の手をとめて罵倒し合ったけれども何ぶん、双方、言語不通なのだから犬の喧嘩じみていて、何の解決にもならない。結局、それぞれ工場長たるカラクのもとへ駆けこんで、

——あいつらを、追い出してくれ。

——あいつらの給金を半分にしてくれ。

カラクはそのつど、

「ふん」

相手にしない。

一日中、窯の火を見ている。

いちばん品物の質を左右する仕事である。順ぐりに六基の前に立ち、目をこらす。黒い瞳に、あかあかと炎の星がまたたく。まばたきもしない。それぞれの窯番《かまばん》へ、

「火を強めろ。薪三本ぶん」

とか、

「もういい。火を落とせ」

などと指示を出すこともあるが、基本的には無口である。しかしながら誰もがカラクの

この仕事をさして、

「あな、忙《せわ》しや」

と声をもらしたのは、じつのところ、そこで焼かれる屋根瓦には何十種もあるためだった。

おなじ一軒の屋根に使うにも桟《さん》瓦、軒《のき》瓦、袖瓦、棟瓦、鬼瓦などいろいろなかたちのものがあるし、そのうち軒瓦というやつは、軒先に置かれ、もっとも人目につくだけに、ふつうは各大名の家紋が入る。

すなわち納入先により意匠が異なる。屋根以外にも土塀《つちべい》や板塀《いたべい》むけの瓦もあるし、道路を舗装する瓦もあるし……それやこれやをたった六基でまかなうのだから、窯の休むときがなく、カラクの労働もおのずと夜昼《よるひる》をつらぬくものとならざるを得ない。

かといって、ほかの者が代わりをつとめることは不可能だった。何しろ窯のなかではどんな瓦が、どれほどの数だけ、どんなふうに置かれているかを正確に記憶し、脳内に図を描き、そこを空気の熱がどうまわるかまで透視《すきみ》できなければならない。余人には無理なのである。が、

「それだけではない」

とも、まわりの者はささやいた。

カラクが窯から離れないのは、ほかにも理由があると言うのだ。カラクはもはや一個人

に戻ってしまった。

この岸岳という生産工場をたくみに運営することへの関心を、——すっかりと、喪失《うしの》うた。

この点においては主流派も、奥州派も、まったく意見が一致したのである。

実際、カラクは日ごとに口数が減り、誰かとめしを食うことがなくなった。ひたすらぽつんと窯の前で火を見つめ、何かしら考えこむ毎日。

五助も、近藤出羽も、このごろは近づくことも遠慮されて、

「なあ、あれ。きょうも」

「ああ」

袖を引き合うだけだった。しかしながらふたりは或る日——小西行長たちの出航から五日後——、遠目ながら、はっきりとそれを見てしまったのである。

それとは、カラクのふるまいである。

窯番が火を落とし、焼きあがりの屋根瓦をとりだしている最中、その作業にまぎれるようにしてカラクは何かを出した。それは屋根瓦とは似ても似つかぬ形状だった。

天に向かって口をひらき、丈が高く、白濁した釉《うわぐすり》をかけられた……、

「茶碗、じゃな」

五助がささやくと、近藤が、

「ああ」

悲痛な顔をした。

カラクはこの期におよんでもなお茶碗づくりをあきらめていなかった、あるいは芸術へのこころざしを捨てていなかったのだとわかったからだった。しかもその茶碗の出来ときたら、

「ぜんぜん……」

「だめだ」

「なあ」

「ああ」

ふたりは、そっと首をふった。そいつは遠目にも輪郭がゆがみ、糸底がゆがみ、茶碗というよりは巨大な水飴のごとく、いまにもどろりと輪郭をなくして消えてしまいそうだった。

みんなの目をぬすんで粘土を練るのではじゅうぶん意がつくせないのか。それとも屋根瓦などという実用品といっしょに焼いたから技芸の神がへそをまげたのか。

あるいはもっと単純に、カラクの技《て》が落ちたのか。五助はぽつりと、

「哀れな」

しかしカラクの哀れさは、そこからさらに増したのである。カラクはその場にしゃがみ

こんだ。

ふところから別の茶碗を出し、見くらべはじめた。

「あ！　あれは……」

「さよひめ」

銘「佐用姫」。カラクのこれまでの最高傑作。

上三分の二に乳白色の釉がかかっているのは、色だけ見れば、たったいま焼きあがったものとおなじだけれども、いっぽうは絹の羅《うすもの》のごとく、いっぽうは麻の粗布《あらぬの》のごとく……くらべるべくもないものをカラクは飽きず比較している。近藤はただ、

「……未練よのう」

ふたりには、罪悪感がある。もともとカラクと抱負をおなじくしながらもカラクを裏切り、工場生産に邁進《まいしん》し、そのことで多額の金を得た。しばらくののち五助と近藤は、どちらからともなく、

「行くか」

くるりと背を向け、持ち場にもどるべく足をふみだしたが、

「何をしておる！」

背後で声がして、ふたり同時にふりかえった。

声のぬしは、神屋宗湛だった。カラクの左右の手からそれぞれ茶碗をとりあげ、上下に

かさねて、

「まだ、こんな」

地へぶつけた。

ふたつ同時に、火薬仕掛けのようにパンと爆《は》ぜた。カラクは、

「あっ」

ひざをつき、縋《すが》るようにして、無数に散った破片をあつめだした。宗湛がその手を蹴る。がちゃんと破片が落ちる。カラクは立ちあがり、

「汝《なれ》！」

右手の指が、一枚の破片をはさんでいる。乳白色の釉。佐用姫だったものだろう。それを相手の顔めがけて、思いきり投げつけた。

宗湛は、四十二歳である。

意外なすばやさで跳びしさり、首を横へたおしたので、佐用姫はひゅうっと耳をかすめて飛び去ったけれども、そのときにはもうカラクは二枚目をひろいあげている。投げた。

こんどは頭上を通りすぎた。

カラクは一瞬、

――信じられない。

という顔になり、手の甲で目をこすったが、三枚目をひろおうとして、

「やめろ！」

背後から五助に抱きつかれた。

近藤出羽もまた、正面から腰へ組みつく。カラクは汗くさい筋肉にはさまれる恰好になりつつも、身もだえして、血走った目で宗湛をにらんで、

「奸商《かんしょう》！　奸商！」

「その奸商は」

と、宗湛の口調には余裕がある。手近な窯へ目をやってから、

「大財を投じてこの岸岳に窯をならべ、人足をあつめた。みなみな太閤様のご壮挙のためじゃ。そのご壮挙のための窯でもって誰にも需《もと》められぬ似非《えせ》風雅の茶碗をこしらえる不正流用《あだづかい》のぬしは、どうかな？　奸商のさらに上をゆく大奸物とは申せぬかな？」

「何が『ご壮挙』か。おのれは狗じゃ。秀吉の狗じゃ」

「またそれか」

「殺す」

「何？」

「おのれをではない。おのれなぞには興味はない。秀吉を。秀吉を」

「おい！」

と五助が恐怖の顔になり、抱きつく力をいっそう強くする。カラクはそれでも、

「殺す。殺す」

「カラク」

宗湛は首をかしげ、ふしぎでたまらないという目をして、

「おぬしは、いまだ唐への討ち入りには反対なのじゃな」

「当たり前じゃ」

「なぜなのじゃ。わしはわからぬ。まさか、いまさら『故郷を荒らされるから』などと……」

「ちがう！」

と、カラクは吼えた。

咄嗟《とっさ》の反応だったのだろう、

――しまった。

という顔をありありとした。

反対の真の理由をあやうく口に出すところだった、という体《てい》の顔だったけれども、つぎの瞬間には口をとじ、頬のうごきを抑制したため、宗湛は気づかず、語を継いで、

「おぬしの故郷は、なるほど富山浦（釜山）じゃ。おそらく小西様らがまっ先に上陸なさるところ。しかしながらカラク、おぬしは、そこで両親と妹としあわせに暮らしたこともあったとはいえ、結局ろくなことはなかったと、かつて他ならぬわしに言うたではないか。

そのろくなことのない国をこれから太閤様が征伐してくれるというに……」

「ああ」

カラクはとつぜん身もだえをやめ、頭をさげて、

「申し訳ありません、宗湛様」

それから前後の制止者たちへ、

「五助、出羽、すまなかった。もう暴れたりせぬ。俺のなかには、どうやらやはり、宗湛様の申されるごとく、ふるさとを踏みつぶされることへの不安があったらしい。生まれ育ちというのは争えぬものだ。爾後はもう下手な茶趣味なぞ追うことなく、目先の瓦焼きに専念するから安心してくれ」

こんな態度の豹変《ひょうへん》に、ふたりはかえって虚を突かれたような顔になったが、カラクがすぐさま、

「すまぬが、ふたりとも破片《かけら》をかたづけてくれぬか。誰かが踏んだら傷を負う」

と言ったので、カラクから離れ、地を這《は》いはじめた。宗湛はなおも疑わしげな目つきのまま、それでも口では、

「たのむぞ、カラク」

「はい」

「もうじき太閤様が到着される。一枚でも多くの瓦でこの名護屋をかざりつけ、あのお方

を荘厳するのじゃ」

「はい。そのとおりにします」

この日以降、カラクの副業はぴたりとやんだ。

†

四月十二日、第一陣が対馬を出発した。

小西行長、宗義智、松浦鎮信、有馬晴信、大村喜前ほかの率いる一万九千名が七百艘余に分乗した。上陸点はやはり富山浦。

名護屋を出た日から数えるとちょうど一か月後であり、秀吉から見れば――秀吉自身は知らないが――岡山出発の五日後である。上陸後、ただちに布陣を開始した。

歩兵は富山鎮《フザン》(釜山城)をとりかこみ、銃兵はちかくの丘へのぼる。

常識的な布陣である。戦闘は翌朝開始された。まず丘の上の鉄砲隊が、

「そりゃっ」

合図とともに、弾丸《たま》を撃ちおろした。

ばらばらと激しい雨のようだった。無防備にも屋外でぎっしり待機していた朝鮮兵はばたばたと倒れ、大混乱となり、そこへ歩兵が突入した。

日本兵は、士気が高い。

もともと魁《さきがけ》だの一番槍だのが最高の名誉とされるところへ、今回の戦闘は、戦闘そのものが史上最初の大陸侵略の緒戦なのである。

どこからどう見ても、武門の栄光にまみれている。それに実際、刃をまじえてみると、朝鮮兵はおどろくばかり弱かった。

彼らの太刀筋はたいてい蝶の飛ぶように波打っていたし、足のはこびも酔っ払いじみている。

「きゃあっ」

などという掛け声がむやみに甲高いこと以外では、彼らは日本の武士や足軽をひるませることはできなかった。国民性ではない。歴史的条件による。彼らはそれまであまりにも平和のなかに生きすぎていたのである。

いったいに朝鮮には、李氏による現王朝が成立してから約二百年ものあいだ、内乱も革命も外圧もなかった。

あるのはごく一部の支配者による末梢的な党争だけ。朝鮮兵にとって戦争というのは過去に完結した物語であるか、そうでなければ遠い未来像でしかなかった。いまそこにあるものではなかった。じつを言うと、この前日、この街の市長兼城主というべき僉節制《チヨムチヨルチエ》使《サ》・鄭撥《チヨンバル》をはじめとする城の首脳たちは、

——日本船が、来た。

という注進を受けている。

港の番兵が気づいたのである。だが首脳たちは、

「倭人が、何の用か」

「使者の船だろう」

「それにしては、数百艘もあるのは少し多すぎるようだ」

などと評定するだけで、のんびりとこの運命の朝をむかえたのである。

いっぽう日本兵にとっては、戦争というのは過去の物語でも未来像でもない。硝煙のにおいがただようほどに目の前にある、

——現在。

に、ほかならなかった。

李氏朝鮮があの穏便きわまる二百年を閲《けみ》するあいだ日本では応仁の乱が起こり、無数の下剋上が起こり、一向一揆が起こり、本能寺の変が起こり、秀吉による全国統一戦が展開された。

内乱だらけである。人間の命というものに対する気の張りがちがう。富山鎮では、日本兵は強かった。朝鮮兵とあたるたび小石を飛ばすように敵の首を飛ばし、草を薙《な》ぐように胴を薙いだ。

朝鮮兵は、もろかった。

潮が引くようにして屋内へふたたび逃げこんだが、この建物の壁がまた薄かったから弾丸がつぎつぎと貫通し、射殺体を量産した。彼らはおそらく、自分がなぜ死んだのかもわからなかったのではないか。

戦闘は、二時間もかからなかった。

鄭撥は脱出し、勝敗は決した。城内には血のにおいが満ち、朝鮮兵の死体がごろごろと地を埋めつくしたが、日本兵のほうは、戦死者の遺骸をあつめたところ、たった三つの山にしかならなかった。

誰もが鬨《とき》の声をあげ、たがいの無事をよろこびつつ、

——太閤様のご意志は、正しかった。

そのことを確信した瞬間だった。勝利はすべてを肯定する。これにより富山浦というこの朝鮮半島南端の海港は日本のものとなり、近海の制海権は確保された。

日本にとっては、あくまでも、

——第一陣。

という位置づけである。

加藤清正・鍋島直茂・相良《さがら》頼房の第二陣、黒田長政・大友義統《よしむね》の第三陣、毛利吉成・島津義弘・高橋元種らの第四陣といったような後続もどんどん名護屋をすでに出ている。彼

らはもはや対馬を経由せず、じかに富山浦へ上がるだろう。より半島の奥ふかくへと進んで行くだろう。

7　到着

四月二十五日。
秀吉、名護屋に到着。
岡山出発の十八日後だった。あれからはもう休むことなく山陽道をたどり、
三原
広島
防府
と来て、関門海峡をわたり、小倉であらためて船に乗った。玄界灘へのりだしたのである。それから、
宗像《むなかた》

名島《なじま》
深江
と港をたどったのち、やはり海から名護屋に入った。

ただし秀吉は、上陸の前に、

「船を、とめよ」

そう命じている。みずから船首に立ち、

「あれが、名護屋か」

質問した。かたわらに立った名も知らぬ船長が、

「はい」

「そうか」

秀吉は、かすかな感慨をおぼえた。これは自分のみやこである。大坂や京にいるあいだ何十回、何百回と頭に思い描いた自分のための日本の首都《みやこ》が、いま、

(目の前に)

そう言い聞かせても、胸は微熱も発しなかった。そのあまりのおどろきのなさに、かえって心が動いたのである。

ついこのあいだまで何もなかったところに道がひらけ、人足があつまり、職人があつまり、大名どもの陣屋が建ち、雲つくような天守がそびえる。それが何だというのだろう。

しごく、

（容易な）

背後から、風が吹いた。

鬢《びん》の白髪《しらが》が、視界に入った。ふりむくと島がある。

「何という島じゃ」

「加部島です。その向こうには壱岐があり、対馬があり、朝鮮がある」

「富山浦か」

「はい」

「そうか」

秀吉は、すでに富山鎮の勝報を聞いている。さすがに少し興奮した。いまはもう、また名護屋のほうを向いて、低い声で、

「行け」

船を出させ、陸《おか》へ上がった。

北から南へ上がったことになる。馬に乗り、そのまま道を南へ行く。城の東側をぐるりと半周して南へぬけ、きびすを返すようにして大手門を北へくぐり、城内へ入った。

幅のひろい、ゆるやかな石段をのぼって三ノ丸へ入る。

三ノ丸は、平らに造成《なら》されている。建物はまだ普請中なので西側に石垣の峙《そばだ》つのがみと

められる。その石垣の一部は目立たぬよう斜めに切られ、急な石段になっていた。

秀吉は、それを騎馬のまま駆けあがる。あがったところは二ノ丸ではない。いきなり本丸。べつに近道というわけではなく、二ノ丸は本丸のさらに西側《むこう》にあるため経由の必要がないのである。

本丸の奥には、御殿がある。

その屋根瓦は、黒光りしている。軒瓦はずらりと豊臣家の五七桐《ごしちのきり》の紋をこちらへ示していて、それだけでも威厳が過剰だが、もとより秀吉は目もくれない。玄関の前で馬を下り、草履をぬいで上がりこみながら、ふと思いついて、

「来させよ」

ただちに石田三成、徳川家康、前田利家、伊達政宗が表座敷にあつまる。秀吉側近および待機組首脳のあつまりである。

日本の首脳とも言いかえ得る。三成が、

――俺が、代表。

という顔つきで、

「築城開始からわずか半年にて、この林叢《りんそう》の地に、このような壮大な城郭をあらわしめるに至ったのも、みな太閤様のご威光の……」

「せまい」

「え？」

「この御殿は、せますぎる。いずれ遠征《そとで》の大名が帰国してきたとき何とする気じゃ。ただちに増築せよ。建坪を増すのじゃ」

三成は、家康らと顔を合わせた。

——あり得ない。

という顔だった。ふたたび秀吉のほうを向いて、

「いやいや、そうは申されても、この本丸にはもう余地《あきち》はありませぬ。いちばん広く開けた場所へ、めいっぱい建てたもの故」

「ならば、土を入れればよい」

「はあ」

「土を入れ、地坪《じつぼ》をさらに広くせよ」

秀吉、あくまでも無表情である。三成にしてみれば、

——正気か。

と言いたいにちがいなかった。この山（勝男山）はもはや造成工事をしつくしている。本丸の平地《ひらち》を広げるには、土はべつの山から持ちこまねばならぬ。

石垣も、むろん解体して積みなおすことになる。それだけの手間をかけて得られるのはたかだか数坪ではないか。

が、三成は、

「しょ、承知」

蒼白な顔で言うと、立ちあがり、部屋を出て行った。命令はすぐさま実行しなければ秀吉はとつぜん怒罵《どば》するのである。

足音が遠ざかると、こんどは伊達政宗が、

「天守は、ご覧になりますか」

「天守?」

「ひとまず完成しておりまする。この御殿の奥、もっとも高いところに建てましたので、それはそれは、海がはるばる見わたせます。よく晴れた日には朝鮮も」

「見えるわけがない」

秀吉は横を向き、一蹴した。これはもちろん秀吉が正しい。距離がありすぎる。米沢城主・伊達輝宗の長男に生まれて会津の蘆名《あしな》氏をほろぼし、須賀川の二階堂氏をほろぼし、面積だけなら圧倒的に全国一の領土を支配した東北の雄が、ここではこんな子供じみた追従をした。

家臣には見せられぬ姿である。もっとも政宗はまだ二十六で、ほかはみな、三成をのぞけば三十ほども上である。たしかに子供ではあった。政宗はただ、

「いっ、いかさま」

べたりと頭《ず》を伏せてしまった。これでもう、この場では、政宗はいないも同然である。

ようやく前田利家が破顔して、ゆったりとした口ぶりで、

「まずは、まあ茶かな」

「茶？」

「半月後か、一月《ひとつき》後か、旅のお疲れが癒えたところで、ぜひわが陣屋へ来てもらいたい。わが陣内には思いのほか清冽《せいれつ》なる水の湧く小山《こやま》がある。ためしに茶を点てさせたところ……」

と言ったのは、例の、徳川と取り合った水のことだろう。秀吉は、

「利家」

と、想像上の動物でも見るような目になり、

「お前まで、何を言うておる」

「はあ」

「半月後？　一月後？　そんな長期間わしがこんなところで為《な》すところなく飲み食い糞垂《ばあた》れすると思うてか。あすより船出の支度をするのじゃ」

「船出？　どこへ？」

「きまっておるじゃろう。朝鮮《こま》じゃ、唐じゃ。わしがみずから戦地にて軍配を」

「いやいや」

利家と家康が同時に腰を浮かし、泳ぐように空気を掻いて、

「太閤様に、万一のことが」

「万一のこととは？」

「海が荒れる。船がくつがえる」

「わしには、あり得ぬ」

「いくさでは何が起こるか」

「富山鎮は圧勝じゃった」

いちいち口調がぴしぴししている。決意のかたさは、唇のかたちからも明らかだった。秀吉はふだん、意気が上がると目が細くなる癖があるが、いまは細い上に横長になり、顔の輪郭をすら破っている。

利家と家康は、

——こまった。

と言わんばかりに、そっと視線を交わした。秀吉の渡海。それだけは何としても、

——避けねば。

その点で、ふたりは完全に一致したのである。船の転覆だの、戦場での事故だのの心配もむろんあるが、それ以上に大きいのは、

（面倒な）

それにつきた。この権力者の「親征」となると道は清めねばならぬ、船は新造しなければならぬ。

現地の大名は、自分たちは慣れぬ地での野営に難儀しながら秀吉のため安全快適な宿所の用意をしなければならない。はたして宿所ですむかどうか。秀吉のことである。事によったら、

——朝鮮に、もうひとつ名護屋城をつくる。

くらいのことは言いだしかねないのである。

前田利家は、秀吉のひとつ年下である。

年齢が近い上、まだ心のやわらかな時分から寝食をともにした。利家がはじめて織田信長につかえたのは十三のときで、三年後、秀吉が来た。ふたりとも信長の子のようなものだった。利家が兄で、秀吉が弟というべきか。おたがい空気のような存在だった。むろん戦場も、ともにした。

利家と秀吉は、信長政権の出世頭だった。

利家は桶狭間、姉川、長篠などといったような主要な戦争で活躍したし、秀吉もまた姉川、一向一揆（越前）、中国攻めなどで奮戦した。それでもおたがい、

——好敵手。

という感じではなかった。信長が本能寺で明智光秀に討たれたときは、利家は、柴田勝

家とともに越中魚津城を攻略していた。

秀吉は、備中高松城を攻略していた。

ふたりの差はここで出た。利家はそのまま攻略をつづけたが、秀吉はすさまじい速さで取って返して、わずか十一日後に山城国山崎で光秀を討ち取ったのである。

このことが、結果的に、ふたりのあいだに君臣の線を引くことになった。

その線は近年いよいよ太くなった感があるが、ひるがえして考えれば、感情的には、ふたりにはその十一日の差しかないともいえる。利家はやっぱり兄だった。ほかの大名よりも、多少、秀吉の操縦法を心得ている。

こういうときは、

――渡海の儀は、おやめください。

などとまっすぐ反対するより、いったん、べつの何かへ気をそらすほうが得策であることを知っている。で、

「太閤殿」

「何じゃ」

「祝賀の宴を張ろう」

秀吉がぐっと片目を見ひらいて、

「祝賀の宴？」

「いかにも。何はともあれ、太閤殿、おぬしの姿はこの名護屋の民に見せてやらねばのう。彼らにしてみれば、城づくり、街づくりはまだまだ終わりではないのじゃから。忠勤をはげむ契機《たね》がなければ」

「ふむ」

「渡海の儀はそれからでも」

利家はこのとき、

――切り札を、出した。

その自信がある。その切り札とは、

――民。

この一語だった。秀吉という男はみずからが卑賤の出であるからか、民の慰撫《いぶ》だの、民への誇示だのいう行為がかねてから特別に気に入っていた。一か月前、京を出発したときには後陽成天皇および太政大臣以下の公卿をわざわざ御所の門まで出て来させ、やりとりの始終を京の市民に見せているが、それも主観的には民への奉仕だっただろう。

が、このときは、

「だめだ」

秀吉は言い、ゆっくりと目を閉じてしまった。利家は、

「なぜじゃ」

「どうせ張るなら、祝宴は、まず現地で張るべきであろう。命を惜しまずいくさばたらきに励んだ兵たちをこそ最初にねぎらわねば。この太閤、手ずから」

「しかし京では、殿の出発を……」

「京の多衆は、時勢をなす。それはときに世を動かす。名護屋の民はただ使われ人たるにすぎぬ」

と秀吉が言ったのは、少なくとも前半は、くしくも徳川家康が京の屋敷内で小姓の虫鳴丸へ訓示したのと同様の認識だった。

家康は、そのことを思い出したか。ここぞとばかり、ひざをすすめて、

「使われ人にも、風流はありまする」

「何？」

「宴がお嫌なら、猿楽などいかがでしょう」

「猿楽か」

現在の能楽である。家康は、

「はい。城内に舞台をこしらえ、かがり火を焚き、毛氈《もうせん》を敷き、もののあわれを解する者のみ見物をゆるす。名護屋には名護屋の時勢がある。彼らはそれをみちびく者です。ここで太閤様に受ける御恩は、さだめし今後の城づくり、街づくりに生きるにちがいありませぬ」

「ふむ」

秀吉はまた目をひらき、考える顔をした。

さっき出した改築命令のことが脳裡をよぎったのかもしれない。家康はつづけて、

「さいわい拙者、京より、金春座の若い衆《の》をえらんで引き連れて来ております。ぜひ『熊《ゆ》野《や》』でも舞わせましょう」

「金春座か」

「太閤様には、急に中止を申し渡されたうらみがあります故」

家康はそう言い、にやりとした。秀吉は首をかしげて、

「はて」

「おん腹痛《はらいた》。京にて」

「おっ」

秀吉はひざを打ち、しまったという顔をした。家康はすかさず、

「決まりましたな。四日後の晩に」

「気が早いの」

「お心変わりなさらぬうちに」

「舞台は？」

「普請させます。わが陣屋の職人に命じて」

「四日で、できるか」

「むろん」

「わかった」

秀吉は横を向き、鼻の下を指でこすった。案外おさないしぐさだった。

家康はそっと利家と視線を交わし、うなずきあった。家康にとっては、京の借りを返したというか、

——一本取った。

そんな心持ちかもしれなかった。

家康は、秀吉とのあいだに、利家のような濃密な関係はない。なぜなら家康はもともと織田信長の臣下ではなく同盟者であり、家康自身の城を持っていた。秀吉や利家とおなじ屋根の下で起居したわけではないのである。

したがって、信長とおなじ戦いにのぞんでも、陣がちがう。生死がともにある感じではなく、それは相手が秀吉でもおなじだった。家康はそのことを逆に利用したのだ。同盟者どうしの交渉というのは、円満だけでは意外に前へ進みづらい。

どちらかが無害な不満を述べてみるほうが、雨ふって地かたまるというか、かえって話がまとまるのである。家康と利家は、

「では」

退室したけれども、家康が、

「そうそう。言いわすれが」

利家に言い置き、ひとり座敷へ引き返した。

秀吉は、まだ座ったままである。

ぼんやりしている風《ふう》でもある。旅のつかれが出たのだろう。

「何じゃ」

と問われたのも聞こえぬふりをして、家康は、ずけずけと秀吉の横へ腰を落とした。

うしろには、小姓がいる。声をひそめて、

「太閤様。その猿楽の席にて、ぜひとも確かめたいことが」

「確かめる？」

「いかにも」

「何を」

「そもそも太閤様がなぜ、このたび、この唐入りを思い立たれたかを」

「ほう」

秀吉は頰の肉がひきしまり、顔が小さくなった。

「思いあたるふしが、ありそうな」

「ええ」

「たのしみじゃ」

秀吉がそう言い、うっすらと笑う。家康も薄笑いを返してみせると、

「失礼」

立ちあがり、こんどこそ座敷をあとにした。

†

その日のうちに、工事は開始された。

場所は、こんにち、

——山里丸。

と呼ばれる城郭《くるわ》である。

本丸から見ると北東方《がた》。急な崖《がけ》になっている、その崖下のゆるやかな斜面のひろがり。崖はいちおう土留めのため石垣で覆いはしたものの、それ以上は手がまわらず、この時点では、ただの草っ原にすぎなかった。

その草っ原へ、家康は、大量の人足を投じたのである。地をけずり、水平にして、白い玉石《たまいし》を敷きつめた。

そうして崖を背にして、猿楽の舞台を建てはじめた。四日目の午後には、舞台はほんと

うに完成してしまったのである。

猿楽の舞台は、ふつう屋外につくられる。本をひらいて伏せたような切妻屋根をかけ、瓦を葺き、その下へひろびろと檜《ひのき》の板を張る。

客席から見て背後には、鏡板という、みどりの老松を描いた板壁を立てる。その鏡板の下から左のほうへ欄干つきの橋がのびているのは、これはもちろん、役者が出入りするための橋懸《はしがかり》である。

あるべき装置は、ひととおりととのったとしていい。名護屋というこの新しい日本の首都《みやこ》には、すでにしてこれほどの産業的な基礎能力があったのである。

四月である。

日暮れが遅い。西の空にはなかなか夕焼けの火柱《ひばしら》が立たず、あたりは明るく、そのぶん人足たちは急いで客席をこしらえる時間があった。彼らは白い玉石の上にずらりと何列もの毛氈を敷き、その上に、青だたみを敷いた。

この青だたみは、半刻後には客で埋まるだろう。客はすべて腰をおろし、弁当をつかい、酒を飲みつつ金春座の舞いを、

（愛《め》でる）

そのありさまを想像しつつ、家康は、どの大名よりも先に現場へ入った。

「あっ」

と気づいて挨拶しようとする頭領どもへ、

「よい、よい。仕事をしろ」

と声をかけると、ひとりで階段《きざはし》をのぼり、誰もいない檜の舞台の上に立ち、

トン

トン

トン

トン

役者よろしく足ぶみをした。そのつど余韻が、

板の下から湧きあがる。

山びこのようなものである。家康は、

「よい音じゃ」

階段を下り、ふりかえった。舞台は意外に、

(低いな)

家康の、腰のあたりか。これしきの高さで後方の席の客に役者のうごきが見えるだろうか。

まあ、それを考えるのは、

「……わしの仕事では、ないわ」

そうこうするうち、日が暮れる。客席は完成した。かがり火が焚かれ、空気がひんやりとし、客がぞろぞろと入って来た。

だいたい九十人だった。大名が六十、市民が三十というところ。市民とは、例の「もののあわれを解する」者、名護屋の時勢の先導者たちである。

そのなかには農民や職人ふうの者はなく、ほとんどが高価そうな着物を身につけた商人だったのは、これは催しの性格上、やむを得ぬことと言うべきか。

全員、座についた。

客席はほとんど埋まり、雑談のさざめきが満ちた。空席は、ふたつだけになった。ふたつとも最前列である、というより、もともと最前列には毛氈および青だたみが二人ぶんしか置かれておらず、その特等席のうちのひとつは、もちろん秀吉の席だった。

秀吉は、だいぶん遅れて入ってきた。雑談がやんだ。秀吉が座ると、いっしょにあらわれた石田三成もまた当然の顔をして右へ腰をおろした。

満天下に、

――治部少輔こそ、第一等の家臣。

あるいはいっそ、

――後継者。

そう公言しているようなものである。このとき三成はまだ三十三歳であり、ほとんどの有力大名よりも圧倒的に若く、しかも秀吉に実子がないことは天下周知の事実だった。

秀吉のうしろは、前田利家。

三成のうしろは徳川家康。その利家や家康の横のならびに、伊達政宗、佐竹義宣、木下勝俊、森忠政ら、ほかの有力大名がならんでいる。そのうしろの三列目、四列目、五列目……も、やはり大名たちが占めていた。秀吉から遠ければ遠いほど石高が低かったり、あるいは服属が遅かったりするわけだ。

開演には、まだ少し間がある。

晩めしの時間でもある。それぞれの前に膳が出た。膳の上には酒が置かれ、肴《さかな》が置かれている。そこここで箸音が立ちはじめ、ふたたび雑談がひろがった。

市民たちは。

最後方の二列へ、大名よりも隙間なくつめこまれている。

そのうち前の列の中央には、あのはげ頭がある。神屋宗湛である。となりには女が正座していて、宗湛は、

「草千代」

と呼びかけ、口を寄せて、

「これらの商人三十余名は、みなわしの友じゃ。ほとんどが博多から来ておる。やはり名

護屋には、なかなか文人《ひと》はおらぬからのう」

　機嫌よく話しかけている。

　――わしが、呼んでやった。

　と言いたいのだろう。実際そのとおりだった。宗湛は三成に招待者の選定を命じられて、その日のうちに、宗湛自身との取引規模が大きい者の名をずらりと書きならべて提出したのである。

　その末尾に、

　――娘。

　と称して、草千代の名も加えた。

「女は、おぬしひとりじゃ」

　と、宗湛の口調はいくらか恩着せがましい。草千代はそのつど、

「ええ。ええ」

　ほほえみを返した。ほんの少しでも体が動くと二の腕が二の腕に密着し、腿が腿にのりあげる、そのことも宗湛はよろこんだのだろう。

　秀吉は、箸を取ることをしない。

　三成の酌でゆるゆると酒を飲むだけ。ただし機嫌は悪くないらしく、鼻のあたまを赤くして、何やら三成をからかっているようである。

背後の利家が、

「太閤殿」

声をかけた。秀吉は体をひねり、

「何じゃ」

と応じたと同時に、

「筑紫の坊主！」

立ちあがり、頭上に扇をかざして、

「おお、おお、たしかに筑紫の坊主じゃ。おぬしも来ておったか。久しいのう。こっちへ来て酌をせよ」

おどろくべき視力だった。全員の注目がにわかに宗湛にあつまるが、宗湛はひるまない。すばやく中腰になり、

「これはこれは太閤様、お目にとめていただきまして恐れ入ります。それでは卑賤の身ながら、そちらへ……」

「ん？」

秀吉は目を見ひらいて、

「横には、女か」

「はい」

「それをよこせ」

「は、はあ」

「酌をさせる」

「では手前は？」

「おぬしは来《こ》んでいい、筑紫の坊主」

秀吉の左は、白い玉石。

そこへ急遽、じかに青だたみが置かれた。草千代はそこへ来て座り、酌をすべく秀吉の前の瓶子《へいじ》を取ろうとしたが、秀吉は、

「よい」

草千代の柔腰《やわごし》へ腕をまわし、抱き寄せた。

ほとんど自動的な動作だった。草千代はちらりと客席後方を見た。宗湛が中腰のまま、

――抵抗するな。

と言わんばかりに上目づかいに見返している。

宗湛のもくろみを、草千代は、あらかじめ察している。自分のような無為の女を招待したのは、ただただ、

（このために）

つまり、秀吉のえさにするために。

うまく気に入られたら、夜伽《よとぎ》も辞さぬつもりだろう。むろん宗湛は、かねて自分が小西行長のいつくしみを受けていることはじゅうぶん承知しているはずだが、行長は日本にいないし、生きて帰って来ないだろうし、来たところで秀吉にならい茶杓《ちゃしゃく》一本とられたほどにも気にならぬと、

（宗湛様は、そう見てる）

草千代は、秀吉を見た。ゆっくりとほほえんで、

「お酌を」

ふたたび瓶子に手をのばしたが、腰をしっかり抱かれているため、上半身だけが前に出る恰好になる。

ながい黒髪が落ちひろがり、秀吉の、錆竹《さびだけ》のような右の手首にかかった。

草千代はあわてて袂《たもと》から髻《もとゆい》を出し、両手で髪をうしろにまとめて玉結びにした。あらわになった白い首すじへ、秀吉は、

「……」

鼻を押しつけてきたけれども、草千代は、そこに情欲めいたものは感じなかった。汗のにおいのない、皮脂のにおいのない、ただ機械的なだけの身体運動。

草千代は、目を伏せて耐えている。それにしても感嘆すべきは宗湛の奉仕精神だった。そうするほうが、

——商売に、好都合だから。

だけでは説明がつかない滅私ぶり。結局のところ宗湛はあんまり秀吉のことが好きでありすぎる、それだけの話だった。この世には四六時中、人から奪いつづけねば気がすまぬ者があるように、どこまでも身をつくさねば、

——寝ざめが、悪い。

そういう者もいるらしい。そういう者こそ、おそらくは、商人にもっとも向いているのだろう。その意味では、宗湛は、まさしく生まれついての商人だった。

草千代は、まだ目を伏せている。

この時点では、ただの宗湛の手駒である。が、草千代は草千代で、

（それなら）

一計を、案じていた。

どのみち秀吉の相手をさせられるなら、それを利用して、

（あれを）

そのあれを、実行にうつすと決心した。

秀吉は、まだ首すじへ鼻を押しつけている。犬がものを嗅《か》ぐような、せわしない音《ね》を立てながら。草千代は目をあげ、

「太閤様」

「ん？」

身をよじって体を離し、ひたと秀吉の顔を見て、

「ご息災ですか。お茶々様は」

†

カラクは、この猿楽には招かれていない。

いないが、その開催自体はかなり早くから知っていた。宗湛が直接、岸岳に来て、

――瓦を出せ。

と命じたからである。

猿楽の、舞台のために使うという。対価はちゃんと支払われるので、厳密には命令ではなく依頼である。

「わかりました。それでは取り急ぎ、他の陣屋むけの瓦をさしまわしましょう。屋根はどれくらいの広さですか」

カラクが聞いたら、宗湛は、

「屋根だけではない」

「え？」

「床下にも」

宗湛によれば、今回は、舞台の下にも瓦を敷くのだという。やわらかな土がむきだしだと舞台の上の音、とりわけ役者が足で床をふむ音がむなしく吸われてしまうからである。瓦があれば音はよく跳ね返り、澄んだまま遠くへ届く。

「はあ」

とカラクが曖昧に返事すると、

「どっちでもいいと、おぬし、いま思うたであろう。わしもそう思う。けれども役者や見《み》巧者《ごうしゃ》に言わせると、そういう音のひびきひとつが所作全体の、ひいては猿楽そのものの、出来ばえを左右するのだそうでな。まあ瓦は客からは見えぬし、敷いたところで損にもならぬ。カラク、ここはひとつ聞きわけて、五助あたりに屋根瓦のあまりでも持たせてやってくれい」

「いや、俺が」

「え？」

「俺がやります。ひとりで」

極力さりげなく言ったつもりだけれども、どうだろう。宗湛はちょっと首をかしげたが、それはそれで、

――都合よし。

とでも思ったか、

「たのむ」

去ってしまった。

べつだん疑うそぶりは、

(なかった)

とカラクは思う。この瞬間から、カラクの計画は始動したのである。

その後、大工が来て、工程を説明した。

「まず俺たちが舞台を完成させる。お前はそれから床下へもぐり、瓦を敷け」

カラクが、

「床下への出入りは?」

と聞くと、

「舞台の前面、つまり客席に向かうほうの立て板を、一枚だけ、取り外せるようにしておく。そこから出入りしろ」

「その立て板は、階段《きざはし》のうしろか」

「そうじゃ」

と、大工はなぜか胸を張った。カラクは、

「承知した」

だからカラクがはじめて現場に足をふみいれたのは、舞台の完成日、つまり開催当日である。あの居丈高な大工に言われたとおり階段のうしろの立て板をはずし、猫のように身をかがめて、なかへ入った。

なかは、暗い。

背後の入口から盛大にあふれこんでくる陽光をたよりに、瓦をひとりで敷きつめた。大した作業ではないけれども、しかし何しろ頭上の床が低く、つねに中腰を強いられるため、体のへんなところが痛くなった。

カラクは外へ出て、のびをして、頭領らしき人のもとへ行き、

「終わりました。さだめし良き音が出るでしょう」

と報告して、現場を去った。

いや、去るふりをした。少し行ったところで、

――忘れものをした。

という体でさりげなくもどり、またしても階段のうしろから床下へもぐりこんで内側から立て板をはめこんだ。

誰にも見とがめられなかった、はずだった。何しろ突貫工事の最終日である。みんな他人どころではないのである。

カラクは息をとめ、様子をうかがった。

しばらくして息を吐いた。まわりを見たが真の闇である。頭上から髪の毛ほどの光線も洩れ入ってこないのには感心せざるを得なかった。よほどぴったりと舞台の板が組んであるのだ。

檜のかおりが、濃い。

くしゃみが出そうになるのをこらえつつ、カラクはそっと左ひざをつき、右ひざをついた。

瓦の上へ、あおむきになった。

背中が痛い。かちゃかちゃ音が立つかもしれぬと思うと寝返りを打つことはできず、体はこわばったままであるが、それでもふだんの疲れが出たのだろう、いつのまにか寝入ってしまった。

目がさめたのは、

トン

トン

という音のせいだった。

ひびきが四散してわかりづらいが、上から来ている。おそらく役者がひとり舞台に立っていて、下準備とばかり、板のふみごこちを、

（確かめて）

実際には、それをしているのは役者ではなく徳川家康だったわけだけれども、カラクはそれを永遠に知ることはない。彼はほどなく階段を下り、玉石をふんで去って行った。カラクはながながと息を吐いた。

ふたたび、頭上が静かになる。

立て板の向こうの外界では、客をすわらせる毛氈やたたみを敷いているらしい人足の声がする。カラクはもう眠れず、あおむきのまま、

(殺す)

そのことしか、頭にない。

(殺す。この手で。秀吉めを)

数日前、宗湛にこの仕事のことを言われたとき、

——俺がやります。ひとりで。

と即答したのは、これを思い立ったからである。秀吉はじきに来るだろう、来れば最前列にすわるだろう。

いまのカラクにいちばん近い席。そうして誰もが舞台の上に集中している観劇《ものみ》のさなかに飛び出して、短刀をかざし、その首をいっきに掻き切るのだ。

秀吉の顔は、知っている。

まちがえようがない。七年前、カラクは生駒越えの暗峠においてて山にひそみ、秀吉が、

道のまんなかに床几をすえて湯を飲もうとしたその口へ石を投げ、茶碗を破壊した。

そのまま逃げようとしたが兵につかまり、秀吉の前へひきずり出された。その顔、その声。窯の火で焼きこんだように記憶の瓦へかっちりと定着して砕けることがない。

「あの日、俺に慈悲をかけなければな」

と、カラクは唇の先でつぶやいて、胸に手をのせた。ふところに短刀の入っているのが、ごつごつと麻の服ごしに触覚でわかる。

誰かに依頼されたのではない。誰かにそそのかされたのでもない、純粋に自分の意図での殺害計画。理由はひとつ。待つうちに、立て板の向こうで人の声がしはじめた。大工や職人とはあきらかにちがう、悠揚たる大名どもの声、声、声。

その声がぴたりとやんで、秀吉も来た。

声が、ちかい。予想どおり最前列に座を占めたのにちがいなかった。

それから膳が出たらしい。雑談のさざめきがふたたび起こり、それに交じって箸をつかう音や、皿と皿のぶつかる硬質の音がしたけれども、気になったのは、或る時点から、

(女の声)

それも、まぢかで聞こえるのだ。

最前列か。だとしたら秀吉のとなりか。ほかはみな男の声ばかりなので、カラクには、その女の声がしだいに精《くわ》しく聞きわけられる。

つねに嗄《か》れているような、その嗄れぶりまでもが小鮎《こあゆ》のごとく艶《つや》があるような……。

「草千代さん」

思わず、声が出た。

あわてて口をとじ、つばをのむ。しかし唇はまたひらいて、

「なぜ、ここに」

†

同時刻。

いや、家康はその少し前から、

（女め）

いらいらしている。

この気のながい男にはめずらしく、あぐらをかいた足の先がしきりと微動してやまぬ。

自分の左前の席の秀吉へ、何とか、

（話しかけねば）

家康には、天下の用がある。

ひとつは渡海の諫止《かんし》だが、いまは口に出さぬほうがいい。問題はもうひとつのほうだっ

た。家康はあのとき、本丸御殿の表座敷で、

――そもそも太閤様がなぜ唐入りを思い立たれたか、確かめたい。

という意味のことを秀吉へ述べたし、それは実質的には、

――この家康が、言いあててやる。

と宣言したにひとしいのだ。

秀吉もまた、そのことを正確に受け止めただろう。だからこそ秀吉はまたぞろ「腹が痛い」などと気まぐれを言わず、予定どおり、こうして猿楽を見に来たのである。家康としては、ようやく下ごしらえがすんで、

――さあ、これから。

というところで女がしゃしゃり出てきたわけだった。どこの馬の骨かは知らぬが、

「ご息災ですか。お茶々様は」

とか何とか尋ねたとたん、秀吉は女の首から顔を離した。

さあらぬ体《てい》で、しかし熱心に会話しだした。石田三成がときおり右から、

「太閤様。ご一献」

瓶子をぬっと突き出しても、秀吉は気づかぬか、気づいても面倒くさそうに手で払うのみ。家康は、このときばかりは三成に同情したというより、

(何を、なさる)

三成とおなじ不服顔《がお》までしたのである。

結局、口をはさむこともできぬうちに膳が下げられ、舞台の上に笛、小鼓、大鼓、太鼓の囃子《はやし》方があらわれた。

役者があらわれ、舞いはじめた。

金春座の「熊野」。家康はろくろく見ていない。事前にあれほど念入りにあらためた舞台の足ぶみの音のひびきも、

(秀吉)

まったく耳に入らなかった。

舞いがはじまると、女は、さすがに遠慮したのだろう。秀吉との話をやめ、正面を向いて座りなおした。

あごを上げ、舞台を見つめた。その様子をななめうしろから見つつ、家康はいぶかしむ。

どんな身分かは知らないが、この女、この手の席に、

(慣れている)

天下人のとなりに座を占め、声望とどろく大名どもの視線をあつめて怯《ひる》むことがなく、堂々というより恬《てん》としている。その心のよりどころは、ひょっとしたら、

——教養。

かもしれぬ。

家康は、ふとそう思ったりした。猿楽のみならず和歌、絵画、管弦、茶事、生花……すべてにおいて専門家ではないにしても、すべてを理解し得るという自信は、その人をひときわ大きく見せる。

むしろいまは、秀吉のほうが心がるすになっているようだった。またたく星空へ目をやったり、かと思うと下を向いて何かつぶやいたり。

さっきの女の話が原因であることは明らかで、家康は、

（ほとぼりが、さめてから）

舞台に集中することにした。役者は若手が多いとはいえ、さすがは金春座、あぶなっかしいところはないなと思ったきり家康もしかし意識がどこかへ行ってしまう。

気がつけば、舞台前面の階段を凝視して、

（あれは、何の意味がある）

と、ふだんなら決して考えぬことを考えている。猿楽においては囃子方も、役者らも、奥の橋懸から出入りする。あの階段が使われるのを見たことがない。むかしの何かの名残りだろうか。

舞いは、なおも進む。

ようやく劇が中盤にさしかかる。主人公である若い女が——もちろん面《めん》をつけている——牛車《ぎっしゃ》にのりこみ、花見のために清水寺に向かう、そのとき牛車の窓から外の風景をな

がめては物思いに沈む場面。ふるさとの母が重病なので、ほんとうは花見になど行きたくないのだ。

背後から、

「太閤様」

話しかけようとした。ぐずぐずしていたらこんどは右から三成がちょっかいを出すやもしれぬ。

が、その声の出ぬうちに、秀吉がぐるりと頭をまわして、

「徳川殿」

「はい」

「唐入りの理由《わけ》、じゃったな」

声が大きい。家康は、

(そっちから)

好都合だと思いつつ、

「いかにも」

「聞こう」

するどく言われて、家康は、左右へ目を走らせた。まわりの三間《さんげん》以内の列席者全員、こちらのほうへは顔を向けず、しかし耳はそばだてている気配である。

いや、少なくともふたりは家康をはっきりと直視している。石田三成と前田利家である。家康は、

(ちっ)

内心、舌打ちした。余人に聞かれると面倒になる。だがもう後戻りもできぬ。意を決して、

「こたびの太閤様の壮挙につきましては、巷間《こうかん》、いくつかの説がおこなわれております」

小声で、というわけにもいかない。おのずから舞台をないがしろにする私語のごとき恰好で家康はつづけた。いわく、或る者は封土のためだと言う。

秀吉は、あらたな封土がほしいのだと。天下統一が進んで敵が減り、味方の恩賞となる土地がなくなったため、海外のそれを切り取ろうとしているのだと。

また或る者は、勘合貿易の復活のためだと言う。明の産する文物を、ひいては明にあつまる世界中の文物を、わがものとして莫大な利益をあげるつもりなのだと。

ほかにも或る者は秀吉が歴史に名をのこしたいからだと言うし、或る者は権力者の気まぐれと言うが、

「それがしの目には、いずれも見当ちがいにて……」

「前置きが長い」

と、秀吉がさえぎった。

家康はにわかに心拍数が上がり、上がった自分におどろいた。この動揺が何に由来するのか、われながら測りがたい。

秀吉には、過去に一度勝利したことがあるのに。将来はこっちのほうが長生きするにちがいないのに。その負け老人に、こんな短い一言でまるっきり心理を支配された。

人間のいくさで、負けている。ただし家康はそう思いつつも、

（これが、覇権か）

学僧のように秀吉を観察している。

家康という男は、本質的に、くそがつくほど勉強ずきなのである。書物を読む勉強もじつは嫌いではないけれども、それ以上に、生身の人間を読む勉強。このときは役者の所作よりもはるかにむつかしい、そうして役者の所作よりもはるかにお手本のない、

（天下人の、所作）

それを実地に吸収している。だが勉強は一瞬で終わった。家康は、

「申し訳ございませぬ」

と、ちょっと目を伏せてみせて、

「それでは手ばやく拙者の料簡を申し上げます。われら日本中の大名の、結束」

「結束？」

「いかにも。太閤様のご真意は、じつにその一点にあったのです」

家康本来の鷹揚な口調にもどり、ときあかした。これまで、というよりごく最近まで、日本中の大名はたがいに干戈《かんか》をまじえてきた。

はっきり言うと、殺し合ってきた。しかしそのなかから豊臣秀吉という最強者があらわれ、他の大名を臣従させ、一対多の国家秩序がいちおうのところ成立した。

成立したが、いかんせん日があさい。いまわれわれ臣従者はこうしておなじ場にならび、おなじものを食い、おなじ猿楽を見物しているが、それはしょせん火薬玉をならべたようなもので、ちょっとばかり火がつけばたちまち爆ぜて四散してしまう。

世の中が、ふたたび殺し合いの巷《ちまた》になる。そうなってしまったら天下を統一したかいがないばかりか、秀吉はあたかも往年の室町将軍のごとく、権威がおとろえ、居るのか居ないのかわからぬ存在になる。

だから秀吉喫緊《きっきん》の政策は、その予防ということになる。

国家秩序の強化である。その強化のための手段として、

「こたびの、唐入りを」

これひとつ発案しただけでも、秀吉というのは人間の名品にほかならなかった。性が合わない者たちに手をむすばせる最も手っ取りばやい方法は、共通の敵をこしらえること。

おなじ方向へ目を向けさせること。その共通の敵というのがこの場合は明であり、朝鮮だった。これらに戦争をしかけることで大名たちの結束がかたまり、その上おのおの保

有する戦力までもが削減できる。

一石二鳥である。すなわち今回の出兵は、独裁体制を盤石にすべく企図された、秀吉の、秀吉による、秀吉のための出兵である。国内のために外国をだしにする。結束と言うと聞こえがいいが、要するに目的は統制と去勢にほかならないのだ。

「以上」

と、家康は、そこまで述べて口をつぐんだ。秀吉の目をひたと見つつ、

（確実だ）

何度も何度も考えを練り、あらためた末の結論なのだ。誤りであろうはずがない。ただしここで秀吉は、

「そのとおり」

とは言えないだろう。

おもてむきは「ちがう」と言うだろう。そのこともまた家康は予想していた。これを公然とみとめたら、みとめたこと自体が国家秩序にひびを入れてしまう。案の定、

「ちがう」

秀吉は、即答した。

家康はもとより突っ張るつもりはない。ちがうことはないでしょう太閤様、いやちがうぞ徳川殿の問答をかたちばかり二つ三つしたところで、

を、

「恐れ入りました」

と言って折れてみせ、それでおしまいにするつもりだった。目的はあくまでも右の真意を、

――家康は、知っている。

と秀吉に意識させることであり、そのことによって自分への態度を矯正《きょうせい》することにある。十五や六の青年ではあるまいし、言い負かすことに意味があるとは最初から考えていないのである。そこで家康は、やや肩の力を抜いて、

「いや、太閤様、おことばを返すようですが……」

「控えなされ」

と、横から口をはさんだのは三成だった。三成はその若くつややかな耳をまっ赤にして、

「ご歓楽の最中に、言いがかりもはなはだしいですぞ」

「言いがかり？」

「そうではないか、徳川殿。せっかく太閤様が辛苦の末ようやく泰平を世にあらしめたものを、貴殿はふたたび戦乱の場にもどれかしと」

(ばかか)

家康は、頭に血がのぼった。口調はつとめて穏やかに、

「いやいや、治部少輔殿、そのようなことは……」

「われらみな五七桐（豊臣家の家紋）の旗のもと、すでに心をひとつにしている。余計なことを申されるべきではない」

「ならば貴殿はどう心得られる？　このたびの唐入りの真の理由」

「理由をいまさら問うこと自体、二心のあらわれ。その腹に一物あればこそ……」

「死ね」

と、家康は、あやうく口から出そうだった。それこそ十五や六の青年なみの反論である。こっちの説をろくろく咀嚼していないばかりか、それこそ何の意味もない忠誠競争、道徳競争の材料《たね》にしようとしている。

白鷺《しらさぎ》をよごして烏《からす》にしている。話が先に進まない。

（だから、余人には）

家康は、両手で顔を覆う。

一瞬だけ、敵意が表情にあらわれたのである。ただちに円満顔《がお》にかえし、手を除《の》け、除けつつ秀吉の目をうかがう。

かがり火の逆光でよくわからないが、こちらを見ていることはたしかである。怒ってはいない。よろこんでもいない。無表情というよりはそれこそ猿楽の面をつけているかのようで、

――興味がない。

の意にも見える。

†

カラクは。

笛の音をきっかけに、身を起こした。

目の前は、依然として闇である。いま目をひらいているのか閉じているのか自分でもわからない。

頭上の床から足音の雨がふりそそぐのは、客席《そと》で見れば優雅な舞踊なのにちがいないが、ここでは沛然《はいぜん》たる驟雨《しゅうう》だった。うるさい。しつこい。人間というのはひょっとしたら、ふつうに生活していてもこれくらいの足音は出しているのだろうか。

わずかの米粒をもとめて根太《ねだ》の下を這いまわる鼠の気持ちが、

「よう、わかったわ」

片ひざをつき、声に出した。出したところで誰にも聞こえないだろう。足音の雨は、楽器の雷鳴も伴っている。

檜のにおいが、強くなった。

カラクは前面のほうへ体の向きを変え、例の、立て板の前に行く。

左手をひろげ、立て板にあてる。

力をこめて押し出せば、それは前にたおれるだろう。目の前に階段があらわれるだろう。その後の行動についてはカラクはすでに頭のなかで何百ぺんも練習してきた。階段は右へ避ける。秀吉めがけて疾走する。刺すのはだめだ。首を斬る。やはり罪人は斬首の刑に処さなければ。

「待ってろ」

もっとも、この単純な行為のなかには注意すべき要素がたくさんある。

特に重要なのは、ふたつである。まずは目だ。屋外へ出たら明るいものを見てはいけない。

かがり火はもちろん、白い玉石も、夜空の星でさえも、およそ光るものを直視することは断じてならない。この暗闇に慣れきった目でそんなものを見たら、世界のすべてが白く飛び、何もわからなくなるからである。

出たら薄目をあけろ。紙のように視界をせまくしろ。秀吉のいどころは声でつかんでいる。距離もわかる。薄目のまま、

（つっこむ）

もうひとつは、足はこびだ。中腰のまま飛び出して、足がもつれたら一切が終わる。あせりは禁物だ。駆けはじめの二、三歩はゆったり大またでいい。背すじは、のばさぬ。ど

こまでも腰はかがめたまま行く。

「ふう」

とカラクは息を吐き、それから右手をふところに入れた。

短刀を出し、片手で器用に鞘から抜いた。

鞘は、置いた。瓦の上でカチッと音が立ったけれど、これももちろん客席には達しないだろう。

「待ってろ」

カラクはまた言った。すべての準備は完了した。あとは左手がこの立て板を押しさえすれば万事は成る。この国の歴史が変わる。

いまごろ朝鮮のつめたい風に吹かれているであろう日本兵たちは侵略をやめ、船に乗って、むなしく、またはよろこんで帰国の途に就く。

が、つぎの瞬間、

(待て)

カラクは、左手を板から離した。

「草千代さん」

口に出した。

そうだった。客席の最前列、おそらく秀吉のとなりに彼女はいる。ほかの女ではない。

いま自分がここを出て秀吉に刃《やいば》をふるったりしたら、警固の武士が来て、自分を斬り殺すことは確実だけれども、その巻き添えを彼女が食うかもしれない。

最悪の場合には乱刃のひらめきに逃げおくれて、

(死体《むくろ》に)

もっとも、食膳はすでに下げられている。これもやはり音でわかる。草千代もただの酌婦ならいっしょに去っただろうが、それ以上の奉仕をするつもりなら、去らずに秀吉の横にとどまるだろう。

どちらを取るかは草千代しだい、いや、

(宗湛しだい、か)

そもそも彼女がここへ来たのは、十中八九、宗湛がつれて来たのにちがいなかった。秀吉をよろこばせるために。秀吉への供物とするために。

宗湛も宗湛だが、それに応じる、

「草千代さんも、草千代さんだ」

カラクはつぶやき、目の前の板につばを吐いた。何という汚れた女だろう。これでは娼婦とおなじではないか。

もっとも、実際のところ、カラクはずいぶん草千代とは口をきいていなかった。あの波戸岬の破《や》れ小屋で濃密な時間をすごした夜以来だから半年以上になるだろうか。おもてむき変化があったわけではない。草千代はあれからも岸岳へときどき来たのだけれど、カラクのほうが窯から離れることができず、話の機会がなかったのである。

いや、ほんとうのところはどうだろうか。窯の火を口実にして、カラクは草千代を避けたのかもしれない。何しろどう話していいかわからなかったのだ。彼女がキリシタンという事実は、カラクには、それほど衝撃的だった。

一般に、ほかの地方とくらべて、九州ではキリシタンはめずらしくない。

差別や偏見の風もとぼしい。だがキリシタンの存在はあくまでも一部の都市または地域にかぎられるので、差別や偏見以前に、そもそもカラクには彼女がはじめての実物だった。

それでなくても彼女に対しては熱病のごとき感情を抑制できないのに。とにかく草千代はいま、客席に、

（いる）

ひょっとしたら、

（いない）

頭上の足音がうるさすぎる。もはや耳では判断できない。どっちにしても、

「やる」

カラクは声をあげ、ふたたび立て板に左手をつけた。

手のひらをひろげて、ぴったりと。いつでも押し出せるように。

†

草千代は。

あごを上げ、舞台の役者を注視しながら、

(小太郎。おなか。竹丸)

胸のうちで、子供たちの名を誦《ずん》じている。

(小太郎。おなか。竹丸)

夫の名も呼ぶ。会いたい。いますぐ。会って単調な日々をすごしたい。些事の塵《ちり》にまみれたい。

食事のときは箸は握るなとか、昼寝のときは腹を出すなとか、口をすっぱくして言ってやりたい。そんな願いを繰り返している。これまで無限に繰り返してきたように。

子供と夫は、どこにいるか。

煉獄にいる。裸で火あぶりにされている。彼らに会って天国《パライソ》へ行くには草千代が信仰を捨てず、罪を犯さず、天寿を全うしなければならないというのが京の司祭《パードレ》の忠告だった。問題は最後の一条だった。天寿を全うというのは、要するに、

——自殺するな。

という意味なのだが、いまの草千代には、これほど困難な仕事もないのである。毎日、毎刻、自殺衝動にあらがって存在することをつづけるのは、大河をさかのぼって泳ぐようなものだった。気がゆるめば流される。二度と泳ぎに戻れない。心地よく死の河口へと運ばれ去ってしまうのだ。

かといって、草千代はまだ若い。年老いて死ぬには時間がかかる。その間《かん》ただただ泳ぎつづけるなど無理というより想像を絶する。その無理な抵抗をかろうじてつづけるための唯一の方法が、

(小太郎。おなか。竹丸)

心のなかで名を呼ぶことだった。それをしているときだけは、草千代は、おのが存在のむなしさを忘れることができるのである。

いや、もうひとつある。それが、

(おひい様)

思いを馳《は》せること。

お茶々である。織田信長の妹のおいちが浅井長政とのあいだに生んだ三姉妹の長女。長政がほろぼされたのちは母や妹もろとも柴田勝家に引き取られ、北ノ庄へ来た。

北ノ庄では、草千代がお茶々の相手をした。蹴鞠をやったり、茶をやったり、書をとも

に読んだりした。ふたりして城の天守に上がり、雪をいただく白山《しらやま》をはるかに眺めた思い出はいまも心の宝石になっているけれど、その天守も焼け落ちた。北ノ庄城は秀吉の軍に包囲され、秀吉の手で——いま草千代の横にいる男の手で——ひねりつぶされたのである。

柴田勝家は、おいちとともに自害した。

が、お茶々は死ななかった。これは草千代もあとから知ったことだけれども、決戦以前に、富永新六郎という家臣にともなわれて城を出て、秀吉の陣に降《くだ》ったのである。妹ふたりも、いっしょだった。秀吉は、

「よう来た。よう来た」

富永が眉をひそめるほど狂喜したという。年ごろの娘を三人も意のままにできるという性的な食欲の故だったにちがいないが、その食欲は、たっぷりと香料のにおいも嗅いでいただろう。かつて自分を支配した信長の姪たちを、いま支配しているという観念の香料。さだめし食欲は増進したはずだ。結局、いろいろあったのち、お茶々が秀吉の側室となった。

お茶々にしてみれば北ノ庄で「猿め」と唾棄《だき》した、その猿に身を投じたことになる。

——心ならずも。

ということだったか。それとも案外、

——心ひかれて。

ということだったか。草千代はわからない。世のうわさを聞くのみである。その後、草千代の知ったのは、お茶々が秀吉の子をみごもったこと、および、みごもっただけで秀吉に城ひとつあたえられたことだった。

世の男どもが命がけで城のとりあいをしている時代にである。その城が京の南方、山城国淀《よど》城だったことから、お茶々自身も、

――淀の方。

などと正室なみの呼びかたをされるようになったとか、ならぬとか。城そのものが産室だった。

こんな高貴な地位は、生んだのが男児だったことで絶頂に達した。お茶々は男児を生んだのではない、豊臣の未来を生んだのである。男児は鶴松と名づけられ、病弱の故に三歳で死んでしまったけれども、地位は変わらない。

淀城も、やはりわが家でありつづけた。そういう遠い存在になってしまったお茶々の身を、

（おひい様）

世塵《せじん》のなかで思いやることは、たしかに草千代の生《せい》の泳ぎをいっとき休ませる岸の枯れ枝だったのである。だからこそ草千代は、さっき、秀吉に顔を離させて、

「ご息災ですか。お茶々様は」

と聞いた。その真意は、

——あなたは、あの人を大切にしているか。

秀吉の反応は、意外に顕著だった。口調こそ穏便ながら、

「おぬしは、何者」

まぶたが、わずかに上を向いている。草千代はちょっと点頭して、

「かつて、お世話申し上げておりました。北ノ庄で」

「ああ、柴田の」

「九年前です」

「そんなものか」

「お世継ぎは」

「え？」

「お世継ぎは、いまだ生《な》されませぬか」

と草千代は問いつつ、

（言った）

肩の荷が下りた気分だった。そもそも草千代が宗湛のもとめを容れてここに来たのは、これを言うためだったのである。鶴松が死んでからもう半年以上すぎている。秀吉は真顔で、

「どうして尋ねる」

「約束したのです。私が、おまもり申し上げると」

「お茶々を？」

「はい」

「ふむ」

秀吉は顔を寄せてきて、くだけた調子で、

「何ぶん出立のきわは、諸事多忙じゃったからのう。たねを蒔《ま》きそびれたわい」

卑猥《ひわい》な言いかたをした。草千代はぴしゃりと、

「そんなふうだから、世の評判になるのです。鶴松様の父親は、じつは太閤様にあらずと」

「何」

秀吉の顔が、にわかに変わった。草千代はさすがに、

（怖《こわ》）

舌のつけ根がしびれたが、つとめて平静に、

「もちろんそんなのは、口さがない京雀の申すこと。相手とするに足りません。だいいち太閤様はともかくとして、あのおひい様が、べつの男と親交《むつ》ぶなどあり得ませぬ。ただこういう世のてんごう口《ぐち》をふさぐためにも、太閤様はおひい様をねんごろに遇し、はやく次

のお子を……」

「子を生むは、世の評判のための為事《しごと》ではない」

「豊臣家《おいえ》のためでもござりませぬ。おひい様を天下の母とするために、太閤様には何としてもう一《ひと》いくさ、してもらわねば」

「一いくさ、か」

秀吉は、にたりとした。冗談だと思ったものか。草千代は、

「ええ」

「わしはもう、年寄りじゃ」

と言うと、秀吉は、おりたたんだ扇でほたほたと自分の股間を打った。草千代は、

「たったいま、顔をお埋めになりました」

顔をかたむけて、

「ここに」

おのが首すじへ指二本を這わせた。その性欲をお茶々に使えなどと露骨に言うことは自意識がゆるさない。

秀吉の向こうには、若い大名がいる。

はじめて見る顔だけれども、何となく、

(治部少輔様)

彼はこちらのほうを見つつ、薄暮でわかりづらいが、にがい顔をしているようだ。はたして石田治部少輔三成ならば、彼はなるほど豊臣政権の後継者を自任しているはずで、世継ぎの話は愉快ではあるまい。

秀吉は薄笑いして、

「女」

「はい」

「おぬしは理解しておるのか。わしはいま、ほんものの大いくさをしておるのじゃが。そのために名護屋に来た。あれは淀におる」

つまりは、

――たねは、蒔けぬ。

と言いたいのだろう。草千代はいずまいを正して、

「ならば、問います」

「問え」

「そもそも太閤様は、なぜ唐入りなど。おひい様をさしおいて……」

と、さらに語を継ごうとした。もしも継いでいたとしたら、

――小西行長様にも、命をすてさせて。

とまで口にしていたかもしれないが、秀吉はきゅうに身をひねり、例の若い大名へ、

「もうよい」

「はっ」

若い大名は、やはり石田三成なのだろう。首を左右へふり、ひかえの侍へ合図した。侍が、わらわらと来る。

すべての客の膳を下げてしまう。舞台の上には囃子方があらわれ、役者があらわれて「熊野」の舞いがはじまった。

草千代は、

(猿楽か)

心が安らいだ。こんなものを拝むのは、それこそ北ノ庄のころ以来だろうか。よく調整された音と声、それと、ながれる時間をながれるままに木枠へはめこんだかのような役者のうごきに胸をゆだねる。

うつくしき芸のみちの味わい。それも一時《いっとき》。草千代は大河の遡上を思い出し、

(小太郎。おなか。竹丸)

心のなかの習慣《ならわし》に帰る。あごを上げ、舞台の役者を注視しながら。

†

秀吉は。

ほかの客たちと同様、舞台の上へ目を向けながら、

（なぜじゃ）

内心、ふしぎでたまらない。

どいつもこいつも、どうして唐入りの理由を聞きたがるのだろう。

（どうしてわからぬ。こんな簡単なことが）

ふりかえれば、四日前からそうだった。まずは家康。いったんは前田利家とともに自分の前から下がっておきながら、ひとり来《き》なおして、秀吉がなぜ唐入りを思い立ったのか言いあててみせると豪語した。

つまり家康は、そのことについて、ずいぶん前から熟考していたわけだ。そうして、きょうになったら、この名も知らぬ女が横へ来ておなじことを詰問した。これは秀吉のほうで一蹴したものの、

（そういえば、家康も）

思い出して首をうしろへ向け、こっちから口火を切ってやった。徒事《あだごと》はとっとと終わらせよう、そんな気分だった。

案の定、家康は、

――大名の、結束。

などと吐《ぬ》かした。

自信満々に、見当ちがいもはなはだしいことを。そこへ三成が割って入るにいたってはもう秀吉はつきあう気になれなかった。ひとり舞台へ顔を向け、劇に集中しようとした。

内心は、

(痴《し》れ者ども)

集中どころではない。とうとう腹立ちに耐えられなくなった。秀吉は、
ぱん
と扇でひざを打ち、舞台の上へ、

「やめい」

声を押し殺した。

声は、とどかなかったのだろう。

能面をつけた熊野はあいかわらず妙《たえ》なるしぐさで帰郷の願いをうったえているし、笛の音は愁絶の気をなびかせて幽境を現ぜしめている。秀吉はもういちど、

「やめい！」

一喝し、立ちあがった。

役者が、ぴたりと身のうごきを止めた。

それまで人間の顔としか見えなかった能面が能面になり、遊女・熊野としか見えなかっ

前に出て、ふりかえり、
囃子方は全員こちらを見て、生《なま》の恐怖をあらわしている。秀吉はざっと音を立てて一歩前に出て、ふりかえり、

「貴殿ら」

約九十名の客に対して語りだした。

「貴殿らは、よほど気にしておられるようじゃのう、このたびの唐入りの理由《わけ》を。たったいま、そこの見知らぬ女にも問われたし、大納言殿（家康）も説き及ばれた。かつては弟の秀長にも言われたし、筑紫の坊主も、おーい、おぬしも案じておったかのう。そうかそうか」

と、うしろのほうの宗湛へ声をかけてから、また全員へ、

「それらに対し、わしはいちいち応答《いらえ》しなかった。そんなもの、ほんとうはみんなわかっておると信じていたからじゃ。ところが」

と、秀吉はそこまで言ったら失望を隠せなくなった。横へつばを吐いてから、

「ところがそれは、わしの大きな勘ちがいじゃった。貴殿らは何もわかっておらなんだ。わしの耳に入るのは大名の結束だの、恩賞用の領土ほしさだの、勘合貿易の復活だのいう胡乱《うろん》の論ばかり。誰も彼もまあよくもここまで方角違いにものを考えられると逆に感嘆したほどじゃ。なるほど結果としてそういう利益を期待したことはたしかじゃが、あくまで

も結果への期待でしかない。やる前の『なぜ』ではない」

口調は、激しつつある。

われながら止められない。これも年をとったからかと秀吉は心にふと浮かんだりした。

客たちは、自然と平伏の姿勢になった。あらしの過ぎるのを待つ人のように身じろぎもせず、しわぶきもしない。ひとり家康は顔をあげて、

「ならば、何のために」

はっきりと口をゆがめた。秀吉はそちらを見おろして、

（こいつ）

親しみをおぼえた。こいつも年をとったものか。不満を隠せぬようになった。しかし口調はぶっきらぼうに、

「明白ではないか。わしの身になれば」

「太閤様の身に？」

「ああ、そうじゃ。わしが唐入りを心決めしたのは、つまりな、樹々《きぎ》が」

と明かそうとした瞬間、背後で、
ばん
ばん
二度、音がした。

それは爆音に少し似ていた。秀吉はふりかえった。舞台の上には誰もいない。役者も囃子方も、

(退《の》いたか)

そのほかの発見はなかった。ただ舞台の手前に置かれた階段の奥で、ちらちらと、黒い繭《まゆ》がゆれた気がする。

繭はみるみる大きくなり、こちらへ転がって来た。まさしく、

――転がる。

としか言いようのない、地を這うような接近だった。秀吉はとっさに、

(猪《しし》か)

こんな田舎に城を急造したものだから、猪もろくに追い払えなかった、そう思った。誤解である。この誤解は、秀吉から一切の行動を抑奪《よくだつ》した。

秀吉は、ただ立っているだけだった。猪はいきなり縦にふくれ、秀吉よりも丈高《たけだか》になり、
人間のような両腕が生えた。

人間だった。若い男のようである。秀吉から見て左の脇腹のあたりで赤い星がまたたいた。

たのは、かがり火に照らされた、

(刃)

気づいても、どうしようもない。

そいつが両腕を頭上へふりかざし、半円を描くようにして横に払うと、赤い星もおなじうごきをして、秀吉の首へすっとんできた。

秀吉は、風を感じた。

これまで感じたことのないほどの冷たい風。それが首にふれ、首をつつみ、首を去る。

†

その少し前、カラクは舞台の下にいた。

「やる」

何度も言うばかりだった。

やはり臆していたのだろうか。何としても左手は立て板を押し出すことをせず、膠《にかわ》で固めたようである。そのうちに、

（あっ）

舞台で足音がしだした。

むろんそれ以前からしていたのである。だが秩序の支配下にあった。いまはちがう。カラクはすぐに理解した。何かしら不測の事態が生じたため、役者が素《す》の人へ返り、ばたばた逃げ去った。

カラクは耐えきれず、

「何だ。何が起きた」

口に出した。外界《そと》のほうで秀吉の声がひびきはじめた。ひびきかたからして、こちらへ背を向けている。つまり客に対している。まるで秀吉自身も猿楽の役者であるかのごとき一語一語のさわやかな張り、堂々たるひきしまり。わけがわからぬ。が、結局、これがカラクの決心をうながした。カラクは焦燥のままに左腕に力をこめ、手のひらで乱暴に板を打った。

板は、はずれ落ちなかった。案外しっかりと嵌まっていたらしい。そこでカラクは体をずらし、こんどは両手でたたき押した。

落ちた。

四角に切り取られた外界の景色。そのほとんどは裏から見た階段の踏板《ふみいた》のかさなりで占められている。遠くの星がまぶしい。カラクは急いで目を薄目にして、おどり出た。

あらかじめ決めておいたとおり、階段は右へ避ける。左肩がぶつかった。だいじょうぶだ。体勢はみだれない。最初の二、三歩はゆったり大またで行くというのも遵守した。

腰も、かがめたままである。カラクは小走りになり、両手で短刀をにぎりなおした。秀吉の背中が見える。薄目でもわかる。みるみる大きくなって来るその速度にカラクは恐怖した。もう目の前だ。背を向けた相手に刃をふるうのは、

（卑怯《ひきょう》）

さいわい、秀吉がふりかえった。

秀吉の顔を、カラクははじめてまのあたりにした。はじめてではない。七年前の暗峠。しかしあれとは別人だった。なるほどあのときと同様ちんまりしているし、肌の色も黒いけれど、いまの顔には生気がない。みにくく縮《ちぢ》み萎《しぼ》んでいる。

種子《たね》を取るためわざと収穫せず、冬まで放っておいた野の茄子《なすび》をカラクは一瞬、想起した。風采だけなら自分のほうが立派である。ここで手をくださずとも、ほどなくして、自然の摂理が秀吉を、

（亡き者に）

カラクはそう思い、つぎの刹那、

（ばか）

みずから否定した。この期におよんで、まだ自分は殺さぬ理由をさがしている。怠け者め。その否定のいきおいで、

「うおおおお」

さけびつつ、腰をのばした。

ここまで来ればかがり火も背後に遠く、薄目の必要もない。目をひらいて視野をひろげ、短刀をふりあげた。

頭上から右へ半円を描き、横に払う。

われながら、ねらいは正確。風音《かざおと》を立てて刃《は》が肉に入り、ぬるりと脂《あぶら》の感触がした。

と思うと、石にぶつかったような衝撃。

短刀が止まり、しかしカラクの腕は止まらなかった。両手が短刀から離れ、それを握ったかたちのまま左の空《くう》へふりぬかれた。

短刀は、ひとり首にくいこんでいる。首の骨というのが存外に太く、容易に切れぬものであることは、侍ならぬカラクには知るよしもなかった。

一瞬の間《ま》ののち、血が噴き出した。

短刀がはじき飛ばされた。驟雨のごとくカラクの顔にふりかかった。人肌のあたたかさ、強烈な鉄くささ。じゃりっという音がしたのは、斬られた男が玉石へひざをついたのである。まるで脱ぎ捨てられた着物のように男はくたくたと正座の姿勢になり、猫背になった。

カラクは、それを見おろした。感慨はない。ただ見おろすだけだった。

何となく。

としか、言いようがない。

カラクは何となく顔をあげた。そうして何となく左を見た。秀吉がいた。こちらを向いて突っ立っている。顔がきれいだ。返り血もとどかなかったのか。それはそうだ。ここからけっこう距離があるからなあ。

それにしても突っ立ったまま、どうして何もしないんだろう……たっぷり一刻（二時間）も経った気がしたあとで、カラクは、

「う」

息がつまった。

目じりが裂けるほど目をひらいた。首に傷がない。秀吉はそこで、たしかに、

（生きてる）

腰が抜けた。わけがわからぬ。わからぬが自分がいま斬ったのが秀吉ではないことは確かだ。べつの誰かを。誰を。カラクは尻をついた。そいつに寄り添うような恰好になった。

そいつはなお、正座したままうなだれている。

頭部がゆらゆらしている。下から覗きあげたとたん、カラクは、

「草千代さん！」

男ではなかった。髪がみじかいのでそう見えたが、実際は、髪をうしろで玉結びにしているだけ。

（ばかな）

その瞬間、カラクの脳裡の床の間に、たったいまの出来事の画《え》がつぎつぎと掛けられた。

カラクはたしかに秀吉へ向かった。その首の肉へ刃を入れた。いや、その直前に右から草千代がぶつかってきて、秀吉をはじき飛ばしたのだ。

カラクの刃は、だから草千代の首の骨にぶつかったのだ。秀吉の身がわり。女が男の。

「草千代さん。なんで、なんで」

声をあげつつ自問する。どうして自分は、短刀を、

(止められなかった)

結論はすぐに出た。

——無理だ。

このことだった。要するに自分は見えていなかった。その前に薄目をやめ、目をひらいたことは関係ない。もともとの視力が極度に低下していたのである。

低下の原因も明白だった。これまで岸岳であんまり窯の火を見すぎていたから。つよすぎる光に目が毒されてしまったから。

もしもこの近眼《ちかめ》がなければ。もしも視力が良好だったら。この痛恨の人ちがいを、

——止められた。

カラクはそう信じたかった。責任を自分自身ではなく、自分の目に帰したかったのだろう。実際ほんとうに止められたかどうかは、もはや考える意味がない。

草千代は。

存外、おだやかな顔である。

口のはしから桃色のあわを吹きつつ、息もさほど切れていないようだった。ひょっとし

たら、

(傷は、あさい)

カラクはその期待を持った。草千代はぐらりと身を起こし、カラクの目を見た。

「草千代さん!」

とカラクは応じたが、彼女の目的は、どうやらカラクではないようだった。

ゆらゆらと視線をさまよわせ、秀吉のほうへ定めると、唇をひらいた。生まれてはじめて語を発する赤ん坊のように。

†

その少し前、草千代は秀吉の左にいた。

草千代は、秀吉と同様、あごを上げて、舞台の上を注視していた。

「やめい!」

と秀吉が一喝し、舞台の上をきれいにして、客に対して語りだしたときには身じろぎもせず秀吉を見つめた。

ほかの客がほとんど平伏の姿勢になってしまったことを考えると、われながら驚くほど大胆なふるまいである。その理由は、草千代自身は、

（おひい様）

それだけだった。ここで自分がひるんだら、他の連中とおなじと思われたら、おひい様を大切にしろというさっきの訴えまでもなまくらになる。そのぶん秀吉は、お茶々を、

（ないがしろに）

そう考えるとき、草千代には、しかし秀吉に対する敵意はない。敵意どころか逆にこの身をささげたい気でいる。当然ではないか。大切にしたい人の夫なのだから。

が。

そのさなかに、舞台の下から鼬《いたち》が出て来た。

草千代はすぐに気づいた。鼬は階段の左へ——草千代から見て左へ——出て、こちらへ刻み足で近づいて来た。

かなり早い段階で、

（カラク）

その若者を思い出すのはじつに久しぶりのような気がした。カラクは短刀を両手で持っている。何をする気か。誰かを、

（殺《あや》める）

まちがいない。草千代はかつて人が人を殺す刹那をまのあたりにしている。間口九尺、奥行二間。根小屋の隣人。たしか公家侍あがりの老人。

あのカラクは、あれとおなじ目をしている。となれば、カラクの標的は、

（太閤様）

そのこともまた確実だった。秀吉は演説をやめ、ふりかえった。

が、逃げることはしなかった。それが天下人の豪胆というものなのか、あるいは情況を理解していないだけなのか。カラクは短刀を頭上にかざし、左へまわして斬りつけた。

その前に、草千代は足をふみだしている。

秀吉の前に立ち、カラクに相対している。カラクの攻めは正確だった。草千代の首を犯した。

がつん、といきなり視界がゆれた。刃が首の骨にぶつかったのである。カラクは両手を――両手だけを――ふりぬいたため、短刀は首にくいこんだままとなり、

（重いなあ）

草千代は、みょうに明瞭に感じたりした。

そこから血の噴き出したのも、自分の血とは思われない。ただし気が遠くなるのはわかった。

立ったまま死ぬつもりだったけれども、気がつけば、視界が玉石でいっぱいだった。腰が落ち、頭が垂れたのだ。玉石が海面《みなも》のように波打っているのは、こっちの首がゆれているのだろう。

その玉石の手前に、カラクの顔がぬっと来た。

こちらを覗きあげているのだ。顔じゅう黒く血まみれになり、ふたつの目だけがぎょろぎょろしている。

「草千代さん。なんで、なんで」

くりかえすので、草千代も、

（なんで）

自問することになる。

なんで自分はこの挙に出たのか。きまってる。秀吉が、

——おひい様の、夫だから。

ではない。そんなのはどこかへ行ってしまった。理由はただひとつ、

（小太郎。おなか。竹丸）

そうして、

（天国《パライソ》）

思い返せば草千代は、舞台の下に髑を見た瞬間、あるいはその髑がカラクだとわかった瞬間、

（これだ）

歓喜に脳を支配された。これで死ねる。いますぐ。煉獄で火あぶりにされている子供と

夫を救い出し、いっしょに天国へ行くことができる。なぜなら自分は信仰を捨てず、罪を犯さず、自殺もせずに死ぬのだから。

他人に手をくだされるのなら、子供や夫とおなじである。それは自殺ではないし、したがって教義の上での罪悪ではない。すべての条件はみたされる。

カラクはなお、血まみれの顔で、

「なんで、なんで」

と言っている。

それこそ頑是ない子供のように。草千代はゆらりと身を起こし、秀吉をさがした。すぐに見つけた。こっちを向いて突っ立っている。その首に傷がなく、胸が息をしていることが草千代をふかく満足させた。自分はそれに成功したのだ。

満足したとたん、意識の白濁がはじまった。

一枚、また一枚と羅《うすもの》でふんわり覆われる感じ。草千代はにっこりして、

「太閤様」

「……何じゃ」

「この男児《おのこ》、名はカラクです。寛大など処分を」

激しく咳きこんだ。しかし耳は秀吉の声を待つ。秀吉はこたえる義務があると思う。こっちは命の恩人なのだ。

秀吉は、

「そなた」

口をひらいたが、それにつづくのは、この場には似つかわしくないことばだった。

「そなた、草千代という名か」

この偉い人でさえ混乱しているのだろうか。それとも天下人とはそのようにして敬意を示すものなのか。草千代はもう返事はできなかった。痙攣《けいれん》が来た。正座したまま胸が反り、後頭部が落下した。

じゃりっという玉石の音が、みじかく余韻を曳いて消える。一瞬、あたりが無音になった。ただちに左右から、

「狼藉者！」

「刎ねろ、首を刎ねろ」

「膾《なます》にしろ！」

声をあげつつ警固の武士が殺到した。七、八人か。みな抜刀している。カラクに勢いよく刃をあつめようとしたが、秀吉がおもむろに、

「やめよ」

とつぶやいたので、ぴたりと止まった。

カラクは、膝立ちになっている。

遺体《なきがら》のかたわらで、ぼんやりと口をあけて。ただし体はうごいていた。両手で遺体の頭をはさんで胴にぐっと押しつけている。傷を継ごうというのだろう。秀吉は、

「カラク。朝鮮の子」

呼びかけた。

カラクが手をとめ、秀吉のほうを見る。秀吉は、

「おぬしを、ゆるす」

偶然ながら七年前の、あの暗峠のときとおなじ文句だった。ただし秀吉も、カラクも、このとき当時を思い出したかどうか。

――ゆるす？

――まさか。

という顔をした警固の武士たちへ、秀吉は、

「場をわきまえよ。これなるはこの太閤の、入城祝いの催しぞ。罪人《つみびと》を出すことまかりならぬ」

この日は。

全員、のちに知ることになるが、この日はたまたま海の向こうで日本軍が朝鮮の首都・漢城《ハンソン》（現在のソウル）を陥落させていた。

彼らは富山浦への上陸から半月ほどで約八十里（三百キロ以上）の道を走破し、走破し

つつ勝ったのである。朝鮮国王・宣祖《ソンジョ》はからくも漢城を脱出し、さらに北方の平壌《ピョンヤン》をめざしたため、戦争はなお継続された。

名護屋も、その基地でありつづけた。

8　なぜ秀吉は

その晩は、猿楽は再開されなかった。

じきに散会となった。客たちとともに家康もまた去ろうとしたのを、秀吉は、

「徳川殿」

手をかざして呼びとめて、

「今宵は、お帰りあるな」

「は？」

「お帰りあるな、二軒こしらえたという陣屋のどちらにも。城内《しろ》に泊まられよ。明朝、天守へおまねきする」

申し出そのものは、めずらしくもない。どこの城主もやるもてなし。だが家康がさっと

目を細くしたのは、もちろんのこと、秀吉がそこで、

——例のこたえを、出す。

そのつもりと見たからにちがいなかった。あの刃物を持った曲者《くせもの》のせいで、話は途中になっている。

実際、秀吉はそのつもりだった。もう演説はせぬ。余人に聞かせても結局、

(わからぬ)

明朝は、三人で登楼した。あとひとりは石田三成である。

名護屋城の天守は、それでなくても近隣でもっとも目立つ勝男山の、そのてっぺんに打ち立てられている。街全体の主塔であり、いまは日本国の主塔といえる。その最上階の回廊に出るのは、秀吉自身、はじめてのことだった。

高みからの眺望そのものには、

(ふむ)

いまさら感動はない。安土でも大坂でも何度も見た。ただこの場合はさすがに若干の感慨がある。

(今生、最後の新築《あらもの》かな)

右には、家康がいる。

家康の右には三成がいる。ほかは誰もいなかった。風が下界《した》よりも強く、背中が壁に押

しつけられそうになる。秀吉は三成へ、

「治部少輔」

「はっ」

「釈すべし」

と、やや古風な語を使ったのもこの感慨のせいだったろうか。地理の説明をしろと言ったのである。

「はっ」

三成は律儀に、

「この回廊は、ぐるりと四方へ対しておりますが、われわれは北を向いております。正面の海に大きく浮かぶのが加部島、その向こうには加唐島《かからしま》。さらに奥には、いまは霞んで見えませせぬが、晴れれば壱岐や対馬も見えるかもしれませぬ。対馬の向こうには朝鮮がある。明がある」

「ふむ、ふむ」

と返事しつつも、秀吉は首を折り、足もとの陸地を見おろしている。

子供がいいかげんに土を盛ったように山だらけである。元来はいちめん緑だったのだろうが、ほとんどが白茶けたはげ山になり、各大名の陣屋が瓦、瓦、瓦をならべている。

海ぎわの狭いところには、町人《まちびと》のそれだろう、板屋根や藁葺き屋根がまるで蟻のように肩を寄せ合っている。人間という生きものは、つまるところ、ここまで容易に国土を改造できるようになったのだ。

秀吉は顔をあげ、右のふたりへ、

「まもなく」

と、とつぜん言う。

「まもなく明は、わがものになる。ここは両国往来のよりどころとして、いよいよ栄えることであろう。政治《まつりごと》は大坂が中心となり、経済《あきない》は名護屋が中心となるのじゃ」

「……」

「まことに『からつ』とはよく言うたものじゃのう。そう思わぬか。名護屋はこの国のかなめではない。地球の半分のかなめになる」

ここでの「からつ」とは地名ではなく、古語の普通名詞なのだろう。唐津《からつ》であり韓津《からつ》。大陸との連結点。

家康は、

「……樹々」

「ああ?」

「お話が、おありになるのでしょう？　たしか樹々と」

「おお、そうじゃ。こたびの出兵の理由じゃったな」

いま思い出したふうに言いながら、秀吉は、

（老けたな）

家康の顔がである。若いころはもっと肉がひきしまっていた。目の下には袋はぶらさがっていなかったし、あごの輪郭は鋭かった。

「山の樹々というのは、ふしぎなものじゃのう」

むろん向こうにも、自分の顔はおなじく老けているにちがいない。

「そうは思わぬか、徳川殿、治部少輔。誰から教えられもせず、誰に命じられてもいないのに日一日と背丈をのばす。休むこともせず、ただ陽《ひ》の光をあおぎにあおいで。わしはしばしば思うのじゃ。彼らには、はたして下を見る日はあるのじゃろうかと」

秀吉は体の向きを変え、虚空《こくう》に相対して、話しつづけた。

†

わしも、やはり一本の樹じゃ。

わしもまた、ものごころついたときから上しか見なかった。陽のあるところしか。

まあ生まれつきの欲のようなものじゃ。めしが食いたい、尿《しと》がしたい、眠りたい、女が抱きたいというのと同様の欲。

生まれつきだから大切になど思わぬし、当然ほかの者にもあるだろうと思っておった。樹とはそういうものであろう。ところがわしの育った農村ではちがった。

わしの育った農村では、そういう成長の欲がなく、かりにあってもすすんで捨てるのが良い大人というものじゃった。

彼らの心は、死ぬまで子供のままじゃった。人の上に出ることが、頭角をあらわすということがよほど恐ろしかったのじゃ、まわりに憎まれ、たたかれ、除《の》け者にされるからな。長じて右府様（織田信長）の臣となり、腰に太刀をたばさむ侍とやらになってみると、わしのまわりには、さすがに気骨《きこつ》あるやつが多くなった。

そうせよと右府様に命じられたわけでもないのに日々努め、人の上に出ようとした。人に憎まれるのを恐れなかった。わしは、やれ、ようやく同類どもと出会えたわいと手足の舞うほどよろこんだが、しかしつぶさに見てみると、それはしょせん、

——気骨。

にすぎないのじゃな。

彼らは気骨の者じゃった、つまり意志の者じゃった。

意志などはつまらぬ。しょせんは後付けで身につけるもの。人がこしらえた木刀のごときものにすぎず、心が折れればそれで終わり。何の役にも立たなくなる。わしのそれは意志ではない。くりかえすが、めしが食いたい、尿《しと》がしたいなどと同様の欲。後付けではな

い生まれながらの欲。

意志とは身につけるもの、欲とはおのずから身にそなわるもの。どだい根の生えかたがちがう。わしはその欲にしたがって右府様につかえ、才覚をめぐらし、戦場《いくさば》に出た。右府様が本能寺で討たれたさいには中国道《みち》を大いそぎで取って返して、仇敵《きゅうてき》たる明智光秀を討ち、織田家の始末をし、それから四国や九州も服属させた。

いわゆる天下人になったわけじゃ。世の中には最初から天下を取るつもりで右府様に取り入ったなどとうわさする者もあるやに聞くが、途方もない浅見じゃ。わしにはどんなつもりもなかった。どんな目標《めあて》もなかった。ただ欲にしたがって枝葉をひろげたら図らずもすべての人間がその下影《したかげ》に憩うていた、そんな話にすぎないのじゃ。

いまや世の頂点《いただき》に立って、さだめし、

――満足しておる。

というのも、小者のつまらぬ風聞にすぎぬ。わしの身になってみろ。

もういちど言う、わしの身になってみろ。わしは木刀ではない。樹なのじゃ。樹というものが、ほかよりも頭ひとつ抜け出たところで満足するか？　成長が止まるか？　陽をあびることをやめるか？　そんなことはないじゃろう。ほかの樹がどんな様子であるとか、どこかの頂点に立ったとか、そんなことは関係なくこの秀吉はここにある。すべては自然の摂理なのじゃ。

このたびの唐への討ち入りも、だからひっきょう、その成長の結果にすぎぬ。いや、結果ではないな。過程にすぎぬ。ほどなく朝鮮を落とし、明を征したあかつきにも、わしはまだ枝葉をのばすじゃろう。こんどは呂宋か、天竺か。さらに遠くか。ゆくゆくはイスパニアも、ポルトガルも、宣教師どもが世界の中心と称して恥じぬローマとやらも、この手におさめてしまおうか。世界帝国の建設などという大層な話ではない。ただただ日を生きるという話じゃ。

徳川殿。

わかるかな?

治部少輔も、どうじゃ。

ほんとうかな。ふたりとも、わしの目には理解《わかり》がとどいておらぬように見えるがな。恥じることはない、誰も彼もわからぬのじゃ。わからぬからこそ出兵の真の理由について勘合貿易の復活がどうの、恩賞用の領土がどうの、大名統制がどうのと忖度《そんたく》をした。愚にもつかぬわ。そんなのはわしの生きる姿勢ではない。たいせつなのは外の世界ではない、わし自身の内部《なか》なのじゃ。

もっとくだらぬ憶説によれば、わしは乱心したそうじゃ。よくまあこの水鏡《みずかがみ》のごとく静かな精神《こころ》をつかまえて、そんなことが言えるわい。ま、つまりそういうことじゃ。まことごころを言うだけは言い置いたぞ。うう、さぶい、朝はまだまだ冷えるのう。

治部少輔、おぬしは御殿《した》へ下り、熱い茶の用意をさせよ。腹はへらんか、徳川殿。おぬしが筑前守（前田利家）に清水の湧きどころを取られた一件、ちょいと耳にはさんだのじゃが、おもしろそうじゃのう。めしでも食いながら顚末を聞こう。軍議はそのあと。政治《まつりごと》もそのあと。のう、のう。

†

秀吉の淡々たる独白を聞きながら、家康は、しばしば唇がわなないた。恐れを、隠すことができなかった。場所も場所であり時間も時間である。わざと大きく肩をふるわせてみせて、

——肌寒いから。

という風《ふう》をよそおったが、よそおったとたん秀吉が、

「うう、さぶい」

と合わせてきた。こっちの心は、

（読まれている）

三成はもう、屋内《なか》へひっこんだ。

トントンと足音を立てて階段《きざはし》を下りてしまった。去りぎわに視線を交わしたら、三成も

やはり自分とおなじ目をしていたので、

（ああ）

不覚にも安堵してしまった。家康はこの石田三成という息子のような年齢の近侍あがりをつねに軽蔑し、嫌悪して、必要以上の会話もしたことがないが、この瞬間だけは、

（無二の、同志）

家康は、小西行長の言動について耳にしている。いよいよ朝鮮へむけて船出というとき、重臣ともに刀を抜いて、天へ突き上げ、

「おう！」

「おう！」

えんえんと叫びつづけた。その姿はそれこそ乱心したかのごとく髪がくずれ、目をひんむき、この世の生きものとは思われなかったとか。

いまはもう日本中が行長になっている。大名から百姓まで、天皇から大工まで、あらゆる人々が大陸侵略という一事のための道具にされて熱狂を余儀なくされている。もしくはすすんで熱狂している。ところがその張本人の秀吉たるや、たったひとり、まるで火山のてっぺんの湖のように冷たい存在でありつづけているのだ。

なるほど水鏡とは、

（よう言うたわ）

世のすべてを狂乱させる正気の人。これほど恐ろしいものがほかにあるかと家康は思ったのである。三成もたぶん同様だったろう。もしもそれが真の意味での人間の向上心というものだとしたら、向上心とは、これは何という破滅的なものだろうか。これでは秀吉が世にあるかぎり、出兵は、けっして終わらぬではないか。

がしかし、そういう恐怖のなかでも、

（どうかな）

家康はなお、疑うことを放棄していない。

秀吉の論理には瑕《きず》がある。そんな気がしたのだ。なぜなら秀吉は、おのれを自然の欲の人間であるとさだめた。

意志の人間ではない、意志などしょせん後付けにすぎぬと言い放った。けれどもそういう自己認識は、それこそ天下を取ってからの、

（後知恵では）

そもそも秀吉は、誰よりも卑しい生まれだった。尾張だかどこだかの百姓の子というから、家康をふくむ、生まれたときから武士であるような大名たちとは比較にならぬ圧倒的な出発の地の低さ。

そのぶん秀吉は、ほかよりも急な坂を駆けのぼらなければならなかったはずで、その足はこびが、ほんとうに自然の欲のみで可能だったのか。やはり意志の力が必要だったので

はないか。ただその意志があんまり強固にすぎたことで、さらには天下取りという史上まれな成功まで果たしたことで、本人でさえもそれを生まれつきの欲と誤認した。おのれを山の樹ととりちがえた。

ほんとうは動物の努力にほかならないのに。もちろん秀吉のそれは余人のとうてい及ばぬものだったにしても、努力そのものは誰でもする。行長はもちろん三成も、豊臣秀長もそう。神屋宗湛が博多の街を身びいきしたのも、宣教師コエリョがフスタ船《ぶね》を自慢したのも、とにかく自分のため、世のため、人のためにおこなった勤勉な奉仕にはちがいないのだ。

その努力の習慣は、秀吉においては、いまや、

(惰性に)

家康は、そんなふうに考えた。これまで長いこと日本国内で、

――戦う。

――勝つ。

――従わせる。

という循環をたいへんな足速《あしばや》で、ほとんど無限にくりかえして来たために、いまも足を止められないのだ。

天下統一で国内の戦乱を終結させた秀吉自身がいちばん終結後の世に対応できていない

という皮肉。おそらく秀吉は、戦いのない人生を、もはや坂の先のない人生を、どうあつかえばいいのか皆目わからないのではないか。

わからないから、

――坂を、つくる。

それでこそ人生の間《ま》が持つ。若いころとおなじ自分であることができる。このたびの大陸出兵の真の理由は、つまるところ、

（そういうところに）

秀吉がとつぜん、

――わしも、海をわたる。

などと言いだしたのも、これで納得できる気がする。まさしく秀吉の身になれば、みずから戦場の地形を見て、兵士の顔を見て、軍配をふるってこその坂なのである。意志なのである。

いや、秀吉ならば欲と言うか。どれでもおなじだ。むろん唐入りの命令そのものは、天下とりの前に出している。ちょうど九州征伐の準備をしているときだったか。それだけに秀吉の精神はもっとも高揚していたわけであり、天下とりの後の余勢もそのぶん強いわけだ。思えば秀吉という人はつくづく悲劇的な、ないし喜劇的な人である。

（あわれな）

もっとも、そんなことを口にしたら、またぞろ秀吉は、

「理解《わかり》がとどかぬ」

と言うにちがいない。家康はただ肩をちぢめて、

「恐れ、入りました」

秀吉は快活に、

「腹は？」

「へりました」

「そうじゃろう、そうじゃろう。おおさぶい、さぶい。まずは熱い茶じゃ」

背をまるめて屋内へ入り、階段《きざはし》へ向かった。

階段は、どこの城の天守でもそうであるように、かたむきが急である。その踏板をふむ音を聞いて、家康はまた寒気をおぼえ、

「太閤様！」

秀吉は、止まった。

家康の目には、その髪のうすい後頭部が床板の高さに浮いている。

その後頭部が、ぐるりと家康を見て、

「何じゃ？」

「……あ、いや、何でも」

「ふむ？」

秀吉はまた前を向き、去ってしまった。家康は、

「終わる」

われながら、声がふるえている。

「この討入りは、じき終わる」

直感である。だが理由がある。さっき三成が下りたとき階段はトントンという軽い音《ね》を返したものだが、秀吉のときは、どんな音も返すことをしなかった。

無音。

ただ無音。まるで秀吉が足のない亡霊でもあるかのごとく。

――年寄りだから。

では説明がつかない力のなさ、生命《いのち》そのものの重みのなさ。

かえりみれば秀吉は、京を出るさい、目が痛いと言った。岡山に着いたら腹が痛いと言いだし、出発をのばした。そんなのはあからさまな口実であり、実際は、名護屋《こちら》へ来る各大名の軍列で街道がひどく渋滞したため、その渋滞の解消を待ったのだと家康はこれまで思いこんでいた。三成なども同様だったろう。しかしいま家康は、案外それは、

（本当《まこと》だったかも）

秀吉はそれぞれ、しんじつ体調が悪かったのだ。そんな気がした。愛息・鶴松が死んだ

のち側室のお茶々がいっこう懐妊のきざしを見せないのも、ひょっとしたら、この不調と関係があるのかもしれない。

秀吉もひっきょう人間なのだ。たとえ一本の樹だとしても、その樹はじきに、

(枯れる)

そうしてほかの樹や、草や、地を這う虫どもの養分になる。

家康は、ひとり。

体の向きを変え、ふたたび海を見た。

大きく浮かぶのが加部島、その向こうには加唐島。さらに奥には壱岐や対馬があるはずであり、その先には、

「朝鮮が。明が」

そこでは日の出とともに鳥が歌い、けものが目をさまし、人間が戦いを始めている。ことばも通じぬ、日本がどこにあるかも知らぬ朝鮮の民たち兵《つわもの》たちが、つぎつぎと首を切り飛ばされている。その血のにおいを家康はたしかに嗅いだ気がしたが、表情を変えることはしなかった。

「……行くか」

家康の声は、たちまち雲に吸われた。

身をちぢめて屋内に入り、ことさら大きな音を立てて階段《きざはし》を下りた。

†

一か月後、秀吉は公式に発言を撤回した。

——渡海は、しない。

秀吉のために用意された船は、ほどなくして兵糧《ひょうろう》の輸送船に転用された。

†

さらに一か月後、秀吉はとつぜん、

「京へ、帰る」

と言いだした。

理由は、

——大政所《おおまんどころ》様、ご不快により。

大政所とは秀吉の実母である。要するに七十をこえた母が病気だから城を放棄するのである。つい最近までみずから朝鮮へ行くと言い言いしていた現場主義者と同一人物とは思われぬと大名たちは首をかしげた。秀吉はほんとうに名護屋を発ち、しかし帰途でその死を知ったらしい。結局、京までは行かず、大坂城に入った。

大坂城滞在はたっぷり二か月間におよんだ、淀より招いたお茶々とともに。十月一日、秀吉はふたたび名護屋へ向かったが、お茶々は淀へ帰らず、大坂にとどまりつづけた。

†

翌年は、文禄二年（一五九三）。

八月三日、お茶々は大坂城において男児を生んだ。死んだ鶴松の弟にあたる。幼名は、

——拾《ひろい》。

と名づけられた。

さすがに今回は前後の情況もあり、世間のほうも、

——お茶々めが、べつの誰かと通じた。

などと風聞することはなく、それどころか生まれた瞬間からお茶々の声望は正妻なみになった。秀吉が朝鮮への渡海をひかえたのは、最初から、

——このたね蒔きが、めあてやったかい。

などと露骨なことをささやく町衆もあったとやら。

この報は、六日後の八月九日に名護屋に達した。秀吉は大坂へ行った。元気な母子と面

会した。名護屋は二度までも城主にあっさり戦線離脱されたのである。

秀吉には、すでに後継者がいる。

豊臣秀次。養子であり、実の甥であり、なおかつ秀吉がみずから関白および左大臣の位をゆずった若者であるが、秀次は、このたび名護屋には来ていなかった。

いちおう家中の軍備はととのえつつも聚楽第にあって政務をとり、豊臣政権の京都支店長でありつづけている。京にいながら支店長なのである。こういう立場の中途半端さが、よほど不満だったのだろう。秀次はたとえば、キリスト教に対しては一貫して寛大な態度を見せつづけた。たまたま宣教師オルガンティーノが上洛し、挨拶に伺候したときなどは、

「太閤様は、おぬしらに対して冷淡にすぎるとわしは思う。かつては国外退去を命じたこともあったが、いわれなき迫害《いじめ》というものじゃ」

「はあ」

「わしは、ちがう」

その後もたびたび、必要もないのに、

「うるがん。生計の足しにせい」

などと優しく言いつつ備蓄中の兵糧をふんだんにあたえたりした。名護屋本店への陰湿な反抗であるばかりか、言外に、

――秀吉が死んだら、俺の世だぞ。

とつぶやいている感じもある。名護屋ではあるいは無数の住民の人の口をまかなうため、あるいは海の向こうの戦場へ送りこむため、米がいくらあっても足りないのである。

こういう粗忽《そこつ》なふるまいの詳細は、むろん逐一、秀吉の耳に入っていた。それでなくても秀次というやつは、性格の無軌道さ、あの武具いじりの逸話の当時から変わることがない。秀吉はよほど我慢をかさねていた。拾の誕生後もやはり我慢をつづけたものの、二年後、とうとう行動に出た。

——謀反を、くわだてた。

という理由を立てて秀次から関白および左大臣の位をうばい、高野山に隠居させ、切腹を命じた上、そのおさない息子や娘、妻妾あわせて三十人あまりを京の三条河原で処刑したのである。鴨川が血でそまったことは前述した。そこで捕れる鮎の腹もしばらくは薄桃色をしていたという。

そうして秀吉は、各大名に、

——拾に、忠誠をつくす。

という内容の起請文を提出させた。

起請文は本人の血判つきであることが義務づけられたが、何しろ大名はたいてい名護屋に在陣しているのだから、あつめる効率はいい。さからう者はむろんなかった。

漢城を陥落させた日本軍は、まるで八弁の花の咲くように、八手にわかれて朝鮮全土へ散った。

†

これにより日本軍の朝鮮支配は確実になると思われた。秀吉は名護屋でこれを聞き、狂喜して、天下にむけて大陸支配構想をあきらかにした。きたるべき明（朝鮮ではない）征服のあかつきには、

一、後陽成天皇を北京に移し、

一、秀次を明の関白にして、

一、朝鮮は羽柴秀勝か宇喜多秀家にあたえる。

というのが骨子である。秀吉自身は、寧波《ニンポー》に入ることとした。

寧波とは明の南部、東シナ海に面した港町である。日本をふくむ世界各国との貿易の拠点であるからして、たとえば博多の神屋宗湛など、

「やはりやはり、太閤様のご真意は貿易《あきない》にあり」

狂喜したと伝えられる。それも考えたことは考えただろうが、秀吉はたぶん、

——日本でいえば、堺か大坂。

くらいの印象だったのだろう。

経済的中心ではあるけれども国王がいない、貴族もいない、したがって宮中儀式だの季節の贈答だのいう空疎なことに時間をついやす必要のない都市。情よりも理でうごく街。が、進撃は、ここで止まった。

朝鮮王朝が、自国の防衛を明に依頼したからである。明軍は鴨緑江《アムノッカン》に入りこみ、平壌で小西行長の軍をやぶり、さらに南下して漢城を奪還しようとした。しかしながら日本軍も漢城から北方へ兵を出し、碧蹄館《ビョクジェグァン》（地名）でむかえ撃つ。

朝鮮人も、意地を見せはじめた。各地で民衆が蜂起したことも大きかったが、それよりも大きいのは海戦だった。李舜臣《イスンシン》ひきいる朝鮮水軍が火砲を駆使して大勝したため、補給路が断たれ、上陸中の日本軍はいっそう苦しい戦いを強いられることとなった。

情況は、一進一退。

結局、日本と明のあいだで、

――講和しよう。

という機運の高まったのは自然のなりゆきだった。どれほど犠牲を払ったところで明は自国の利にならず、日本は秀吉がよろこぶだけなのである。

ことに日本側の小西行長と、明側の武将・沈惟敬《しんいけい》との間柄は、ものごとを落ちついて考えられる者どうし、ほとんど信頼関係そのものになった。行長は秀吉へ、沈惟敬は明皇帝・万暦帝へ、それぞれ偽の報告をすることで停戦を実現させたのである。

停戦以前から、秀吉は、大陸への関心を急速にうしなっている。

あいかわらず名護屋に滞在し、いろいろと戦争に関する命令は出したものの、命令だけでは時間がある。

†

秀吉は、はっきりと退屈になった。それを娯楽でつぶしたのである。

具体的には、山里丸。

本丸から見ると北東方《がた》。あの猿楽をおこなったところ。あのときは簡単な造成工事しかしていなかったものを、秀吉は念入りに指示を出して、一大遊興空間にした。猿楽の舞台を本格的につくりなおしたことは言うまでもなく、ほかにも茶室をつくり、月見櫓をつくり、濠池《ほりいけ》をつくり、そこに大きな涼み船を浮かべたりしたばかりか、とうとう御殿まで建てて住みついてしまった。

本丸のほうは、留守になった。来て早々、秀吉が、

——せますぎる。

などと言い出して、たった数坪の増築のために何千人もの人足を動員して造成工事からやりなおしをさせた本丸御殿が、まるごとぬけがらになったのである。

この風は、たちまち大名たちに伝わった。

大名たちは、おのおの陣屋に瀟洒《しょうしゃ》な庭をこしらえた。茶室や池をこしらえた。そうして宴へまねいたり、まねかれたりを繰り返した。

最高の名誉はもちろん秀吉を招待することで、秀吉もまたよく応じたが、当日になって、急に、

「腹が痛い」

だの、

「腰が痛い」

だのと言って出御をとりやめることもたびたびだった。名護屋は社交の地になったのである。

†

慶長三年（一五九八）秋、秀吉死去。

†

その辞世は、有名である。

つゆと落ちつゆと消へにしわが身かな
　なにわの事もゆめの又ゆめ

「なにわ」とはもちろん大坂である。名護屋は夢のうちに入らなかったのか。

†

死去の前年、秀吉は、停戦を解除している。

ふたたび朝鮮に兵を出している。例の報告が偽だと知って激怒したためであるが、死後ほどなく石田三成、前田利家、徳川家康らの合議により、

——中止。

すんなり決定した。

大名たちの軍は、順次、帰国した。名護屋はからっぽになった。

あの秀吉の着陣から、約六年半が経っている。日本のあらゆる階層の人々があらゆる角度から忖度した出兵理由は、そのすべてが実現しないまま終わった。

秀吉の死の二年後、関ヶ原の戦い。

石田三成と徳川家康が、全国の大名をまきこんで、どちらが新たな天下人となるかを賭けた。

†

家康が勝ち、三成を処刑した。

三成に味方した大名をも、それぞれに処置した。小西行長はそのひとりである。行長は京の六条河原へ引き据えられ、刑吏に切腹を勧められたが、

「教えに反する」

と肯《がえ》んぜず、市井の犯罪者なみに斬首されることをえらんだ。イエズス会はのちに行長の、いや、アゴスチーニョの死を、

――殉教。

とみとめた。

†

関ヶ原の戦いから十四年後、慶長十九年（一六一四）冬。

家康は、大坂へ討ち入った。

大坂城には、お茶々と拾がいる。拾はすでに元服していて、豊臣秀頼《ひでより》という堂々たる名になっていたが、もはや天下の権はなく、一大名にすぎなかった。

とはいえその領国は、摂津、河内、和泉あわせて六十万石。大大名である。

――味方せよ。

と、全国の大名に呼びかけた。

応じる者は、ひとりもなかった。すべて家康のほうに就いた。

圧倒的な戦力差。それでも家康は一度では城を落とすことができず、翌年夏、二度目の猛攻でようやく落とした。

大坂城は、火の海になった。お茶々と秀頼はともに城中で自刃した。

†

さらに、時は過ぎた。

†

名護屋。

は、曇天《どんてん》。

城がある。いや、あったと言うべきだろう。そこを名護屋城と呼ぶ人はもう誰もなく、もとの勝男山の名で呼ぶ人もなく、そもそも山から人は去った。

山のいただきには、かつて、

——天守。

というものが存在した。

城のなかでも特別な建物。人が人の上に立つことのしるし。

何しろ五層七階の高楼だったから使われた資材はおびただしく、良質なものも多かった。それは結局のところ、いくさでもないのに人の手で破壊されたのだけれども、門扉、床柱などは近隣ないし遠方へはこばれて、べつの城や寺社のために利用された。

ほとんどの場合、世をはばかって、

——名護屋由来。

とは謳《うた》われなかった。そのほかの柱や壁などは打ち棄てられて土に還り、往時の偉容をしのばせるものは、いまやただ瓦のみ。

瓦。

屋根を葺くのに使われる、高温で焼かれた粘土の板。その無数のかけらが海のように地を埋めて、くろぐろと世の光を吸いこんでいる。

人間の文明の構成物にもなれず、自然にもどることもできぬまま、これらの焼きものは、あとどれくらい長いあいだ無残な姿をさらさなければならないのか。季節は秋である。隙間からは草が茫々《ぼうぼう》と立ち、立ったまま枯れている。

まことに、

――城跡《しろあと》。

としか呼びようがない、文字どおりの殺風景。

偉大であることと無意味であることを兼ね備えてしまった場所。その瓦のかけらを、

さり

さり

と静かにふんで、老人がひとり歩いている。

本丸のまんなかを横切るよう、海のほうへ。

腰がひどく曲がっているが、杖はない。両手を尻のうしろで組んで、じっくりと地をかためるようにして。前方は崖である。このまま行けば老人の体はふわりと枯れ葉のごとく落下する。

が。

崖の手前で立ちどまり、がらがらと瓦を足で払った。

下にあらわれたのは、鏡のごとき円石《まるいし》である。よほど重要な柱の礎石だったのだろう、大人の肩幅ほども大きい。老人はその上にあぐらをかき、海を見た。と、

「おい」

背後から、怒声が来た。

事と次第によっては、

——斬る。

というような、敵意まみれの声である。

老人は、反応しない。

海へ顔をむけたまま背をまるめた。もともと腰がまがっているから動きは小さい。

「おい、貴様！」

風が、来た。

老人のまばらな前髪が逆立った。老人は気にせず、あの水平線の奥には、

(朝鮮が)

そんなことを、ぼんやりと考えている。かつて立っていた天守のてっぺんからならば、それは見えたのか。見えたとすれば、その街は、いちばん近い富山浦ではないか。

「……ふざんぽ」

口に出してみて、そのひびきにおどろいた。われながら、どう聞いても日本人が発した としか思われぬ日本語の音《おん》である。

「おい！」

何度目かに呼ばれて、老人はようやく上半身をねじった。目がわるい。両目をひらいたり細めたりして、ようやく怒声のぬしの風体がわかった。

馬に乗った武士。一騎だけ。服装はりっぱで、頭につけた陣笠も、紋入り、黒うるし塗りの上等なものなのに、供の者はいない。

（なぜ）

老人は、目をしばたたいた。

武士は、こちらへ来ることもしなかった。この理由はすぐわかった。何度か腹を蹴っているのに、馬のほうが進みたがらないのだ。瓦をふむのが嫌なのだろう。

武士は、とうとう馬を下りた。大またで歩いて来ながら、

「ここは、大事の場所である。庶人の立ち入り、まかりならぬ」

言うことが木っ端役人じみている。老人の前で足をとめて、

「さあ、立て。言うことを聞け。聞かねば上様への謀反とみなそうほどに」

「上様？」

「武蔵国江戸城にて天下を統《す》べておられる。従一位征夷大将軍《せいいたいしょうぐん》・徳川家光様じゃ」

「ああ」

と、老人はあっさり聞きながした。それはそうだ。上様への謀反どころの話ではない。四十年以上も前ながら、老人は、当時の天下人をその手であやうく斬るところだった。

武士は、

「立て」

と、老人の細腕をひっぱった。ひっぱりつつ、

「立て立て」

老人はもう片方の手を腿の上にあてて、

「これが」

「何？」

「腰が、腰が。ご容赦ください。齢《よわい》七十の体というのは、何にしろ、すぐとは動かぬものでして」

「わしは動くぞ。来年六十になるが」

「お若い、お若い。わしとはちがう」

「そのわりには容易に入りこんだものだな、ここまで。木戸には番人《ばん》もおったはずじゃが」

「山の斜面を、のぼりまして」

「何のために？」

　と問われて、老人はしずかに、

「死ぬ」

「何を申す」

「死ぬために、ここに来ました。この城はわしが築いたのです」

　老人はそう言うと、ようやく、よろめきつつ立ちあがった。瓦のかけらを指でつまんでいる。武士の鼻先へ近づけて、

「わしは、これを焼きました。当時はこのへんで陶工《すえ》をしておりまして、それはそれは目のまわるような忙しさでした。この城の御殿や、屋敷や、櫓などは、わしが雨露《うろ》から護《まも》ってやった。わしがこの城を築いたのです。大名どもの陣屋も」

　われながら、かなりの誇張がある。けれども実際、老人が、あのころそういう自負とともに仕事をしたことは事実だった。

　武士は、

「それが破却されたから、死ぬのか」

「ちがいます。それならばとっくのむかしに死んでおります。何しろ最初に打ちこわされたのは二十年前……」

「二十三年」

と、武士はみょうに正確に訂正する。老人はちょっと目を見ひらいてから、

「わしが死ぬのは、ただながく生きすぎたからです。若いころの夢も達せられず、世の変転にもあらがえず、結局は、しがない茶碗焼きで終わってしまった。唐津焼とでも申せば聞こえはいいが、誰もが日々の暮らしに使うような、割れても替えがきくような。死にぶりくらいは大きくありたい。この崖から飛び翔《か》けて、魂魄《こんぱく》はふるさとへ」

「ふるさと？」

「はい」

「ふるさととは、海の向こうか」

「……」

「名を申せ」

と、武士が口調をあらためた。

公式の誰何《すいか》である。老人は当然、

——鄭憲《チョンホン》。

と、こたえるべきだっただろう。実際こたえようとした。が、老人の口は池の鯉《こい》のように無音で開閉するだけである。老人はふるさとの本名をわすれていた。

やむを得ず、

「カラク」

「カラク?」

「長年の通称です。おゆるしを」

「あ!」

武士は腕から手をはなし、ぽんと打った。

「その名なら、耳にしたことがある」

「……」

「四十年あまり前、この城において豊臣秀吉めを亡き者にせんとして手をあやまり、かたわらにいた女を殺したとか何とか。カラク。それが下手人の名じゃった。わしはその話を、よう聞けよ、権現様にじかに聞いたのじゃ。権現様もまた、おぬしがその事件を起こした現場《そのば》におられた」

「権現様?」

と、こんどは老カラクが首をかしげる番だった。権現というのは神仏のたぐいではないか。

「おぬし、知らぬか」

「まあ」

「ちっ」

と、武士はいまいましげに舌打ちして、

「これだから世も末だと言うのじゃ、嘆かわしや。生前のお名は、徳川家康様。亡くなられてのち京の天子から尊号をたまわり、東照大権現という神になられた」

「家康から、じかに？」

「権現様」

「それでは、おさむらい様、あなたは……」

「わしか」

指で鼻をさして、

「おぬし、いま、この城を築いたと申したな？」

「はい」

「わしは、こわした男」

「……」

「すわれ」

「はあ」

「すわれ。話そう」

と、武士はにわかに口調をやわらかくした。みずから礎石の上に尻を落とし、横にもうひとつある石をぺたぺたと叩いてみせる。カラクは目をしばたたいて、

「お役目は、よろしいので」

「大した役でもない」

「では」

カラクはふたたび腰をおろした。

七十の老人と六十の武士が、ならんで膝をかかえる恰好である。武士はあごのひもを解き、陣笠を取った。はげ頭が青銅仏のような光をはなっている。ちらりとうしろを見て、馬がそこにいることを確かめてから、

「なあ、カラク」

「はあ」

「わしの名は、榊原大膳亮康総《だいぜんのすけやすふさ》という」

自己紹介をはじめた。

康総は、もともと家康の小姓だった。まだ月代《さかやき》もそらぬころから直接うちとけて話したので、まわりの大人はいい年をして康総へおべっかを使ったり、盆暮れの付け届けをしたりした。

もちろんこれは、康総が、三河以来の重臣である榊原康政の甥の孫であるという血統のよろしさもあってのことだったろう。

「権現様はわしを虫鳴丸、虫鳴丸と呼んで可愛《かわゆ》がってくださった。あのころは美少年じゃったしのう。髪もあった」

頭頂に手をやり、髷をひっぱるしぐさをした。むかしの癖なのだろう。ひっぱりながら、

「わしはあのころ、京づとめじゃった。名護屋《こ こ》へは来なかった」

話をつづける。秀吉が死んでからは京づとめの必要もなくなり、伏見城へ配置換えになり、関ヶ原へも参戦した。

家康が征夷大将軍の宣下を受け、江戸にいわゆる幕府を開創したときには、康総も、江戸神田に屋敷をあたえられた。家康はわずか二年で将軍を辞し、駿河にひっこんでしまったけれども、康総はやはり変わらず江戸城にのぼった。家康のあとを継いだ第二代将軍・徳川秀忠の正妻の次男である竹千代の守役《もりやく》、つまり養育係を拝命したからである。

長男は、夭死《ようし》している。竹千代はゆくゆく三人目の将軍になるだろうし、のちにそうなった（徳川家光）。

守役を命じたのは、家康その人だった。

「わしは、性格《たち》がうららかじゃからのう。愛嬌もある。大事のお子をお育てするにはぴったりと見られたのじゃ。だが」

と、康総はきゅうに顔をくもらせて、

「が、何しろ母親めがなあ。いくら何でも竹千代様をいじめすぎた。鉄砲の稽古がすんでおらぬという理由で、雪の日に、夜になっても御殿にお入れにならぬなど、正気の沙汰ではなかったわ。わが子なのに。ひどい女じゃ。やはり血がわるいのじゃのう、あれの姉は

お茶々じゃからな。大坂にて最後まで家康様に弓を引いたやつ。結局わしはあの母親めに『登城におよばず』と申し渡され、こんな田舎《いなか》の破《や》れ城の視察《みはり》まで命じられて、いまはこうして供もつれず……」

「ちょ、ちょっと」

と、カラクが袖を引く。武士は仏頂面になり、

「何じゃ。話の途中で」

「そんなことより、その、榊原様、この城をこわしたという話は」

武士は、

「おう、おう、そうじゃった」

にわかに声を大きくすると、

「二十三年前のことじゃ。ちょうど竹千代様の守役を拝命したばかりのころ、いったんお別れを申し上げてな。カラク、おぬしはそもそもの話、この城がなぜ破却ときまったか存じておるかえ？」

「いえ」

かぶりをふった。武士は満足そうに首を縦にふり、

「そうじゃろうのう、庶人には明かされぬ話じゃからな。その理由《わけ》も、もとはと言えば大坂にあった」

歌うようにつづけた。二十三年前、というのは慶長二十年（一六一五）五月。いわゆる大坂の陣において家康は豊臣家をほろぼしたが、その余燼《よじん》もさめぬうち、全国に、

——大名ひとりにつき、城はひとつとする。

という旨の命を出した。

のちの世に、一国一城令と呼ばれる威令である。ひとりの大名がふたつ以上の城を持つのは、つまり支城を持つのは、敵襲を想定してのこと。臨戦体制にほかならぬ。もはや豊臣家の滅亡により世は偃武《えんぶ》（平和）ときまったのだから、支城はすべて消し去ってさしつかえないはずである。

偃武うんぬんと言いつつも、要するに家康は、

——徳川には刃向かわぬと、行動で示せ。

そう言ったわけだ。

この威令は、病理的なまでに効果があった。くりかえすが豊臣がほろぼされた直後である。数日のうちに全国で四百の城がこわされたというから狂気の沙汰である。大名たちの恐怖は頂点に達していた。その四百城のうちの一城が、すなわちこの名護屋だったのだ。

当時、この地をおさめるのは寺沢《てらざわ》広高だった。寺沢はすでに海をのぞむ交通至便の地に、

——唐津城。

という城をあらたにつくり、そこを本拠としていたから、名護屋といえど支城あつかい

である。寺沢はこの唐津城など問題にならぬほど巨大な城を、すすんで破却したのである。或る意味、大坂以上に、

——豊臣の城である。

という強迫観念があったのにちがいなかった。

もっとも、名護屋に関しては、さすがに家康も気になったのだろう。遺憾なく破却がおこなわれるよう、江戸直参《じきさん》の旗本から三名の目付役をえらんで派遣した。そのひとりが、

「わしさ」

康総は、鼻を天に向けた。

「だから、この城は、わしがこわした」

「……」

「建物というのは、建てるのは手間じゃが、やぶるのは早い、早い。土が舞う、石が飛ぶ。その濛々たること目の前も見えぬほどじゃったわ」

と、なおも語りつづけるのを聞きながら、カラクはそっと、

(誇張が)

首をひねった。それなら城をこわしたのは寺沢広高とその配下である。この人はただ見ていただけではないか。

「榊原様」

カラクは、口をひらいた。康総は、

「何じゃ」

「ひとつ、うかがいたいのですが。わしは五十年ずっと考えてきて、いまだ答がわからぬのです」

「何なりと聞けい」

「権現様は、ご生前、何か言っておられませぬでしたか。太閤様がなぜ……なぜ朝鮮へ兵を出すなどという挙に出たか」

「知らん」

即答である。きのうの天気の話でもするみたいに無関心な口調で、

「わしもずいぶんご奉公したが、そんな話、口にされたことはない。あんな猿めのやることとは、権現様のごとき英傑には理解の外じゃったのであろうよ。結局はすべて徒事《あだごと》じゃった」

「……そうですか」

カラクは、口をつぐんだ。しばらくの沈黙ののち、こんどは康総のほうが、

「わしも、ひとつ」

「何なりと」

「なぜおぬしは、猿めを斬ろうとした」

「それは」

カラクが答えようとするのと、康総が、

「うっ」

身をちぢめたのが同時だった。カラクは、

「どうなされました」

「行くぞ」

と、康総はにわかに立ちあがる。早口で、

「番所へもどる。しょんべんじゃ」

ここには海風をさえぎるものはない。カラクは、

「どうぞ」

「おぬしも来い」

「なぜ？」

「死ぬために来たなどと吐《ぬ》かす大うつけを置いて去れるか」

「ふっ」

カラクはつい笑ってしまった。性格がうららかというのは本当らしい。笑ったついでに、

（やめよう）

死ぬことをである。どのみち長い命ではない。それに自殺などしたら、どういうわけか、

あの女《ひと》にはもう会えないような気がする。

カラクの死後の目標は、ただひとつ、彼女に申し開きをすることだった。どうしてあんなことをしたのか、どうして秀吉を殺そうとしたのか、つつまず告白する。それで罪が消えるとは思わないが、ほかにゆるしを得られる手だてはない。

「わかりました」

カラクはゆっくりと立ちあがり、

「ご同行いたします。禁域侵入《おしいり》の罪により、甘んじて入牢いたしましょう」

「いらん」

「え？」

「嘆かわしや、嘆かわしや。近ごろの世は悪人ばかり。牢にはおぬしを容れるゆとりはない」

「それはそれは」

ふたりして、海に背を向けた。

さりさりと瓦の音を立てて歩きだした。正面には馬がいる。歩きながら康総は、

「礼をせい」

「何なりと」

「茶碗を一個。ちょうど愛用のが割れたところなのじゃ。おぬしので飲む」

「そ、それは」

カラクはつばをのみこんで、われながら張りつめた声になり、

「それは……お抹茶を？」

思い出した。自分はかつて、芸術品を生み出したことがある。堺の豪商ですら茶会に出したがるような畢生《ひっせい》の傑作、だった気がする。藁灰釉の乳白色がまるで羅《うすもの》を風になびかせたような……銘は何と言ったか。たしか女の名前だったか。

ああ、そうだ。だから秀吉を殺そうとしたのだ。出兵で故郷の朝鮮をふみにじったからではない。逆だ。ほんとうは自分は恐れていたのだ。もしも日本の兵たちが、朝鮮の民をさらって来たりしたら。

この名護屋が、朝鮮人にふみにじられたら。なかには技術の高い陶工がいるだろう、日本人は足もとにもおよばぬだろう。

いま思うと、つまらぬ理由である。あの女《ひと》にどう釈明できるだろう。けれども当時はそのことがカラクの心のほとんどを占めていたし、実際そのとおりになった。朝鮮出兵が或る程度の段階にまで達すると、日本の大名はほんとうに陶工をつれて来て、そうして彼らはカラクより上手だったのである。それでなくても無慮怱忙《むりよそうぼう》の瓦焼きですっかり手技《てわざ》を荒らしていたカラクは、出兵の終了後はもう日用品を焼く仕事しか得られなかったし、またできなかった。カラクは真に「日本人」になってしまったのだ。

「佐用姫」級の茶碗を焼くなど永遠の夢。そうだ。あれの銘は「佐用姫」だった。

ひょっとしたら秀吉は、そのためにこそ、

(出兵を)

まさか。もういい。日用品の何がいけない。この武士もさっき言った。すべては徒事ではないか。

「抹茶?」

と康総は、だみ声で聞き返した。陣笠をかぶり、顔をしかめて、

「わしは番茶しか飲まん」

「……後日、おとどけに上がります」

カラクは淡々とこたえた。悲しみもよろこびも湧かなかった。しかし康総は、

「きょう、もらう」

「え?」

「しょんべんしたら、おぬしの仕事場へ行こう。唐津城下だな?」

「はあ」

カラクは、返事が曖昧になった。行くのはいいが、距離がある。康総は胸をそらし、みように元気な口調になって、

「心配はいらぬ。とくべつに残雪《ざんせつ》に乗せてやる」

「残雪？」

「あれの名じゃ」

武士は、正面の馬を指さした。とたんに馬は、

――おう。

と返事でもするみたいに歯をむきだしにした。黒毛である。白い斑《ふ》はない。

「わしはもう、残雪のみが友じゃ。わしは一日中ひまなのだよ。今晩はどこかで飲もう」

「そうしましょう」

「朝まで」

「はあ」

残雪に、ふたりで乗った。

鞍は、ひとつである。そこには康総が乗り、うしろの尻にカラクが乗った。残雪は少しよろめいた。それから声低くいななき、馬首をめぐらし、歩みだした。

三ノ丸へつづく草だらけの坂道を下りはじめる。虫が鳴いている。ひとりの老人とひとりの武士は、ほどなくして、この六年半だけ日本の首都だった街を去った。


（完）

解説

木下昌輝

司馬遼太郎《しばりょうたろう》はエッセイで、自分の作風についてこんな意味のことを書いている。

〝ビルの上層階から交差点を見下ろす視点〟

当時、大学生の木下昌輝《きのしたまさき》は思った。

司馬遼太郎には敵《かな》わないから、司馬遼太郎と真逆のことをやろう、と。通行人の視点で交差点を見るような小説を書こう、と。

今の歴史小説は、交差点を歩く人の視点で書いている作品が多いと体感的に思っている。俯瞰《ふかん》の視点で書いて、司馬遼太郎っぽいといわれるのを、多分、極度に恐れている（私がそうだ）。司馬遼太郎の文体はウイルスのように強力なので、本当にそうなってしまう。けど、門井慶喜《かどいよしのぶ》さんは違う。ビルの上層階からの視点で歴史を俯瞰して書く。よく、そんな恐ろしいことをしますね、と言いたいが、逆にいえば俯瞰でしか表現できぬことがあるのも確かなのだ。そして俯瞰の書き手の中では門井さんの文体が個人的には一番心地よい。

本作は、秀吉がなぜ朝鮮出兵を決意したかの謎に迫る物語である。そして、神屋宗湛、豊臣秀長、小西行長、徳川家康ら錚々《そうそう》たる歴史の偉人から、カラク、草千代らフィクションの人物たちがその理由を推測する。

と、ここまで書いたところで、ここから先は本作を読了してから読み進めて下さい。でないと、意味がわからないし、本作のネタバレも多分にあるからだ。

話を戻す。人々の推理は、秀吉の内心を解き明かしているようでいて、人々の欲望や恐怖、不満を投影しているだけなのだ。

例を抜き出すと、隣人に家族を殺された草千代は、秀吉の出征理由を隣国の明《みん》国や朝鮮がいつか日本を侵略する恐ろしい国になるのを恐れているから出兵する、と推測する。が、内実は草千代のトラウマを投影したにすぎない。

豊臣秀長はこう推理している。日本国内で大名に与える封土がなくなったから、外《と》つ国にそれを求めた、と。が、そう推理する秀長自身が実は秀吉からの恩賞に対して不満を持っていた。なぜ、天下統一の最大殊勲者である己が大和郡山程度の土地しかもらえぬのか、と。その不満が、推理に投影されたにすぎない。

とはいえ、どれも魅力的な推理内容だ。もしかしたら、その全ての理由のために秀吉が朝鮮に出征したようにも思える。そのひとつを深掘りして交差点の通行人目線で書けば、一冊の長編小説になるだろう。

私が感じたのは、秀吉は鏡にしかすぎない、ということだ。秀吉は、人々の欲求や恐怖、不満を映す鏡になっている。あたかも秀吉自身には〝意志〟がないかのようだ（作中終盤にも重要な意味で〝意志〟という言葉が使われる）。

山深いところにある大木を勝手に人々が御神木と崇《あが》め、なんか形が男根に似ているから子沢山の神様にしよう、とか周りに偶然銭が落ちていたから商売繁盛の木にしよう、とか決めつけているのに似ている。

が、これは正しいような気がする。秀吉ほどの権力者になれば、今風にいえば利益団体の意を汲《く》んだ政策をしなければいけない。多くの人々の利益を向上させようとすると、自《おの》ずと為政者は空っぽになる。そこに意志はなく、対峙《たいじ》する利益団体の長の欲望や恐怖を読み取り、それに合わせた行動を起こすしかない。芸能人がファンの求める姿を演じるように、だ。

さて、妙なのは千利休だ。あっさり死んでるし、利休自身は秀吉の内心を探らない。それはなぜか。思うに、利休自身が鏡だからだ。野心家だった若き秀吉の欲望や恐怖、不満を映す鏡なのだ。秀吉は利休という鏡と対話することで、自他を客観視し、出世した。そして、天下人となり多くの利益団体の意を汲み取るうち、秀吉自身がどんどんと鏡になっていった。そんな秀吉と利休が茶室で相対すればどうなるか。鏡をふたつ合わせるようなものだ。合わせ鏡に映るのは、気の狂いそうになる無限でしかない。

その結果、利休という鏡が壊れた。

私の妄想であるが、門井さんが利休の死をあっさりと書いたのは、俯瞰する視点では鏡が割れた程度の出来事だったからではないか。

カラクにも言及しよう。秀吉に石をぶつけようとして、秀吉が持っていた茶碗を割った男だ。

そして、後に秀吉を殺そうとする。

なぜ、カラクはかくも秀吉に敵意と殺意を抱くのか。この謎が、本作のもう一つの軸だ。カラクは、朝鮮の貧民の子で名前は鄭憲《チョンホン》、困窮して日本へ渡ってきた。彼には野心があり、陶工として頂点を目指す。いうなれば、カラクは朝鮮の木下藤吉郎なのだ。実際に境遇は似ている。その一々を挙げるのは煩雑なので、ひとつだけ抜き出す。二人は、手に特徴があった。鄭憲の手は〝紙のような白さ、しなやかさ〟を持っていた。カラクという異名は、朝鮮語の指に由来する。秀吉の方は、右手の指が六本あったと宣教師や前田利家が証言している（ただし本作にはそれは描写されていない）。

秀吉の分身であるカラクは前述したように秀吉に石を投げ、その茶碗を割る。なぜ、そんなことをしたか作品中盤で謎が明かされる。

カラクの独白なので、嘘ではないだろう。

しかし、私はちがうと思った。

私の妄想した本当の理由はこのようなものだ。世界史上最高の軍事力を持つ豊臣秀吉は、海という障壁がなければモンゴル帝国以上の領地を手に入れたであろう。そんな男が、朝鮮のカラクから見れば〝縄文式弥生式土器に毛の生えたような〟茶碗を手にしている。

読者の皆様、尊敬するアーティストの姿を思い浮かべて欲しい。その人がバブル時代の肩掛け式バッテリーの携帯電話をドヤ顔で持っていたらどう思うだろうか。きっと恥ずかしいと感じるはずだ。私がスティーブ・ジョブズなら、そばにある石塊のようにダサいウインドーズパソコンを投げつけ、携帯電話を破壊する。そして、呆然とするアーティストの手にチタニウム製の最新式アイフォンを握らせる。

カラクは秀吉を傷つけるために石を投げたのではない。世界の覇王があまりにもダサい茶碗を持っていることが許せなくて、石で破壊したのだ。そして、カラクは覇王の手にふさわしい茶碗を作ろうとして、実際に佐用姫《さよひめ》という傑作をものする。しかし、佐用姫は破壊され、カラクは秀吉暗殺の刺客となる。交差点を歩く人の視点から見れば、カラクが秀吉を殺す理由は「朝鮮の腕のいい陶工を来日させないため」という保身だ。しかし、ビルの上層から俯瞰すると、カラクの行動は愛する人を救うために変わる。蜜蜂が蜜を集める理由は、蜂の視点から見ると食料確保のためだが、樹々の視点から俯瞰すると樹々の受粉のため、と変わるのに似ている。餌を集める蜜蜂の行動が樹々を繁栄させるように、保身のためのカラクの行動が愛する女性を救った。

そして、秀吉は物語終盤で朝鮮出兵の理由を明かす。彼は自身を樹々にたとえ〝意志〟の人ではなく〝欲〟の人だという。ただ、私が考えるに秀吉だけが欲の人ではない。全ての人は欲の人だと思っている。ペンギンでいえば、秀吉はファーストペンギンといってい い(厳密にはちがうが)。真っ先に海に飛び込み獲物に喰らいつく。誰よりも先んじるのがファーストペンギンの欲だからだ。では、ペンギン全員がファーストペンギンだったらどうなるか。一回二回は大成功するだろう。ほぼ全てのペンギンが獲物をゲットし繁栄する。しかし、何回目かにシャチの大群に待ち伏せされ全滅する。ペンギンが種として生き永らえるためには、ファーストペンギンだけでなくセカンドやサードなどの個体が必要だし、何なら間抜けな奴の背中を押して無理やりファーストペンギンにさせるペンギンも必要だ。色んな〝欲〟をもつペンギンがいるから種として生き永らえられる。

人間もそうだ。本作でいえば、豊臣秀長も欲の人である。彼は常識人という欲を持って生まれてきた。秀長は兄の出世のために常識人たらんと己を律したと思っているようだがちがう――と私は妄想している。彼はどんな状況でも常識人である欲を持っていた。ただ、拡大の欲を持つ秀吉とちがい自覚しづらいだけだ。

さて、ここまで書いて、秀吉がどうして〝意志〟の人でなく空っぽな〝欲〟の人になったのか疑問に思う人も多いだろう。

　秀吉の独白を聞いて思い出したのは、ある恐ろしい実験だ。『あなたの脳のはなし　神経科学者が解き明かす意識の謎』（デイヴィッド・イーグルマン著　大田直子訳　早川書房）の一章の「自由意志の感覚」の項で、こんな実験が紹介されている。合図があれば、被験者は自分の意志で左右どちらかの指を動かす。しかし、実験する側は被験者に磁気装置をつけていて、脳を刺激し左右のどちらかの指を動かすかを操れるのだ。実際は実験者の意思で被験者の指は動く。不思議なことに、被験者は全く驚かないという。質問されると「最初からこっちの指を動かすつもりだった」と答えた。被験者は自由意志で選択したつもりだと信じて疑っていない。

　もしかしたら、私たちが自由意志だと思っているものも誰か（人間以上の存在）によって操られた結果、後付けで納得しているだけかもしれない。

　誰かが見えない装置を頭につけて己を動かしていることに、秀吉は気づいた。その装置を、秀吉は〝欲〟と名付ける。そして意志が己の自由でないと知った秀吉は、空っぽの樹々のような――あるいは鏡のような存在になった。

　門井さんがこの実験を知っているかどうかはわからないが、秀吉が〝欲〟の人というのは人間に自由意志がないかもしれない実験を知る身としては怖いぐらいに説得力があった。

　そして、一番最後に秀吉の出征理由を推察するのはカラクだ。日本の陶器製造技術をレベルアップさせるため、秀吉は出征した（ここ私が誤読していたら謝ります。笑ってやってください）。そうカラクは考える。交差点を歩く人の視点ならば、んなアホな、である（ここでも秀吉は鏡になったともとれる）。しかし、俯瞰する視点ならば大いにありえる。事実、戦争が文化文明の交流拡大装置となった例はある。

七五一年、唐とアッバース朝が戦ったタラス河畔の戦いは、交差点を歩く人の視点ならば、様々な悲劇喜劇英雄譚が見える。しかし、地球を交差点サイズまで小さくして俯瞰すると、中国が独占していた製紙技術が流出した事件に他ならない（捕虜になった唐兵に製紙職人がおり、国家機密の製紙法が流出した）。俯瞰すれば、唐は製紙技術を地球全土に拡大させるためにタラス河畔で戦い敗北したことになる。

ならば、秀吉の朝鮮出兵は日本の製陶技術を向上させるためだった、と俯瞰で判断してもおかしくないし、事実そういう結果になった。少なくとも秀吉の分身であるカラクにおいては、そう思うことは許されるだろう（あるいは、人々の頭に装置をつけた誰かが、日本の製陶技術をレベルアップさせるために秀吉を操ったのかもしれない）。

歴史は面白い。俯瞰すると見え方が変わる。

ナイル川の氾濫は交差点の人の視点ならば悲劇だが、俯瞰すれば国土を肥沃《ひよく》にする慶事だ。遣唐使などの海外使節の来訪は、交差点の人の視点ならば文化交流だが、ウイルスの視点から逆俯瞰すれば、種を繁栄拡大させる侵略戦争にも似た行事だ。特に七三五年において大戦果を得た。交差点視点にもどると天平七（七三五）年の中国使節の中に天然痘の保持者がおり、結果、恐ろしいパンデミックを引き起こし、百万人以上を死に追いやった。そんなウイルスに〝意志〟はない。

そして、本作でこんな感慨を読後に得られたのは、門井さんが俯瞰する視点で物語を書いたからだ。交差点の人の視点では無理だった。

ここまで書いて、やっと解説原稿の前半の題目が終わった。ここから私の原稿は後半に入る。題目は、秀吉のドラマを作るにあたり朝鮮出兵を材にとるのはあまりに蛮勇がすぎるが、それを作者は見事にやってのけたことについて書く予定だったが、紙幅が尽きたので断念する。

どうやら、私には解説原稿を俯瞰する能力がないようだ。

（作家）

この作品は、二〇二一年五月、毎日新聞出版より刊行されました。
初出　「サンデー毎日」（二〇二〇年三月八日号〜十二月二十七日号）

門井慶喜（かどい・よしのぶ）

一九七一年、群馬県生まれ。同志社大学文学部卒。二〇〇三年、「キッドナッパーズ」でオール讀物推理小説新人賞を受賞。一六年、『マジカル・ヒストリー・ツアー　ミステリと美術で読む近代』で日本推理作家協会賞（評論その他の部門）を受賞。同年、咲くやこの花賞を受賞。一八年、『銀河鉄道の父』で直木三十五賞を受賞。『家康、江戸を建てる』『定価のない本』『東京、はじまる』『銀閣の人』『江戸一新』『文豪、社長になる』『天災ものがたり』『ゆうびんの父』など著書多数。

毎日文庫

なぜ秀吉《ひでよし》は

印刷 2024年7月10日
発行 2024年7月25日

著者 門井慶喜《かどいよしのぶ》
発行人 山本修司
発行所 毎日新聞出版
東京都千代田区九段南1-6-17 千代田会館5階
〒102-0074
営業本部：03(6265)6941
図書編集部：03(6265)6745
印刷・製本 中央精版印刷
 ISBN978-4-620-21069-8